BETH REEKLES

A BARRACA DO BEIJO 3

UMA ÚLTIMA VEZ

TRADUÇÃO
IVAR PANAZZOLO JUNIOR

astral cultural

Título original: The Kissing Booth 3: One Last Time
Primeira publicação pela Penguin Books 2021

Este livro foi revisado segundo o Novo Acordo Ortográfico da Língua Portuguesa.

Produção editorial Aline Santos, Bárbara Gatti, Jaqueline Lopes, Mariana Rodrigueiro, Natália Ortega e Renan Oliveira
Preparação de texto Pedro Siqueira
Revisão de texto Audrya Oliveira
Adaptação de capa Aline Santos
Foto da autora Copyright © Bethan Reeks

Dados Internacionais de Catalogação na Publicação (CIP)
Angélica Ilacqua CRB-8/7057

R255b

Reeks, Beth
A barraca do beijo 3 / Beth Reeks; tradução de Ivar Panazzolo Junior. — Bauru, SP : Astral Cultural, 2021.
304 p.

Título original: The kissing booth 3
ISBN: 978-65-5566-121-7

1. Literatura inglesa 2. Literatura juvenil 3. Adolescentes - Ficção 4. Beijos - Ficção I. Título II. Panazzolo Junior, Ivar

21-1734

CDD 823

Índice para catálogo sistemático:
1. Literatura inglesa 823

ASTRAL CULTURAL EDITORA LTDA

BAURU
Av. Duque de Caxias, 11-70
CEP 17012-151
Telefone: (14) 3235-3878
Fax: (14) 3235-3879

SÃO PAULO
Rua Major Quedinho 11, 1910
Centro Histórico
CEP 01150-030
Telefone: (11) 3048-2900

E-mail: contato@astralcultural.com.br

Para todas as pessoas de quinze anos que adoram livros e que têm uma história para contar.

Oi, pessoal!

Bem, aqui estamos. Cinco livros, três filmes e dez anos de *A Barraca do beijo*... E a história de Elle, Lee e Noah está finalmente terminando. Dá para acreditar?

Eu escrevi *A barraca do beijo* quando tinha quinze anos e publiquei o texto no Wattpad. Fiquei espantada quando percebi que havia gente disposta a lê-lo, e a ideia de publicar a história algum dia era somente um sonho distante. (Eu também costumava rir dos comentários dizendo que a história deveria ser transformada em filme; parecia algo brilhante e bizarro demais até mesmo para um sonho...) Eu sempre dizia, naquela época, que não planejava escrever uma sequência ou levar a história adiante, mas foi difícil me desapegar dos personagens. Eles significam muito para mim e são uma parte enorme da minha vida. Fico feliz pela oportunidade que tive de explorar um pouco mais essa história e amarrar todas as pontas neste livro.

Eu sempre soube como as coisas iriam terminar para Elle e Noah... E para Lee. Talvez nem sempre soubesse como seria a jornada, mas sabia qual era o destino. E é exatamente aqui que vocês vão mergulhar agora, nesta etapa da série *A Barraca do beijo.*

Este texto foi um desafio muito interessante. Escrever um livro baseado no filme baseado nos filmes baseados nos meus livros. Até que é simples, não? Bem, talvez não seja realmente "simples" — mas é bem divertido. E embora esta obra seja uma adaptação do terceiro longa da *Netflix*, você vai perceber que não segue completamente o roteiro das telas. Embora a trama seja basicamente a mesma, também segue um pouco do meu outro livro: *A barraca do beijo 2: Amor a distância*. Assim, em vez do Marco e da Chloe do filme, você vai voltar a ver Levi e Amanda.

Além disso, vai ver algumas cenas e interações que não estão nos filmes e explorar os personagens de maneiras diferentes. Não é preciso ver o longa para acompanhar este livro, e talvez você esteja pegando-o para ler após ver os filmes — ou talvez você seja um dos fãs que acompanham a saga desde aqueles dias distantes do Wattpad. De qualquer maneira, muito obrigada por estar aqui, espero que você goste deste último capítulo da história de Elle.

Beth Reekles

1

MEU PAI LIMPOU A GARGANTA, JOGANDO TODAS AS CARTAS EM CIMA do balcão da cozinha. Um envelope grosso deslizou lentamente até chegar perto de mim.

— O que é isso? — perguntei, com a boca cheia de cereal.

Em vez de responder à minha pergunta, ele disse:

— Ei, Brad. Por que não vai arrumar o seu quarto antes de ir pra casa do Benny?

— Mas...

Não houve espaço para nenhum mas, meu pai simplesmente arrancou Brad, meu irmão mais novo, da banqueta em que ele estava sentado com um resmungo e o colocou em pé.

— Vai cuidar disso, amigão, e eu deixo você passar essa manhã sem precisar lavar a louça do café.

Fiquei imediatamente desconfiada. Nesse verão, meu pai tinha decidido dar mais responsabilidades domésticas a Brad. Eu já havia lhe ensinado a dobrar as roupas depois de passá-las e a fazer macarrão. No fim de semana, meu pai havia lhe ensinado a cortar a grama do jeito certo, e nós entramos numa rotina em que ele ajudava um de nós a lavar os pratos. Meu pai dizia que Brad estava no fim do ensino fundamental e já tinha idade suficiente para ajudar com as tarefas, mas todos nós sabíamos por que ele estava fazendo aquilo: eu iria começar a faculdade no outono e não estaria por perto para continuar cuidando de todas essas coisas.

Meu estômago se retorceu quando pensei nisso. Dali alguns meses, quando eu estivesse em Berkeley, tudo iria mudar. Não que a casa fosse desmoronar completamente se não estivesse nela; tudo sempre deu certo quando eu ia passar algumas semanas na casa de praia da família Flynn no verão. Mesmo assim, eu realmente estava preocupada em deixar os dois sozinhos.

Dois dias antes, estava em estado de graça, atravessando o palco para pegar o diploma de formatura do ensino médio, jogando meu capelo para cima com todos os outros colegas. Tinha sido aprovada para estudar na universidade de Berkeley com Lee Flynn, meu melhor amigo em todo o mundo, como sempre planejamos fazer desde que tínhamos idade suficiente para entender o que significava ir à faculdade. Já tínhamos passado a vida inteira juntos e começaríamos o próximo capítulo da vida como alunos da mesma faculdade. Tudo estava perfeito. Exatamente do jeito que deveria ser.

Dissemos que o último ano seria o nosso ano — e com certeza foi... Às vezes tropeçamos pelo caminho, mas ainda assim foi incrível. E a faculdade também seria. Por mais apreensiva que eu estivesse em relação ao quanto as coisas seriam diferentes, ainda era bem empolgante pensar a respeito.

— O que houve? — perguntei, estreitando os olhos enquanto observava o envelope e olhava para meu pai em seguida. Enfiei a última colherada de cereal na boca, enxuguei os lábios com as costas da mão e afastei a tigela.

Ele se sentou na banqueta que Brad deixara vazia, tamborilando os dedos sobre o envelope que estava perto de mim.

— Acho que é você quem deve me dizer o que houve. Isso aqui chegou com seu nome.

— Meu nome?

Peguei o envelope e o virei.

Srta. R. Evans...

O papel tinha o timbre da Universidade Harvard.

Ai, meu Deus.

Ai, meu Deus do céu.

O cereal ameaçava voltar pelo mesmo caminho que desceu, meu coração subiu na garganta enquanto os dedos se atrapalhavam tentando abrir o envelope. Isso não podia estar acontecendo. Simplesmente não podia. Dois meses antes, eu tinha recebido uma carta dizendo que estava na lista de espera e aquilo deveria ter colocado um ponto final na história. Exceto pelo fato de que... aparentemente, não colocou.

Tirei a carta do envelope e a coloquei sobre o balcão para ler...

"Temos o enorme prazer de informar que".

Minha cabeça se ergueu em um movimento súbito.

— Eu... eu...

Não consegui colocar nenhuma palavra para fora.

Impaciente, com os olhos um pouco atarantados por trás dos óculos, meu pai pegou a carta. Observei seu olhar passar algumas vezes por cima das palavras antes de ele soltar uma gargalhada e balançar a cabeça.

Eu estremeci, sabendo o que viria a seguir, e me afastei com um gemido enfastiado, curvando o corpo para frente para enterrar a cara nas mãos.

— Por favor, não diga nada. Por favor, não diga nada.

— Você passou em Harvard! A minha garotinha passou em Harvard! Você... — Ele limpou a garganta outra vez. — Querida, você nem me disse que tinha se candidatado a uma vaga lá. Isso... isso foi por causa do Noah?

Soltei outro gemido.

Isso não devia ter acontecido.

A primeira faculdade para a qual me candidatei foi Berkeley — porque, dããã, é claro que teria que ser lá. Depois me candidatei em outras faculdades, por segurança, como segunda opção. É isso que uma pessoa normal faz, não é? Foi o que meu orientador vocacional disse para fazer. Assim, obviamente, Lee e eu tentamos escolher as mesmas escolas como segunda opção.

Lee falou sobre se candidatar a uma vaga na Brown quando Rachel, sua namorada, tentou o processo seletivo lá e...

Bem, talvez em um momento de loucura eu tenha me inscrito em Harvard, onde Noah, meu namorado e irmão mais velho do Lee, estudava desde o ano passado.

Era uma loucura, eu não deveria ser aprovada ali. Nunca esperei e nunca pensei que fosse. Bem, é claro que eu me esforçava bastante na escola e as minhas notas eram boas. Cumpri algumas disciplinas extracurriculares e fui bem no SAT... mas, cara... era Harvard, sabe? Não deveria ser o tipo de lugar no qual você é aceito por causa de um impulso.

Era uma loucura porque eles nunca deveriam ter dito "sim".

— Mais ou menos — eu disse ao meu pai. Ergui a cabeça um pouco, fazendo uma careta quando meu olhar cruzou com o dele. Aff. Ele parecia estar tão orgulhoso de mim. Queria que ele parasse com isso. — Eu só... não sei. Achei que poderia ser legal. Já que Lee tentou entrar na Brown, porque era pra lá que Rachel ia. Nunca falei sobre isso com ninguém.

— Espere aí. O Lee não sabe disso?

Uma parte daquele orgulho na expressão do meu pai começou a se desmanchar. Que bom, pensei. Um pouco de decepção paterna era o mínimo que eu merecia por esconder um segredo do meu melhor amigo. A última vez que fiz isso foi quando comecei a namorar o Noah e fiquei preocupada com a possibilidade do Lee descobrir e não aceitar bem a notícia. As coisas não correram tão bem quando ele descobriu tudo, mesmo que tenha me perdoado depois.

— Eu não estava tentando esconder isso dele — eu disse, querendo me explicar. — Não foi como daquela vez em que... você sabe. Quando comecei a namorar o Noah. Simplesmente nunca pensei que seria aprovada, então não quis assustá-lo. Não pensei que... — Soltei um suspiro antes de continuar. — Eu fiquei na lista de espera. E até achei isso legal, sabe? As pessoas que ficam na lista de espera de Harvard não chegam a ser aprovadas.

— Parece que chegam, sim.

— Pois é — resmunguei.

Um sorriso se abriu no rosto do meu pai e ele deu a volta no balcão da cozinha para me abraçar.

— Bem, seja lá o que você decidir fazer, Elle, estou muito orgulhoso de você. Harvard! Eu não gostava muito da ideia de você namorar o Noah, mas se isso for uma influência dele...

— Eu não me candidatei a uma vaga em Harvard somente por causa dele, você sabe. Afinal... bem, é Harvard. Quem não ia querer entrar lá?

— Mas ele é a razão de você ter escolhido Harvard em vez de, digamos, Yale.

— Sim — admiti. — E imaginei... bom... tipo assim... eu queria ver se conseguia passar, entendeu?

— Realmente, você foi bem discreta. Não contou nem mesmo pra mim! — ele riu, enquanto voltava a se sentar do outro lado do balcão, mas vi sua testa franzir e o sorriso escapulir do seu rosto. Ele tamborilou os dedos na carta outra vez. — Bem, então você não contou pro Lee. Nem pro Noah, pelo que estou imaginando.

— Não. Ninguém sabe. Eu não queria que Noah criasse expectativas e que o Lee ficasse... Eu não queria magoá-lo, fazer ele pensar que eu não queria ir pra Berkeley.

— E você já aceitou a vaga?

Fiz um sinal negativo com a cabeça. Era algo que já devia ter feito. Mas simplesmente não tinha reservado um tempo para isso.

Talvez uma parte do motivo pelo qual eu não tinha confirmado a matrícula fosse o fato de ter uma leve, uma minúscula partícula de esperança de que seria chamada em Harvard, mas...

Isso não devia ter acontecido.

Noah chegou a mencionar em tom de brincadeira, em uma tarde que conversamos pelo celular, que talvez eu devesse me candidatar a uma vaga em Harvard. Disse que seria legal se pudéssemos ficar mais próximos e passar mais tempo juntos, e que estava com muita saudade de mim. Não era a intenção dele que eu levasse aquilo a sério, e eu sabia disso, mas...

Aconteceu. E, para ser honesta, eu quis saber se era capaz.

Harvard. Eu consegui passar em Harvard. Eu, Elle Evans!

Minha boca estava seca e meu estômago se retorcia todo.

— Já tem alguma ideia do que vai fazer?

Olhei para a carta do departamento de matrículas, pensando naquela outra carta que estava na gaveta do meu quarto, com os mesmos dizeres, mas impressa num papel timbrado com o logotipo de Berkeley.

Lee e eu tínhamos decidido estudar em Berkeley há muito tempo — parecia fazer uma eternidade desde que isso aconteceu. Não precisaríamos nos mudar para outro estado e foi lá onde nossas mães se conheceram e se tornaram grandes amigas. Era um lugar especial.

E mesmo se eu tirasse Noah e nosso relacionamento dessa equação... Bem, Harvard era Harvard. Era o tipo de faculdade que as pessoas sonham em entrar e passam a vida inteira se esforçando para conquistar uma vaga.

(Mas tenho que admitir que o fato de Noah estar lá era bem atrativo.)

Tirei os olhos da carta e olhei para meu pai, que parecia tão orgulhoso de mim que poderia explodir a qualquer momento.

— Por favor, não conte a ninguém sobre isso — eu disse. — Especialmente aos Flynn. Eu preciso... Preciso pensar nisso.

Eu não aguentaria se meu pai deixasse escapar aquela notícia para Lee e os pais dele em um momento de loucura motivada pelo orgulho paterno. Não sabia nem mesmo como Noah ia reagir ao fato de que tinha sido aceita em Harvard, ou o que ele diria se eu decidisse aceitar a vaga. Talvez ele dissesse que seria legal se eu aceitasse, só para ser gentil. Talvez ele não me quisesse lá de verdade.

E Lee...

Lee ficaria muito magoado se eu chegasse e lhe dissesse que, apesar de todas as nossas promessas e de toda a consternação que senti quando soube que ele tinha se candidatado a uma vaga na Brown, acabei fazendo a mesma coisa em segredo para estar com Noah.

— Você vai ter que decidir logo, meu bem — disse meu pai. Ele se aproximou para fazer um carinho no meu ombro. — Harvard não vai esperar muito.

Antes de contar a Noah e Lee, eu tinha que decidir para onde ia. E rápido.

2

PASSEI O RESTO DA MANHÃ ME PREPARANDO PARA IR ALMOÇAR COM os Flynn. A mãe do Lee quis comemorar a nossa formatura em um restaurante chique. Eu geralmente não era do tipo que me arrumava muito para sair, então passei um tempo experimentando diferentes combinações de roupas e fiz até uma chamada de vídeo desesperada para Rachel, que também iria conosco. Foi o bastante para não me fazer pensar demais nas duas cartas de aceitação que agora estavam na gaveta da minha escrivaninha. E depois, é claro, Noah veio me buscar para irmos até o restaurante, o que significa que eu não tive tanto tempo assim para pensar no assunto.

— Então... — disse Noah, passando o braço ao redor dos meus ombros quando saímos do carro. Minha mão se moveu automaticamente, erguendo-se e entrelaçando-se com a dele. — Eu andei pensando.

— Cuidado. Você não está acostumado a fazer isso.

Ele revirou os olhos.

— Sobre o quê? — perguntei, deixando as piadinhas de lado por enquanto.

— Sobre você ir comigo até Boston no verão. Você pode dar uma olhada no lugar onde vou morar. E já aproveito pra mostrar a gaveta que reservei pra você.

— Você deixou uma gaveta inteirinha só pra mim? Que fofo! — eu disse a ele com uma voz meiga, virando o rosto em sua direção para que ele visse minha satisfação. Noah sempre foi o bad boy da nossa escola, diziam que ele ficava com centenas de garotas (o que, depois de algum tempo, me disse não ser exatamente verdade). Tinha até mesmo uma motocicleta e costumava fumar só para manter a pose. E aqui estava ele, falando sobre a gaveta que tinha reservado para mim.

Eu o amava tanto...

— Seria incrível se você fosse pra Boston comigo. Mesmo que não ficasse em Harvard. Nós iríamos nos ver muito mais. Podíamos até mesmo, quem sabe, alugar um apartamento juntos pra passar o verão ou coisa do tipo.

Eu parei de andar e afastei nossas mãos antes que ele notasse o quanto a minha tinha ficado úmida.

Ele parou de andar também, se virando para mim e rindo. Mas percebi que seu rosto estava enrijecido e que ele não conseguia olhar direto nos meus olhos; seu olhar estava fixo em algum ponto atrás de mim, no estacionamento.

— O que foi? Achou brega demais? Você que pediu pra eu me abrir mais, ser mais honesto e falar desses assuntos mais emotivos, sem aquela pose de machão.

Eu abri a boca, mas não consegui dizer nada.

As bochechas de Noah coraram.

— Ah, tipo... você sabe, Elle. — Ele pigarreou, passando a mão na nuca. — Eu não estava falando sério. Digo... — Ah, meu Deus. — Morarmos juntos seria uma decisão bem importante. Ainda não chegamos lá. Eu estava só brincando.

Esse era o momento certo para dizer a ele que fui aprovada em Harvard. Diabos, era o momento certo de dizer a ele que me candidatei a uma vaga lá pensando na chance improvável de ir a Boston com ele. Noah não fazia ideia, mas ele estava ali falando sobre o quanto seria bom estarmos mais próximos, sobre morar juntos.

A ideia de Noah querer assumir um compromisso tão sério e morar comigo devia ter feito meu coração dar piruetas. Eu devia estar com os braços ao redor dele, dando gritinhos e berrando *Surpresa! Podemos fazer isso! Eu posso ir morar em Boston*!

Esse definitivamente era o momento de contar a ele. Especialmente quando ele pareceu ter ficado tão aturdido ao sugerir, em um tom quase corriqueiro, que pudéssemos morar juntos, pensando que eu tinha ficado horrorizada com a ideia.

— Elle?

Diabos. Anda, Elle, diga alguma coisa. Conte a ele!

Olhei para ele, voltando a me concentrar em seu rosto em vez de olhar através dele, e disse:

— Acho que esqueci meu modelador de cachos ligado.

Ele não parecia ter engolido aquilo, mas disse logo em seguida:

— Manda uma mensagem pro seu pai. Ele pode ver isso pra você.

Peguei meu celular rapidamente e fingi que estava mandando uma mensagem, digitando e apagando-a logo em seguida.

— Vamos lá, já estamos atrasados.

— Sim, sim — eu disse, olhando para ele com uma expressão zangada, mas já sentindo o sorriso voltar a se formar no meu rosto. — E a culpa é de quem?

— Como assim? A culpa é minha por você estar tão linda?

Voltei a acompanhar seu passo, enquanto ele se abaixava para dar um beijo no meu pescoço. Eu ri e o afastei de mim.

— Não se atreva! É por esse motivo que estamos atrasados!

— Sabe, falando tecnicamente, nós não chegaríamos atrasados se decidíssemos não entrar...

— Noah Flynn, nem pense uma coisa dessas. Tem um sundae com cobertura enorme aí dentro com meu nome na taça, nem mesmo você e esse seu bumbum gostoso podem me impedir de tomá-lo.

— Meu bumbum gostoso, né?

Eu não sabia como, mas mesmo depois de um ano inteiro de namoro ele ainda conseguia me deixar vermelha por dizer algo do tipo, e eu corei. Noah riu, passando o braço ao redor do meu corpo para entrar no restaurante.

JANTAR COM A FAMÍLIA FLYNN ERA UMA OCASIÃO RELATIVAMENTE comum, mas, geralmente, quando saíamos para algum restaurante, meu pai e meu irmão vinham junto. Achei um pouco estranho June, a mãe de Lee e Noah, ter convidado somente a mim para o brunch, mas pode ser porque ela convidou Rachel também. Talvez fosse um evento em que eu seria menos "a Elle" que ela conhecia e mais "a namorada de Noah".

Mesmo depois de mais de um ano, ser a namorada de Noah era uma dinâmica nova com a qual todos nós ainda estávamos nos acostumando.

O restaurante que eles haviam escolhido ficava no alto de um prédio e era lindo. Senti que não estava adequadamente trajada para o local com o meu jeans; meu olhar pousou em um grupo de mulheres de vinte e poucos anos que estavam rindo e bebendo seus coquetéis de mimosa. Fiquei feliz por Rachel ter me convencido a dispensar o moletom com capuz que eu sempre usava e passar um tempo arrumando os cabelos.

Não tivemos dificuldade para encontrar os outros, e quando June se levantou para me abraçar, eu disse:

— Desculpe pelo atraso. O trânsito estava horrível e tivemos que parar pra colocar gasolina.

— Não tem problema — disse ela, sorrindo carinhosamente, enquanto nos sentávamos ao redor da mesa.

Ouvi Lee murmurar:

— Trânsito? Sério? Ela realmente acha que essa desculpa vai colar?

O comentário foi prontamente seguido por um "Ai", quando Noah pisou com força no pé dele sob a mesa.

Depois que fizemos nossos pedidos, olhei para as janelas, admirando o contorno dos prédios no horizonte.

— Esse lugar é perfeito.

— Queríamos levar vocês a algum lugar especial pra celebrar de verdade a formatura — disse Matthew, o pai dos meninos.

— Elle tem razão — disse Rachel, admirada. — Esse lugar é incrível. Obrigada pelo convite.

— Não consigo acreditar que realmente nos formamos — disse Lee, balançando a cabeça. — É muito esquisito pensar que não vamos voltar à escola no outono. Tipo... acabou. E agora nós temos o verão inteiro pra curtir e...

— Vai passar bem rápido — disse Noah. — Pode acreditar em mim.

— Sim, garotos. É melhor vocês aproveitarem bem — disse Matthew. — Já têm algum plano pro verão?

— Além de irmos pra casa da praia? — retrucou Lee, rindo. — Na verdade, estávamos conversando sobre ir até lá nesse fim de semana, se não houver problema.

Olhei para os pais dele com um sorriso cheio de expectativa, esperando que concordassem com acenos de cabeça e dissessem: "É claro!" Afinal, por que não fariam isso? Há algumas semanas, Lee e eu vínhamos planejando passar alguns dias na casa da praia. Eu ia lá com a família Flynn inteira todos os anos no verão, mas Lee e eu pensamos, agora que a formatura já tinha passado, que seria legal irmos só nós dois, levar algumas cervejas escondidas e espairecer um pouco depois da loucura e da intensidade do último ano do ensino médio.

Mas em vez de retribuir o sorriso e dizer que poderíamos ir, é claro, Matthew e June simplesmente trocaram um olhar. Ela franziu os lábios, com uma expressão preocupada no rosto. Vi que seu marido fez um sinal discreto com a cabeça e senti meu estômago afundar.

E eu não era a única pessoa que tinha percebido aquilo.

— Que caras são essas? — perguntou Noah. — Está tudo bem?

— Tudo está bem — disse June, com uma expressão forçada de tranquilidade e um sorriso rígido quando olhou para nós. *Oh-ou*, eu pensei. Não tinha nada de materno naquele sorriso. Era mais parecido com o sorriso que ela abria quando recebia uma ligação da sua empresa. Ela respirou fundo. — Bem, na verdade, nós temos uma notícia...

Um pavor crescente fez a minha pele formigar.

— Nós decidimos vender a casa da praia.

Não.

Isso não podia estar acontecendo.

O dia já tinha sido uma verdadeira montanha-russa, mas essa era a pior parte até agora. E ainda não eram nem onze da manhã.

— O quê? Por quê? — disse Noah em voz alta.

Lee se levantou e disse quase gritando:

— Espera aí. Como assim? De onde vocês tiraram essa ideia?

— Lee, por favor. Sente-se — disse o pai, com firmeza.

Lee obedeceu, mas ficou olhando para os dois com o queixo caído.

— Espera aí. Quer dizer que toda essa cerimônia, esse restaurante e o brunch eram somente uma tentativa de amenizar o impacto e baixar a nossa guarda antes de vocês soltarem essa bomba?

— Não! — June se endireitou na cadeira, mas em seguida começou a torcer o guardanapo. — Bem... não exatamente... mais ou menos. Deu certo?

— Usar comidas e bebidas deliciosas pra dar más notícias é errado, mãe. Muito errado. Achei que tivéssemos dado uma educação melhor pra vocês.

Noah o acertou com o cotovelo para que ele parasse de fazer gracinhas.

— Vocês estão falando sério? Vão mesmo vender a casa da praia? Mas nós a temos desde sempre!

— Já vínhamos conversando sobre isso há algum tempo — disse June. — Simplesmente não faz mais sentido ficar com ela, agora que vocês vão pra faculdade. É como você disse no ano passado, Noah. Vocês vão começar a procurar emprego, estágio de verão, vão ter que viajar pelo país por causa da faculdade ou pra se encontrar com amigos... Muitas coisas estão mudando, então parece ser a coisa mais sensata a fazer.

— E achamos que seria melhor abrir o jogo, porque vocês não iam demorar muito para descobrir — disse Mathew, aspirando o ar. — Toda aquela área está sendo reurbanizada. Se vendermos agora, vamos conseguir um valor quatro ou cinco vezes maior do que ela vale.

— Vocês estão falando como se fossem corretores de imóveis — disse Lee, afundando na cadeira.

— Querido, eu sou corretora de imóveis — disse June. — Não tomamos essa decisão de maneira apressada, você sabe. Há muitos compradores interessados e aquele terreno é valioso demais pra simplesmente ficarmos com ele.

— Terreno? — repetiu Noah. Ele se inclinou sobre a mesa, com uma expressão preocupada. — Eles não vão demolir a casa, né?

Matthew deu de ombros.

— É bem provável que sim. Não achamos que você fosse tão sentimental, Noah.

Ele fez um beicinho e voltou a se recostar na cadeira. Aquilo o fez parecer mais jovem, uma aparência que não tinha nada a ver com Noah. Naquele momento, ele estava agindo de um modo mais parecido com Lee.

— Nós passamos muito tempo naquele lugar. É... é esquisito pensar que a casa pode não existir mais — completou Lee, forçando as palavras.

— Onde é que nós vamos assistir aos fogos de artifício do Quatro de Julho agora? Ir pra casa da praia juntos é uma tradição. Nós juramos que sempre iríamos pra lá todos os anos, no verão. Por que não aproveita e cancela a festa de Natal também, mãe?

— Lee...

— Com o dinheiro que ganharmos na venda, podemos comprar outra — sugeriu Matthew, como se aquilo tivesse alguma coisa a ver com a verdadeira questão. — Algum lugar onde a tinta não esteja descascando e o filtro da piscina não quebre todos os anos.

— Não! — exclamou Lee. — Não vou deixar que vocês façam isso. Vocês não podem vendê-la.

— Isso mesmo — Noah disse, se mexendo na cadeira e cruzando os braços diante do peito do mesmo jeito que Lee estava fazendo. Eles sempre foram bem diferentes, mas, nesse momento, qualquer pessoa que passasse por ali teria certeza de que os dois eram irmãos. Haviam formado uma frente única para resistir. — Tenho que concordar com o Lee. Essa casa já está na família há quanto tempo? Uns oitenta anos? Era a casa da sua avó, pai! Você não pode simplesmente trocá-la por outra. Você não pode vendê-la!

— Se for uma votação, então o meu voto também é não — eu disse, levantando a mão. Tinha a sensação de que a casa da praia pertencia tanto a mim quanto a eles. E Lee tinha razão. Era uma tradição.

Olhei para Rachel, cobrando uma posição dela — mesmo que ela só tivesse passado alguns dias na casa da praia quando estivemos lá no ano passado. Ela ergueu a mão desajeitadamente.

— Eu também concordo.

June suspirou.

— Desculpem, garotos. Já está decidido.

A garçonete escolheu aquele exato momento para servir nossa comida.

— Ah, mas não está mesmo — resmungou Lee para si mesmo, só eu ouvi. Nós nos olhamos, e acho que nunca o tinha visto com uma expressão tão determinada.

Se os pais dele achavam que íamos desistir da casa da praia sem lutar, estavam redondamente enganados.

3

ACHEI QUE TODA A SITUAÇÃO "BERKELEY VS. HARVARD" JÁ FOSSE ruim o bastante, e agora isso?

Lee passou o resto da nossa refeição emburrado — e, para o meu espanto, Noah agiu do mesmo jeito. Os dois fecharam a cara, ficaram carrancudos e resmungavam entre os dentes, espetando e cortando a comida com raiva, enquanto olhavam para os pais com irritação.

Estavam tão parecidos naquele momento que quase chegava a ser engraçado.

Quase.

Rachel, por sua vez, tentava deixar o clima da mesa menos pesado. Tentou puxar assunto com Lee algumas vezes e, quando percebeu que não estava dando certo, começou a falar com os pais dele com um entusiasmo que beirava a sandice, tentando quebrar o silêncio que havia se formado na mesa.

Eu ainda estava tentando me acostumar com aquela ideia.

Vender a casa da praia? Eu nunca cheguei a imaginar que isso seria possível. Aquela era a casa da praia. Era onde passávamos praticamente todos os verões da nossa vida. Algumas das minhas melhores lembranças aconteceram ali. Foi onde Lee e eu nadamos sem boias nos braços pela primeira vez! Onde uma água-viva me queimou quando eu tinha nove anos e Noah teve que me levar de volta nas costas. Onde Lee deu seu primeiro beijo, com uma salva-vidas hispânica que morava em algum lugar no norte do estado e cujo nome ninguém conseguia se lembrar agora.

Olhei para Noah, que estava com a mandíbula tensa. Quando ainda éramos adolescentes, e quando ele de repente ficou descolado demais para continuar nos dando atenção, a casa da praia era o único lugar onde ele ainda ficava junto conosco, onde tudo parecia não ter mudado nada.

Foi onde tomamos cerveja pela primeira vez aos treze anos, quando surrupiamos algumas latinhas de uma caixa térmica durante os festejos de quatro de julho — na mesma época em que Noah estava começando a ser o bad boy da escola, quebrando todas as regras, mas não a ponto de não nos incluir naquele pequeno furto. (Mesmo assim, ele estabeleceu um limite, dizendo que estávamos proibidos de acompanhá-lo a qualquer festa que ele fosse naquele mesmo verão.)

Eles não podiam simplesmente vender a casa. Não era assim que as coisas funcionavam. Não para um lugar como aquele.

Ela era muito mais do que apenas um imóvel ou uma casa com a tinta descascando e um filtro de piscina temperamental.

Meu celular tocou. Um lampejo de culpa passou por mim por não ter colocado o aparelho no modo silencioso, mas, em vez de pedir desculpas e enfiar o celular de volta na bolsa, aproveitei a desculpa para sair da mesa.

— Preciso atender. Volto logo.

Tentei não fugir correndo do climão que pairava sobre a mesa.

Era um número desconhecido, mas atendi mesmo assim.

— Alô?

— Bom dia. Estou falando com a srta. Evans? — perguntou a voz de uma senhora, soando um pouco seca.

— Ah... sim, sou eu.

— Srta. Evans, aqui quem fala é Donna Washington, do departamento de matrículas dos cursos de graduação de Berkeley.

Ah, merda. Merda, merda, merda.

— Ah...

Apertei os dentes e agarrei o celular com as duas mãos. Dei uma rápida olhada para a mesa. Todos ainda estavam sentados, longe o bastante para não escutarem minha conversa...

— Tentei entrar em contato com você várias vezes nessas últimas semanas.

Meu estômago se retorceu. Eu poderia vomitar toda aquela refeição cara na parede bem à minha frente. Engolindo em seco, eu disse:

— Desculpe, eu... eu estive... bom, você sabe... Esses dias têm sido uma loucura, uma correria... As questões da formatura e tal...

Nossa, Elle, que resposta incrível. Dá pra perceber como você conseguiu passar em faculdades como Berkeley e Harvard.

— Tenho certeza de que você já está ciente, se recebeu as mensagens que deixei no correio de voz e nossos e-mails, de que estou ligando pra saber sobre sua decisão de se matricular em Berkeley, as aulas vão começar no outono.

— Bem, eu... eu estava pensando se, talvez... se talvez seria possível ter um pouco mais de prazo...

Donna Washington parecia não estar muito a fim de aceitar a minha indecisão. Seu tom de voz, que já estava bem seco, ficou ainda mais incisivo.

— Nós já lhe demos um prazo maior do que o habitual, srta. Evans.

Minhas mãos começaram a suar.

— Eu... eu sei, e eu realmente sou grata por isso, mas... por favor... Eu... eu acabei de ser chamada na lista de espera de outro lugar hoje, e preciso de um prazo que seja só um pouquinho maior. Por favor. Pode ser?

— Srta. Evans — interrompeu Donna Washington, fiquei em pânico por um segundo. — Devo informá-la de que você tem até segunda-feira pra aceitar a nossa oferta. Se não recebermos uma resposta sua até lá, não teremos outra escolha a não ser oferecer sua vaga para um aluno da lista de espera.

Ela esperou eu responder. Fiquei um pouco surpresa; achei que ela fosse encerrar a ligação depois daquela última frase.

— Entendi — eu disse a ela com a voz miúda. — Obrigada.

Fiquei ali por mais um minuto depois de desligar. Minha respiração estava ofegante e as minhas mãos ainda suavam. Enxuguei-as na calça.

Até segunda-feira. Isso me dava apenas três dias, incluindo hoje.

Apenas uns poucos dias para tomar uma decisão que tinha o potencial de mudar a minha vida. Três dias para abrir o jogo com Lee e Noah.

Estava tudo bem, completamente bem. Eu seria totalmente capaz de fazer isso.

Será que eu não poderia decidir aquilo simplesmente jogando cara ou coroa?

Voltando para a mesa, vi que nossas sobremesas tinham chegado. Lee estava tendo uma conversa agitada com seus pais, gesticulando exageradamente com uma colher cheia de sorvete na mão; sem dúvida, estava discutindo sobre a casa da praia outra vez. Ao lado dele, Noah concordava com acenos de cabeça, entrando na conversa de tempos em tempos para apoiar o irmão mais novo.

Enfiei o celular no bolso de trás e sentei novamente.

— Me ajude aqui, Elle — disse Lee, se interrompendo no meio de um argumento para me envolver na discussão. — Berkeley nem fica tão longe da casa da praia. Não fica nem mesmo em outro estado! Mesmo se conseguirmos estágios de verão ou outra coisa do tipo, provavelmente vai ser em algum lugar aqui perto. Ou seja, ainda podemos voltar pra casa da praia. Não é mesmo, Elle?

— C-certo.

Uma pontada de remorso ardeu no fundo do meu estômago.

Mas a sensação arrefeceu um pouco quando percebi que Lee estava com dois sundaes diante de si, e que estava comendo ambos alternadamente. Ele empurrou a taça com sorvete de morango para mim.

— Quem ligou pra você? — June perguntou, em vez de responder para Lee.

— Ah, era só o meu pai. Você sabe, as coisas de sempre. Pediu pra que eu cuidasse do Brad.

— Mãe, vocês não podem...

— Lee, por favor — suspirou o pai, esfregando o nó dos dedos entre os olhos. — Não tem mais discussão. Vocês estavam dizendo que queriam ir pra casa da praia nesse fim de semana, não é? Que tal todos nós irmos até lá e começarmos a dar um jeito em algumas coisas? Precisamos desocupar o lugar, tirar as coisas de lá... É melhor fazer isso logo ao invés de esperar demais, não é? Rachel, Elle, seria ótimo contar com a ajuda de vocês também.

Fiquei um pouco contrariada por ter sido incluída naquilo com Rachel. Como se eu fosse apenas a namorada de Noah, e não uma integrante da família que tinha passado vários verões na casa de praia com eles. Como se eles não tivessem me dito milhares de vezes "A casa é tão sua quanto nossa, Elle!". Como se aquele lugar não fosse como um lar para mim durante basicamente toda a minha vida.

— Fico feliz em ajudar — disse Rachel, falando como se não restasse outra escolha.

— Eu vou estar lá, sim — ouvi a minha voz esbravejar. June colocou discretamente sua mão sobre a minha por um segundo.

— Está bem — disse Noah, irritado.

— Mas saibam que não estamos nem um pouco felizes com isso — declarou Lee.

Lancei um olhar furioso para o que tinha restado da minha sobremesa. É, Lee, também não estou feliz com outras coisas.

Meu celular estava quase abrindo um buraco no bolso, de tanto que queimava. Esqueçam a casa da praia, senti vontade de dizer. Que diabos eu vou fazer em relação à faculdade?

Meu olhar passeou entre os irmãos Flynn: Lee, emburrado e resmungando alguma coisa com Rachel, parecendo extremamente magoado; e Noah, que percebeu meu olhar e abriu um sorriso torto.

Lee e Berkeley ou Noah e Harvard?

Eu só tinha três dias para decidir.

4

DEPOIS DA NOSSA REFEIÇÃO CHIQUE, NOAH ME LEVOU DE VOLTA PARA casa. Fiquei em silêncio durante todo o percurso, pensando nessa nova situação que envolvia a casa da praia e o meu dilema universitário. Noah, por sorte, estava ocupado demais com seus próprios pensamentos e não perguntou o que estava acontecendo comigo.

Queria muito contar a ele.

Mas como eu podia fazer isso? Como eu poderia despedaçar o coração do Lee desse jeito? Uma parte de mim dizia que eu devia tomar essa decisão sem os dois, mas especialmente sem Noah. Se eu fosse para Harvard, não queria que o principal motivo fosse o desejo de estar perto do meu namorado, que já estudava ali, ou porque deixei que ele me convencesse a fazer isso pela mesma razão.

Estávamos falando de faculdade. Seja lá onde fosse, eu trilharia um novo caminho, me preparando para o que viria pela frente. Escolher Berkeley ou Harvard era uma decisão que eu não podia tomar me baseando somente num garoto.

Ou, nesse caso, em dois garotos.

Mesmo que não quisesse a ajuda de Noah na minha decisão, eu queria poder contar a ele. Pelo menos para que ele pudesse me abraçar, oferecer algum conselho, garantir que tudo ficaria bem e que as coisas dariam certo no final, e que Lee entenderia se eu desistisse da vaga em Berkeley.

Noah colocou o carro em ponto morto, enquanto eu procurava minhas chaves.

— Bom, então amanhã eu venho buscar você pra irmos à casa da praia, certo?

Eu quase revirei os olhos e disse "não, seu bobo, eu vou com Lee..." Até lembrar que não era mais desse jeito que as coisas funcionavam. Não por causa de Noah, mas porque Lee tinha uma namorada para viajar com ele no banco do carona, no meu lugar.

Como se estivesse lendo meus pensamentos, Noah acrescentou:

— O Lee e a Rachel vão no carro dos meus pais. Pensei em ir de moto.

Fiz uma careta, mas era somente um pouco de charme.

— Ah, para com isso. Você sabe que eu odeio aquele negócio perigoso...

— E você odeia não ter uma desculpa pra ficar agarradinha em mim — murmurou Noah, se aproximando de mim por cima do console, com aquele sorriso malandro no canto da boca, que eu conhecia tão bem.

— E como. É o que mais detesto.

Ele virou a cabeça, deslizando os lábios pelo contorno do meu queixo, me fazendo gemer. Meus olhos estremeceram com aquela sensação; minha pele formigava onde a boca de Noah tocava. Ele se aproximou devagar da minha orelha.

— Posso vir buscar você às nove, então?

Fiz que sim com a cabeça, virando o rosto para encostar minha boca na dele. Decidi que jamais me cansaria disso. Jamais. (Além disso, pensei que, se eu fosse com ele para Harvard, nunca mais ficaria longe daquela sensação...)

Me afastei dele, um pouco relutante.

— Quer entrar?

— Acho que não. O Lee vai voltar pra casa depois de levar a Rachel, e eu seria um filho terrível se deixasse meus pais sozinhos com ele agora. Mesmo que eu esteja do lado dele.

Não consegui resistir a abrir meu próprio sorriso malandro e a empurrar o ombro dele ligeiramente.

— Olhe só pra você, Noah Flynn. Crescido e tomando decisões maduras.

Será que eu também mudaria tanto o meu jeito depois de um ano na faculdade?

Será que o Lee mudaria?

As bochechas de Noah ficaram ligeiramente rosadas.

— Sei, sei. Me erra, Shelly. Diga oi pro seu pai e pro Brad por mim.

— Vou dizer.

Nós nos beijamos outra vez antes que eu saísse do carro, um beijo que não foi tão longo quanto o último.

Abri a porta e Noah continuou estacionado diante da calçada com o motor ligado, até que eu me virei para acenar em despedida. Em seguida, anunciei que estava em casa.

— Estamos aqui — ouvi meu pai dizer da cozinha, onde o encontrei jogando uma partida de Uno com Brad.

— Tem espaço pra mais uma jogadora?

— Claaaaaaro — disse Brad, estendendo a palavra, o que me deixou imediatamente desconfiada. — Pode comprar suas cartas, Elle.

Eles esperaram pacientemente até que eu soltasse a bolsa, me sentasse do outro lado da mesa e pegasse algumas cartas da pilha do meio.

— É minha vez — avisou Brad. — Depois você.

— Está bem.

Ele bateu uma carta no tampo da mesa.

— Compra quatro! E muda pra... verde!

Soltei um gemido enfastiado, encostando as cartas na mesa, viradas para baixo.

— Ah, qual é? Você está me zoando!

— A regra é clara — disse meu pai. — Lamento, querida.

Ele não parecia lamentar nem um pouco o fato de eu ter entrado no jogo no momento certo para poupá-lo de pegar quatro novas cartas quando só lhe restavam três na mão.

Ele cumprimentou Brad com um toque de mão por baixo da mesa e os dois soltaram risadinhas enquanto eu comprava as cartas, procurando por uma verde. Que eu obviamente não tinha. Tive que comprar mais três antes de conseguir uma que pudesse jogar.

— Hoje não é meu dia — resmunguei, lamentando a quantidade enorme de cartas que estava na minha mão.

— Aconteceu alguma coisa com os Flynn, Elle?

— Você sabia que eles vão vender a casa da praia?

— Como assim? — exclamou Brad. — Mas... mas eles não podem fazer isso! Você prometeu que eu podia ir lá esse ano!

— Ah — disse meu pai, jogando uma carta verde da sua mão. — June disse que aquela região estava sendo reurbanizada. Não posso dizer que estou surpreso. Faz sentido, agora que vocês todos estão na faculdade.

— Ei, eu não estou na faculdade — protestou Brad.

— Você logo vai fazer as malas e se mudar para algum alojamento em um piscar de olhos — disse meu pai, embora eu tivesse a impressão de que ele estava falando aquilo mais para si mesmo do que para Brad.

— Mas a Elle vai pra Berkeley, nem fica tão longe — argumentou Brad. — E o Lee também. Então isso não conta, né?

Eu me encolhi.

— Você ainda precisa decidir, não é, querida? — meu pai comentou com discrição, em vez de perguntar diretamente se eu já tinha conversado com Lee ou Noah a respeito daquilo. Brad estava decidindo qual seria sua próxima carta.

Preciso mesmo, pensei amargurada, lembrando da conversa que tive com Donna Washington.

Aquilo não era nem um pouco justo. Nada disso deveria estar acontecendo. Se eu tivesse ficado na lista de espera apenas por mais um dia, jamais teria adiado a decisão. Donna Washington, aquela metida, teria ligado e eu teria dito "Sim, eu aceito. Nos vemos no outono!" e tudo aconteceria do jeito certo. Se pelo menos aquela maldita carta de Harvard não tivesse aparecido de manhã...

Será que foi algum tipo de sinal ela ter aparecido bem naquele momento, poucas horas antes de Berkeley me ligar para saber se eu ia realmente me matricular ou não? Talvez tenha sido o destino me dizendo para onde eu deveria ir...

Meu pai parecia estar esperando uma resposta, mas eu não queria ficar pensando na faculdade agora.

— Nós vamos pra casa da praia amanhã pra começar a tirar as coisas de lá — murmurei, em vez de responder. Brad jogou uma carta amarela. Por sorte, eu tinha um punhado delas na mão, incluindo uma carta +2 que baixei imediatamente na mesa antes que meu pai dissesse "Uno".

— Mas não se preocupe. Consigo voltar para a tempo de cuidar do Brad à noite.

— Eu não preciso de ninguém pra cuidar de mim — anunciou Brad numa voz desafiadora. — Já tenho onze anos.

Ergui a palma das mãos e as sobrancelhas.

— Ah, perdoe-me. Eu tinha esquecido.

Meu pai olhou para mim e tentou não rir.

— Quer dizer que você vai sair amanhã à noite? — perguntei a ele. Eu já tinha sido avisada de manhã, antes da carta de Harvard chegar, que teria que ficar em casa no dia seguinte para cuidar do Brad, mas não cheguei a perguntar o motivo. Meu pai não costumava sair nos fins de semana, então insisti: — É alguma coisa relacionada ao trabalho?

— Bem, na verdade... — ele começou, quase imitando o Brad quando se endireitou na cadeira. — ... não. Eu marquei um encontro.

Fiquei olhando fixamente para ele por um minuto inteiro; tempo o bastante para que Brad me chutasse por baixo da mesa e dissesse:

— Elle! Anda logo, é sua vez!

Joguei a primeira carta azul que vi na minha mão e encarei meu pai.

Um encontro?

Desde quando ele marcava encontros?

Vamos lá, Elle, aja naturalmente. Esse era o primeiro encontro que meu pai tinha desde... sempre. Desde que minha mãe faleceu. Ele provavelmente já estava se sentindo bastante esquisito, sem que eu precisasse intensificar essa sensação.

Assim, eu disse:

— Certo, então... como você a conheceu? Como ela se chama? Fale um pouco sobre ela. Aonde você vai levá-la nesse primeiro encontro? Por favor, diga que você não vai dar flores a ela, ou algo cafona desse tipo. Na verdade, talvez fosse melhor se...

— Ela se chama Linda — ele disse. — Eu a conheci no trabalho. E se você quer mesmo saber, Elle, nós já saímos duas vezes, e eu dei flores a ela. E ela achou muito gentil.

— Ei, ei, espera aí — eu disse, chocada. — Esse não é o primeiro encontro? Você saiu com ela outras vezes e não nos contou?

Meu pai deu de ombros, mas percebi uma certa expressão de culpa nele. Eu não queria que ele se sentisse culpado. Ou talvez eu quisesse.

Mas não queria que ele se sentisse mal por causa disso. Era só meio... esquisito.

E foi então que ele disse, com os olhos fixos nas cartas:

— Eu não conto a vocês sobre cada encontro que tenho, sabia? Mas as coisas estão indo muito bem com a Linda. Gosto dela. Vamos ver o que acontece.

Brad não parecia estar nem um pouco abalado. Será que ele sabia? Será que meu pai contou a ele que estava tendo encontros, mas não contou a mim? Ele não tinha nada a dizer sobre isso?

— Você não tem nada a dizer sobre isso, Brad? — exclamei, olhando incrédula para ele.

Ele me encarou com um olhar duro por um minuto antes de suspirar.

— É a mesma Linda que estava naquele piquenique da sua empresa nas férias da primavera?

— Sim, é ela mesmo, meu chapa.

— Ah — disse ele, dando de ombros e estudando suas duas cartas novamente. — Ela era legal. Fez uma salada de batatas bem gostosa.

Meu pai jogou uma carta. Brad jogou outra em seguida, gritando "Uno!". Meu pai brincou com ele, dizendo que ele só podia ter trapaceado. Observei os dois interagindo, tentando escolher uma carta para jogar antes que Brad me chutasse outra vez por baixo da mesa.

Sério mesmo?

Quer dizer que esse não era o primeiro encontro que meu pai ia ter?

E eu só fiquei sabendo disso agora?

Exatamente há quanto tempo isso estava acontecendo, se Brad já conhecia a mulher? Eu tinha passado as férias da primavera com Lee do outro lado do país, quando fomos visitar Noah em Boston e passar alguns dias lá. Será que eu tinha perdido algo importante por não ter comparecido ao tal piquenique da empresa? Será que eles estavam namorando desde aquela época ou isso só tinham começado recentemente? Será que Brad não entendia o que estava acontecendo, ou simplesmente não se importava?

Será que eu estava dando muita importância a tudo isso?

Brad venceu o jogo logo depois. Quando saltou da cadeira para fazer a dança da vitória, meu pai o parabenizou e recolheu as cartas antes de embaralhá-las outra vez.

— Vamos jogar de novo?

— Dããã! — Brad não precisava que o convencessem.

— Eu, não. Eu... tenho umas coisas pra fazer.

Preocupado, meu pai enrugou a cara e olhou para mim por cima dos óculos. Eu estrangulei um suspiro; não queria agir de um jeito esquisito por causa do encontro dele, mas obviamente eu já tinha feito isso. Caso contrário, ele não me olharia daquele jeito.

Ou era isso, ou então eu aparentava estar tão exausta quanto me sentia. O dia tinha sido cheio. Na verdade, tinha sido cheio demais. Eu só queria me arrastar até a cama e fingir que nada disso estava acontecendo. Era muita coisa para processar.

— Está tudo bem, querida?

— Claro! São só... coisas da faculdade, sabe? Tenho que ligar pra Berkeley na segunda. — Não queria dizer muita coisa perto de Brad, ele poderia deixar escapar algo para Lee, antes que eu mesma pudesse contar. Me esforcei para sorrir e manter a voz tranquila. — Prometo que volto a tempo pra que você possa ir ao seu encontro com a Linda amanhã. E, obviamente, vou estipular um horário limite pra você chegar em casa, mocinho.

Ele relaxou e sorriu para mim.

— Obrigado, Elle.

— Não há de quê.

Eu me arrependi um pouco de fazer aquela oferta assim que as palavras saíram da minha boca.

Não que eu achasse que meu pai não devesse namorar. Já fazia muito tempo que minha mãe tinha falecido, e ele tinha o direito de ser feliz ou coisa do tipo. Mas, na verdade... Bem, ele já era pai solteiro há muito tempo. Sair para encontros não era algo habitual para ele... exceto, evidentemente, pelo fato de que ele estava fazendo isso, sem ter nos contado.

Mordi a língua, pensando que namorar escondido talvez estivesse no sangue da nossa família.

— ESCUTA — EU DISSE A LEVI MAIS TARDE NO TELEFONE, DEPOIS DE lhe contar tudo que estava acontecendo. — Eu até entendo por que ele não disse nada a princípio. Talvez ele estivesse com medo da nossa reação ou achou que isso ia nos irritar, ou então não queria fazer com que pensássemos que era algo sério, nos fazendo simpatizar com alguma mulher simplesmente antes que eles terminassem o relacionamento algum tempo depois, mas e se tudo isso significa que a Linda é alguém especial e que os dois estão levando a relação a sério?

— Elle — Levi começou a responder. — Não leve isso a mal, mas você precisa...

— Nem começa. Estou muito calma. Só estou achando isso muito esquisito. Você não acha esquisito?

Ele deu de ombros. Levi estava no intervalo da loja de conveniência onde trabalhava, e sempre aproveitava para me ligar pelo FaceTime da ruela que ficava atrás dela. Eu consumia muito do tempo dos intervalos dele nessas ligações, mas éramos amigos, não éramos?

Depois de Lee, Levi era o meu melhor amigo. Ele tinha se mudado para cá no ano passado e, como era vizinho do nosso amigo Cam, acabou entrando para a turma. Quando Lee começou o último ano entrando de cabeça no time de futebol americano da escola e no relacionamento com Rachel, e Noah do outro lado do país, eu comecei a me sentir meio sozinha. Levi e eu acabamos ficando bem próximos; ele chegou até mesmo a se abrir comigo sobre a ex-namorada que tinha partido seu coração e sobre o pai estar em remissão depois de tratar um câncer — coisas que ele demorou meses para contar a qualquer outra pessoa.

(Bem, talvez nós tenhamos ficado próximos demais.)

Não deveria ser esquisito eu ligar tanto para ele nos intervalos. Em minha defesa, foi ele que começou com as ligações; era mais fácil ele falar pelo celular do que responder as mensagens de texto enquanto estava trabalhando, pelo que me disse.

Não deveria ser esquisito, mas era um pouco, falando objetivamente. Você sabe, desde que eu o beijei no dia de Ação de Graças do ano passado, ele deixou bem claro que eu era sua crush.

Mas aquilo já fazia parte do passado. Agora éramos amigos. Levi sabia disso.

E Noah também — o que era igualmente importante.

Entretanto, definitivamente não era esquisito eu ligar para ele apenas para reclamar da situação atual: meu pai estava namorando, afinal.

— Entendo por que isso parece estranho pra você — disse Levi, de um jeito bem diplomático. Eu revirei os olhos. — Mas, Elle, você não pode estar tão surpresa assim, né?

— Eu só...

Estava surpresa por meu pai não ter me contado nada. Surpresa por esse não ser o primeiro encontro dele com a Linda. Surpresa por ele estar tendo encontros.

— É ruim eu achar isso tão esquisito?

— Acho que não. Mas... Elle, tente ver isso como algo bom. É óbvio que ela deixa seu pai feliz; caso contrário, ele não teria falado dela. E como você vai sair de casa no ano que vem pra estudar, talvez não seja tão ruim ele ter outra pessoa por perto.

Aquelas palavras me chocaram, por uma fração de segundo meu cérebro ficou praticamente paralisado.

Outra pessoa por perto?

Subitamente, visualizei imagens dessa mulher misteriosa preparando o jantar na nossa casa, separando a roupa suja dos treinos de futebol do Brad numa tarde chuvosa, sentada no nosso sofá, assistindo a filmes e jantando na mesa da nossa cozinha.

Consegui visualizá-la com meu pai e meu irmão, mas era difícil me incluir nessa imagem. Eu, morando em outra cidade por causa da faculdade — para onde quer que eu decidisse ir — e voltando para casa para passar os feriados com uma família que eu não reconheceria.

Não queria achar aquilo esquisito, mas era impossível não achar.

Levi percebeu imediatamente que tinha dito algo de errado e talvez tenha passado as mãos desajeitadamente pelos cachos castanhos e curtos do seu cabelo. Então mudou de tática:

— Mas, sabe, talvez nem dê certo no final. Seu pai deve estar levando as coisas bem devagar se só falou sobre ela agora. Ainda pode levar alguns meses até que você e Brad conheçam ela.

— Ah. Claro, claro.

Numa voz mais animada, ele mudou de assunto:

— E como foi o almoço com a família do seu namorado? Vocês se divertiram?

— Não muito — eu balbuciei. — Descobri que eles vão vender a casa da praia. Amanhã vamos pra lá começar a limpar tudo.

Levi gemeu, provavelmente arrependido de ter perguntado isso.

— Elle, vou voltar pro trabalho antes de estragar ainda mais nossa conversa ou dizer algo que deixe você ainda mais irritada, está bem? Vou desligar e te mandar uns memes.

Eu consegui rir daquilo.

— Obrigada, Levi.

Em seguida, nós desligamos e ele me mandou alguns memes que havia salvado no celular. Me perguntei se deveria ter contado a ele sobre o dilema da faculdade.

Decidi rapidamente que não. Não queria envolvê-lo nesse problema também. Ele já tinha ficado enredado demais nos meus dramas quando o assunto eram os irmãos Flynn, pensei comigo mesma.

Isso era algo que eu teria que decidir sozinha. E o tempo estava passando.

5

NESSE UM ANO QUE PASSAMOS JUNTOS, ANDAR NA GARUPA DA moto de Noah foi se transformando numa experiência cada vez menos aterrorizante. Eu nem estava tremendo quando desci da moto diante da casa da praia, mas o capacete tinha deixado meus cabelos num estado lastimável.

Estava convencida de que aqueles filmes e comerciais em que as mulheres aparecem tirando o capacete e agitando cabelos perfeitos, sedosos e brilhantes eram, sem qualquer sombra de dúvida, um mito.

Noah me encarou com aquele sorriso torto conforme eu me olhava em vários ângulos pela câmera do celular, tentando alisar o frizz do meu cabelo, até que desisti e resolvi prendê-lo num rabo de cavalo.

Ele também tirou o capacete. Seu cabelo, como já era de se esperar, estava brilhante e impecável.

— Não se preocupe — ele me disse. — Você continua linda.

— Queria poder dizer o mesmo sobre você.

Ele foi pegar minha bolsa no compartimento sob o banco da moto.

Sempre tive dificuldades em fazer as malas para ir à casa da praia. Sempre.

Mas hoje, pela primeira vez na vida, foi fácil. Joguei um monte de sacolas de pano vazias na bolsa junto com a carteira, o carregador do celular e só. Estávamos ali somente para começar a limpar a casa e eu tinha certeza de que íamos encontrar coisas que poderíamos querer guardar e levar para casa (por isso eu tinha trazido todas aquelas sacolas de pano).

Enrolando a mão na alça da minha bolsa, fiquei surpresa ao perceber que meus olhos estavam se enchendo de lágrimas. Nós não tínhamos nem começado; eu mal tinha entrado na casa e já estava ficando emocionada.

Sabia que o dia seria difícil. Quase não tinha conseguido dormir, tentando decidir o que fazer em relação a tudo que estava acontecendo: meu pai que de repente estava saindo com uma mulher, a faculdade... Pelo menos hoje eu só precisaria lidar com uma coisa: me despedir da casa da praia. Um último fim de semana de liberdade antes de ir para a faculdade.

Minha mão encontrou a de Noah conforme subimos os degraus da varanda. A tinta branca estava descascando e o banco ao lado da porta parecia estar ainda pior do que no ano passado. Sempre parecia que aquele banco ia quebrar assim que alguém sentasse nele — embora isso ainda não tivesse acontecido. A areia sob as tábuas desgastadas do piso rilhou sob nossos pés.

A casa da praia, com toda a sinceridade, era um pouco apertada e meio velha. Em contraste com a casa dos Flynn — e a mobília elegante, as paredes pintadas com as cores da moda, os armários da cozinha, os cômodos amplos e espaçosos —, a casa da praia era toda desbotada e estava cheia de móveis que não combinavam uns com os outros. As dobradiças rangiam, a pintura estava descascando...

Mas, assim como a casa dos Flynn, dava a sensação de ser um lar.

Eu já conseguia imaginar, com um toque de amargura, como ela seria descrita no anúncio dos classificados: encantadora, cheia de personalidade, compacta.

O ressentimento borbulhou dentro de mim, enquanto imaginava corretores de imóveis e possíveis compradores esquadrinhando nossa amada casa, encontrando defeitos no lugar que todos nós adoramos durante anos.

— Chegamos — disse Noah quando entramos na casa.

A mãe dele esticou a cabeça para fora da cozinha. Estava com os cabelos presos num penteado desarrumado, mas prático; usava calça jeans velha e camiseta cor-de-rosa.

— Ah, ótimo. Perfeito. Noah, seu pai está arrumando o quintal. Vai ajudar, por favor. Elle, o Lee já começou a mexer no quarto de vocês. Acho que é melhor você ir até lá.

Depois que as instruções foram distribuídas, ela desapareceu novamente na cozinha. Panelas começaram a ecoar e portas de armários a bater ruidosamente.

Noah me deu um beijo rápido na bochecha e suspirou, enquanto se afastava.

— É melhor começarmos a trabalhar.

— Acho que sim.

Andei pelo corredor, passando o olho pelas fotos que cobriam as paredes. Estava tão acostumada a elas que mal tinha percebido sua presença nos últimos anos, mas agora eu parava para observar cada uma. June sempre imprimia as fotos que pendurava ali em preto e branco, o que fazia com que elas fossem provavelmente a coisa mais elegante em toda a casa.

Era doloroso ver que ela não tinha pendurado nenhuma foto nova esse ano, depois do último verão que passamos ali. Lee, Noah e eu estávamos na maioria das fotos, mas em algumas delas Matthew e June apareciam também. Caminhei devagar pelo corredor, me lembrando do momento em que tiramos cada uma delas. Cada jantar no quintal, cada dia na praia... A vez que Lee ficou com os braços inteiros queimados de sol, quando tínhamos quatorze anos; a primeira vez que Noah tentou ajudar o pai a fazer churrasco e queimou tudo, e nós comemos assim mesmo para que ele não ficasse magoado.

O primeiro ano que eu tinha seios e fiquei de camiseta o verão todo, e Lee encheu a parte de cima de um biquíni com lenços de papel e andou pela praia usando aquilo durante um dia inteiro, tentando fazer com que eu me sentisse melhor. O último verão antes de Noah começar o segundo ciclo do ensino fundamental, tão magricela e desengonçado que era quase impossível reconhecê-lo.

Conforme avançava no corredor, percebi que íamos ficando cada vez mais jovens, mas nem por isso menos doidos ou divertidos.

Havia uma foto perto do alto da parede, no fim de todos aqueles retratos, em que eu aparecia com minha mãe e meu pai na praia. Na foto, ela estava grávida de alguns meses.

Achei que ela se parecia um pouco comigo. Pele um pouco mais escura, cabelos escuros, quadris largos e olhos castanhos. Brad tinha herdado os olhos dela também. E os cabelos cacheados.

Parecíamos tão felizes...

De repente, me senti grata por não ter que ver uma foto do meu pai com Linda, a mulher misteriosa, fingindo ser uma família feliz naquela parede algum dia.

Me afastando dali, passei pelo quarto do Noah, pelo banheiro entre os nossos quartos e cheguei até o quarto do Lee, que estava com a porta aberta.

Embora eu não tivesse permissão de dividir um quarto com Noah na casa da praia, Lee e eu sempre dormimos no mesmo. Seria estranho não dividir o quarto com ele neste verão.

Talvez isso nem fosse um problema dessa vez, já que os pais dele tinham decidido vender a casa.

— Oi.

— Ah, oi — respondeu Lee desolado, atrás de uma pilha de toalhas e roupas perto da cômoda. Sua voz estava miúda e distante. Ele olhou para mim com aquela cara de cachorro sem dono que (quase) nunca funciona comigo. — Não ouvi vocês chegarem.

— Onde está a Rachel?

— Ajudando minha mãe na cozinha.

Agachei ao lado dele no chão, em meio à pilha de roupas e toalhas. As gavetas da cômoda ainda estavam transbordando de roupas.

— E, então, qual é o plano pra hoje?

Lee olhou para o pedaço de tecido que tinha nas mãos, falando num tom monótono:

— Dar uma olhada em tudo. Decidir o que vai ser doado e o que vai pro lixo. Decidir o que vamos guardar. E arrumar tudo conforme formos separando as coisas.

Olhando somente para o lado dele do quarto e para a carnificina que havia explodido ao redor da cômoda, eu disse:

— Parece que vai levar mais do que um dia de trabalho.

A boca de Lee estremeceu.

— Espero que não. Ei, olha isso aqui. — Ele ergueu o que estava segurando: uma sunga minúscula. — Acho que devia ter seis ou sete anos.

— Credo, Lee. Quando foi a última vez que você limpou essas gavetas?

— E você? — disse ele, bufando. — Aposto cinco dólares que ainda tem um daqueles seus primeiros sutiãs na sua cômoda.

— Vou aceitar essa aposta, porque não é possível que eu tenha deixado coisas tão velhas ali dentro.

Ele pegou uma toalha da pilha, mostrando-a para mim, enquanto eu me levantava.

— Olha só! Lembra disso aqui? — A toalha tinha estampado um desenho enorme do *Mater*, do filme *Carros*. — Nós a compramos pra dar de presente pro Brad, mas eu vomitei nela depois de ter apostado com o Noah que conseguia tomar mais sorvete do que ele.

Eu ri lembrando.

— Ele não tomou uns oito sorvetes naquele dia?

— Nove — ele corrigiu. — Confia em mim, aquele dia ficou marcado a ferro quente no meu cérebro.

Eu ri outra vez, me afastando das tralhas dele para começar a limpar a minha cômoda. Abri a gaveta de cima. Algumas camisetas, um biquíni que deixei ali no ano passado, um frasco de protetor solar, fones de ouvido emaranhados e muita, mas muita areia.

Comecei a revistar as camisetas. A maioria era velha, com estampas coloridas; inclusive, uma delas tinha sido do Noah, que a deu para o Lee e que devo ter roubado em algum momento. Segurando-a diante de mim, vi que ainda era um pouco grande. Voltei a dobrá-la e a coloquei cuidadosamente na cama, começando a armar a pilha que iria levar de volta comigo.

A segunda gaveta tinha mais camisetas, alguns shorts e um vestido do qual eu nem me lembrava, definitivamente pequeno demais para mim agora. Encontrei um snorkel e o coloquei diante do rosto, fazendo uma careta para o Lee — e caí na risada quando percebi que ele tinha colocado aquela sunga infantil na cabeça e a toalha do *Mater* ao redor do pescoço como uma capa.

Todas as minhas gavetas já estavam meio vazias. Encontrei um livro, alguns brincos, velhas pulseiras de cordão e tornozeleiras. Algumas cartas de baralho e uma bola de pingue-pongue, o que realmente me deixou confusa porque não me lembrava de termos jogado pingue-pongue aqui. Duas toalhas que usei nos últimos anos e que, olhando bem, percebi que já estavam ásperas e começando a ficar desgastadas. Elas tinham o cheiro do verão: uma mistura de sal, areia e limonada.

Segurei aquelas peças por um minuto antes de jogá-las no saco de lixo que estava no meio de quarto.

Quando terminei de arrumar a última gaveta, me curvei para ter certeza de que havia tirado tudo dali, deslizando a mão pelo interior dela. Tinha areia e alguns restos de tecido, até que, bem no fundo, preso entre a gaveta e a estrutura da cômoda — toquei em um pedaço de tecido maior.

Ai, meu Deus, pensei de repente. Por isso essa gaveta sempre emperrava quando eu tentava abri-la e fechá-la; o que, por sua vez, explicava o tanto coisas que nunca me incomodei em tirar dali antes.

Meus dedos tentaram se fechar ao redor do tecido e eu me ajoelhei numa posição mais confortável para poder puxá-lo, resmungando, quando finalmente senti que a peça se soltou. Caí para trás, na minha pilha de coisas para doar (que consistia em um vestido e um short que nunca me serviram direito, mas sempre achei fofinhos).

— Há! — gritou Lee quando me endireitei para olhar para a peça de roupa que emperrava a gaveta. — Eu disse pra você, garota! "Ui, ui, não deixei nada tão velho na minha cômoda"!

Joguei nele aquele que tinha sido o meu primeiro sutiã, derrubando a sunga que ele tinha colocado na cabeça.

— Isso não conta.

— Ah... conta, sim. Cinco pratas, Shelly.

Mostrei a língua e logo depois dei uma olhada no progresso dele. O meu lado até que estava bem organizado. A pilha de coisas que eu queria guardar era pequena; a maior parte delas só serviam para serem jogadas no lixo. E nem tinha levado tanto tempo assim.

Lee, entretanto, parecia não ter progredido nada.

— Tudo isso vai pro lixo? — perguntei, embora já intuísse a resposta.

— Nada disso aqui é lixo, Shelly. Meça suas palavras.

— Essa calça de moletom está cheia de buracos, Lee.

Ele levantou a peça na frente do seu rosto, examinando-a mais atentamente.

— Essa calça está artisticamente desgastada. É a moda. Algo que você não conseguiria entender.

Revirei os olhos.

— Lee, para com isso. Sei que não é divertido e que toda essa coisa de desentulhar a casa é um saco, especialmente por causa do motivo pelo qual nós temos que fazer isso. Mas são só roupas velhas.

— Elas têm memórias, Elle.

— Ah, é? E que memórias essa camisa polo cor-de-rosa tem que te impedem de se livrar dela?

— A vez que minha mãe acreditou que eu era capaz de lavar as roupas e acabei estragando tudo.

Balancei a cabeça num movimento negativo.

— Bem, acelere o passo, está bem? Não vou arrumar tudo sozinha. E se sua mãe vier aqui e descobrir por que você está demorando tanto, ela vai colocar tudo isso no lixo.

Resmungando, Lee tirou a capa-toalha do pescoço e a enrolou antes de enfiá-la no saco de lixo que já estava quase cheio. Tirei um instante para buscar outro. A julgar pela quantidade de coisas que estavam acumuladas na cômoda dele, íamos precisar.

Na cozinha, June e Rachel estavam sentadas à mesa tomando chá e rindo de alguma coisa.

— Encontrei isso no fundo do armário — disse June, tocando a caneca. — Lavanda e laranja. Quer um pouco?

Isso explica esse cheiro estranho, pensei, e me esforcei para resistir ao impulso de torcer o nariz.

— Ah... não, obrigada. Vim buscar outro desses — eu disse, agitando o saco de lixo preto que acabava de puxar do rolo, enquanto meus olhos se fixavam em uma caixa plástica e um rolo de plástico-bolha. — Vocês vão empacotar tudo hoje?

— Ah, não. Duvido que a gente consiga tirar muita coisa daqui hoje, meu bem. Só achamos que seria uma boa ideia começar assim que fosse possível. Além disso, não podemos desmontar a cozinha ainda, porque vamos ter que ficar indo e vindo durante todo o verão, enquanto arrumamos tudo e preparamos a casa pra venda.

— Entendi.

Não era uma resposta consoladora, mas já era alguma coisa.

Voltei para o quarto antes que deixasse me prender na conversa sobre a quantidade de trabalho que ainda precisaria ser feito na casa. Ela não precisava de trabalho nenhum.

Bom, tudo bem que a cada dois anos eu e o Lee pintávamos a entrada, apenas para a tinta descascar de novo algum tempo depois. E sim, eu admito que a casa vivia cheia de areia, e os arbustos e as moitas que ladeavam o caminho até a praia precisavam eternamente de uma poda, assim como às vezes a janela da cozinha gotejava quando chovia Mas ela não precisava de nada. Esse lugar era perfeito. Era nosso.

De volta ao quarto, a pilha que eu tinha separado arrancou o ar dos meus pulmões. Lee até que conseguiu separar algumas coisas, embora o monte daquilo que tinha decidido guardar ainda fosse bem grande. Coloquei o saco de lixo aberto no chão sem dizer nada e fui até o armário que dividíamos.

Uma bola de praia grande caiu dali, acertou meu rosto e em seguida bateu no chão com um ruído, murchando ligeiramente até se transformar numa massa deformada.

Chutei-a para o lado e Lee imediatamente ergueu a cabeça, me encarando com um olhar acusador.

— Ei, não jogue isso no lixo. Essa bola é boa.

— Quer que eu a doe?

— Não. Vamos guardar.

Bem... Aquela realmente era uma boa bola... Tinha sido a nossa mais fiel bola de vôlei de praia (e de futebol também, quando necessário) durante vários verões. Tivemos que mudar de uma bola de verdade para essa de plástico inflável quando todo mundo percebeu que, sempre que eu tentava entrar em algum time, geralmente acabava sendo atingida por ela em vez de conseguir jogar direito.

Mas eu e Lee tínhamos que ser impiedosos. Empurrei a bola para a pilha do lixo, esperando que Lee não tivesse percebido, senão ele ia colocá-la na pilha de coisas para guardar.

Tinha mais coisas minhas naquele armário do que de Lee. Nossos casacos esportivos estavam guardados ali — tinha mais um par no fundo, nas cores clichê azul e rosa, que, a julgar pelas etiquetas, usamos quando tínhamos dez anos. Depois de revirar as roupas e colocar tudo na pilha de doações, exceto uma calça jeans que Lee tinha deixado ali no verão passado e dado como perdida, e uma jaqueta minha da qual eu tinha praticamente me esquecido, mas que, por algum milagre, ainda servia, fiquei na ponta dos pés para inspecionar a prateleira mais alta.

— Ei, senhor sentimental, vem me ajudar a subir aqui. Colocar esses músculos de jogador de futebol americano pra trabalhar um pouco.

Lee soltou um suspiro ruidoso e resmungou sobre eu estar interrompendo seu fluxo de trabalho (ele estava olhando para um maço de recibos que tinha acabado de encontrar, não havia nenhum fluxo acontecendo ali), mas não hesitou em se agachar quando fiquei em pé sobre a cama. Montei nos seus ombros para que ele me levasse de volta até o armário. Lee tinha passado o verão anterior malhando na academia e, depois de ser convocado para jogar no time de futebol americano da escola no último ano do ensino médio, ganhara músculos bem firmes, que definitivamente seriam de grande ajuda.

— Não se atreva a me deixar cair.

Ele cambaleou e eu lhe dei um tabefe no alto da cabeça, fazendo ele rir.

— Tem algo de bom aí?

— Hmmm... — Meu rosto se retorceu diante da camada de poeira na estante e... Como era possível que até ali houvesse areia? Puxei uma velha sacola de praia, outra toalha, uma boia de cor verde-neon murcha e algumas boias de braço antigas. Joguei tudo no chão perto do saco de lixo.

— Ai, meu Deus! — eu exclamei alto, me inclinando para frente e estendendo os dois braços para pegar o urso de pelúcia de pelo cinzento e gravata-borboleta xadrez... Ainda era macio! Bati gentilmente um pouco da poeira antes de esfregá-lo no rosto e depois segurá-lo diante dos olhos de Lee. — Olha! É o Bubba! Achei que ele tinha se perdido há anos.

Meus pais me deram o Bubba de presente quando trouxeram o Brad do hospital no dia que ele tinha nascido.

— Ele vai ficar lindo no seu quarto em Berkeley — disse Lee.

— Ha ha ha. Aham. Vai sim.

Por que, de repente, eu tinha tanta dificuldade em visualizar o quarto em Berkeley, mesmo sonhando com ele há anos?

— Bem, então... — Ele pegou o Bubba com uma das mãos e com a outra segurou meu joelho para que eu não caísse. — Lixo, não é? Saco de lixo, este é o Bubba. Bubba, esse é o saco de lixo.

— Não, Lee!

Tentei agarrar meu urso e Lee ria, enquanto o segurava a poucos centímetros da minha mão. Conforme eu me curvava, agitando os braços para tentar pegá-lo, Lee começou a andar pelo quarto. Gritei, puxando os cabelos dele.

— Me ponha no chão, me ponha no chããããããooo!

Ele se curvou para frente e me jogou na cama; senti meu estômago virar uma pirueta quando caí. Lee não conseguia respirar de tanto rir. Peguei a coisa mais próxima de mim — uma boia de braço que eu tinha acabado de tirar do armário — para jogar nele, mas ele simplesmente desabou no chão, rindo com ainda mais força e colocando as mãos na barriga.

— Parece que vocês dois estão trabalhando bastante — disse uma voz arrastada que vinha do vão da porta. Desfiz minha cara de poucos amigos e vi Noah encostado no batente, com os braços cruzados e me encarando com aquele sorriso torto.

— É melhor vocês dois não começarem a trocar olhares sexys — Lee disse, ainda sem fôlego depois de tanto rir. Estava cobrindo os olhos com uma das mãos, enquanto a outra ainda segurava a barriga. — Não vou admitir isso debaixo desse teto, não senhor.

— Sexy? Eu? — zombou Noah, levando a mão ao peito e depois piscando para mim. — Sempre.

Lee fingiu que estava vomitando.

— A mãe mandou vocês irem ajudá-la na sala de jogos quando terminarem aqui. Ou seja, ela acha que, a essa altura, vocês já deviam estar terminando.

Nós três olhamos para aquele monte de coisas — a maioria era de Lee, embora tivéssemos acabado de espalhar a minha pilha de doações e eu estivesse deitada sobre a pilha de coisas que ia guardar.

— Vamos precisar de mais uns cinco minutos — disse Lee. Ele se levantou, enfiou um monte de coisas de volta na cômoda, colocou o resto no saco de lixo e depois olhou para mim. — Nossa senhora, Shelly. Parece que uma bomba de roupas explodiu aqui. Não esqueça de limpar seu lado do quarto, hein?

6

DEPOIS QUE TERMINAMOS DE DESENTULHAR O QUARTO, LEVAMOS OS sacos de lixo para a frente da casa e colocamos as peças para doação em uma das caixas de papelão que Matthew deixou para nós na sala de estar. Decidimos fazer uma pausa e sentar um pouco na varanda. Uma lata de Pepsi Max gotejava na minha mão, recém-saída da geladeira.

Os pais do Lee passaram uns dez minutos tentando fazer com que voltássemos para dentro.

Após algum tempo, Matthew pegou uma velha pistola de água que tinha encontrado em algum lugar, encheu-a com água da piscina e começou a esguichar em nós até não conseguirmos mais resistir, gritando, rindo e protestando conforme corríamos de volta para dentro.

— Viu só? — suspirou Lee enquanto enxugávamos o rosto nas camisetas e nos braços durante o percurso até a sala de jogos. — É por isso que esse lugar é incrível. Meu pai nunca faria uma coisa dessas lá em casa. Todos nós precisamos daqui.

Ele tinha razão. Aquela casa fazia aflorar o que havia de melhor em cada um. Eu comecei a pensar se June e Matthew haviam realmente considerado como iriam suportar viver sem a casa da praia.

Não fizemos muito progresso na sala de jogos, que na verdade era um quarto de hóspedes no fundo da casa que usávamos principalmente para brincar e descansar no decorrer dos anos.

Havia um armário encostado em uma das paredes que abrigava a coleção dos velhos discos de vinil de Matthew e uma vitrola. Antes de começarmos qualquer coisa, Lee foi direto até o toca-discos e colocou um vinil dos Beach Boys para tocar. Um sofá envergado ocupava a outra parede, com uma poltrona bem antiga ao seu lado e dois pufes que já tinham perdido qualquer comodidade há, digamos, uma década. Eu sabia que o armário do canto estava cheio de brinquedos e jogos velhos. Havia também uma TV antiga em um rack perto das janelas.

Quantos dias chuvosos nós passamos ali, jogando Banco Imobiliário e Imagem & Ação? Ou Batalha Naval e alguma versão familiar de Master? Com quantos jogos nós tínhamos brincado ali? E havia também as noites em que o sr. e a sra. Flynn só queriam um pouco de sossego e colocavam nós três aqui para assistir a um filme e comer pipocas.

Rachel foi até o armário e abriu uma das portas. O puxador se soltou na sua mão, ela olhou para nós assustada antes que Lee começasse a rir, estendendo a mão para pegar aquela peça cafona de vidro, embaçada pelos anos de uso, que provavelmente foi supermoderna em alguma época; provavelmente o tipo de coisa que todo mundo queria ter em casa. Ele o lustrou com a camiseta até deixá-lo quase brilhando antes de empunhá-lo outra vez.

— Não se preocupe, Rach. Já faz anos que é assim. Elle, lembra que costumávamos fingir que isso aqui era um diamante?

Eu sorri.

— E nós invadíamos essa sala pra roubá-lo.

— O grande roubo de joias... — suspirou Lee, se sentindo tão nostálgico quanto eu. Sendo sincera, provavelmente fomos nós que quebramos aquele puxador apenas para ter uma desculpa para brincar de assalto.

Foi uma época boa.

Lee virou-se novamente de frente para Rachel e colocou a peça de vidro entre os dedos da namorada como se fosse um anel. Ela riu, corou e se inclinou para frente para lhe dar um beijo na bochecha.

Olhei para Noah, que fingiu que estava vomitando exatamente como Lee fizera com a gente há alguns minutos, mas sem tanto estardalhaço. Eu o cutuquei com o cotovelo.

— Acho isso tão meigo — suspirei.

— Tão meigo que enjoa.

Hmmm, talvez.

Rachel colocou o puxador de volta no lugar e abriu o armário. Havia uma pilha de livros ali dentro, ela puxou alguns para fora e colocou-os no meio do grupo. Peguei um deles, percebendo rapidamente que era um álbum de fotografias.

Bem, eu admito que talvez a culpa fosse minha por termos feito tão pouco progresso na sala de jogos, porque fui eu quem começou a folhear os álbuns. Os rapazes não precisavam de nenhuma desculpa para procrastinar junto comigo, passando de mão em mão as melhores fotos que apareciam e relembrando as histórias de cada uma. Rachel parecia estar se divertindo tanto quanto nós, olhando as fotos e escutando as histórias.

Parei de folhear o álbum quando encontrei uma foto de quando nós três éramos bem pequenos. Talvez tivéssemos uns oito ou nove anos, e estávamos na praia. Lee estava sem um dos dentes. Meu cabelo curto estava armado e totalmente despenteado, apontando para várias direções diferentes.

Noah não era muito maior do que eu e Lee, e seu cabelo estava bem curto também, no menor comprimento que eu me lembrava. Ele estava com um cachorro-quente na mão, enquanto Lee agitava uma bandeirinha de papel. Eu estava no meio dos dois, com o braço sobre o ombro de ambos, os olhos apertados e sorrindo largamente para a câmera. A qualidade da foto não era das melhores, mas era possível ver os borrões coloridos dos fogos de artifício no fundo.

— Olha só isso — eu disse, chegando mais perto de Noah e encostando minha coxa na dele, colocando metade do álbum sobre seu colo. Lee se debruçou para olhar a foto. Apontei para o que estava escrito logo embaixo, que tinha acabado de notar. — Quatro de julho. Dez anos atrás. Olhem como nós éramos pequenos.

— Nem parece que faz tanto tempo assim, não é? — disse Lee, olhando para nós dois com um sorriso triste, os olhos começando a marejar e o canto da boca se erguendo. Ele apontou para o macacão rosa-choque que eu usava na foto. — Eu lembro desse macacão. Você passou o verão inteiro com ele.

— Acho que foi a coisa mais feminina que já vi você usar durante um bom tempo — concordou Noah.

Eles provavelmente não estavam errados sobre isso, pensei, deslizando o dedo pela foto. Meus garotos e eu. Exatamente do jeito que devia ser.

Meu telefone apitou. Olhei para o lugar onde eu o tinha deixado no chão para desligar o alarme que havia programado há alguns dias: LIGAR PARA BERKELEY.

— Precisa ir a algum lugar? — brincou Rachel.

— Preciso tomar a minha pílula — menti, me levantando rapidamente e voltando até a entrada da casa, onde tinha deixado minha bolsa, grata por eles não poderem me ver e pelo fato de que ninguém havia me seguido até ali. Olhei fixamente para o celular por alguns segundos antes de enfiá-lo de volta na bolsa.

Longe dos olhos, longe do pensamento.

Certo?

COMETEMOS O ERRO DE ABRIR O ARMÁRIO DO CANTO. O PRIMEIRO jogo que tiramos dele foi Hipopótamo Comilão, o que, é claro, acabou se transformando num campeonato. Eu perdi para a Rachel e Lee perdeu para o Noah; em seguida, Noah e Rachel disputaram uma partida ferrenha, mas Rachel foi a campeã. Lee e eu gritamos a plenos pulmões, saltando para fazer uma dança da vitória — nenhum de nós se lembrava da última vez que Noah tinha perdido naquele jogo, mesmo que não jogássemos há anos.

E Noah, a menos que eu estivesse totalmente enganada, ficou emburrado.

Baguncei o cabelo dele e o envolvi num abraço. Enquanto ele lamentava a derrota, beijei a lateral da sua cabeça.

— Ah, não seja mau perdedor. Ela é uma guerreira. Uma adversária difícil.

— Acho que deveríamos fazer uma revanche. Estou só meio enferrujado.

— Aham — disse Rachel, em tom de zombaria.

— Eis aqui o prêmio para a mais comilona entre todos os hipopótamos — anunciou Lee. Ele colocou a mão dentro do armário e pegou um par de óculos cor-de-rosa com lentes enormes em forma de coração e um longo boá de plumas. Rachel riu, enquanto seu namorado colocava os enfeites nela. Ela ficou com eles por pelo menos uma hora; mesmo depois de June e Matthew nos chamarem para dizer que tinham trazido pizza para o almoço.

Encontramos os acessórios e brinquedos de pirata com os quais Lee e eu tanto brincamos em determinado verão; um pula-pula que consegui usar sem me machucar, do qual Lee caiu quase instantaneamente; um velho videogame do Noah, que ele imediatamente plugou na TV para jogar a partir do ponto em que havia parado, praticamente hipnotizado por uns vinte minutos antes que o arrancássemos da frente do aparelho.

Encontramos raquetes de tênis e bolas para diferentes jogos, duas bolas de futebol americano e uma luva de beisebol novinha em folha para a qual até mesmo minha mão já era grande demais. Coloquei a luva na pilha de coisas que queria guardar, achando que Brad talvez gostasse dela. Tinha também uma faixa de tecido coberta de medalhas de escoteiros que imaginamos ser de Noah, o que fez com que o cutucássemos para saber a história de cada uma delas. Lee encontrou uma caixa de truques mágicos e passamos algum tempo tentando descobrir quem era o melhor ilusionista, até que Rachel achou o velho aparelho de karaokê da minha mãe.

Eu já sabia que Lee tinha problemas para se desapegar, mas foi muito pior quando estávamos percorrendo nossos velhos brinquedos: era quase impossível convencê-lo a deixar qualquer coisa de lado, mesmo que não pensasse naquilo há cinco anos ou mais. Ele e Noah discutiam sobre algumas coisas, até que Noah se sentou em cima dele e eu aproveitei para levar o pula-pula até a caixa de doações que estava na sala de estar. Rachel conversou gentilmente com Lee, tentando convencê-lo a se desapegar de uma pistola Nerf quebrada. Eu o desafiei para um duelo com as velhas espadas de pirata para decidir o que seria feito com o kit de mágica, tive que derrubá-lo e imobilizá-lo no chão para conseguir arrancar espada das mãos dele quando percebi que ele não ia desistir.

Foi difícil, e ele continuou pegando alguns brinquedos e colocando-os na pilha de coisas que íamos guardar. Misteriosamente, ela só crescia. O kit de mágicas estava ali de novo, embora já o tivesse colocado três vezes na pilha de doações.

Rachel saiu da sala com um monte de brinquedos para doar, mas ainda não tinha voltado. Imaginei que June a havia chamado para ajudar com alguma outra coisa. Ou para tomar outro chá floral estranho.

— Ei, filho, vem segurar a escada pra mim. Vou dar uma olhada nessas calhas — chamou Matthew, do outro lado do corredor.

Lee ergueu os olhos da coleção de cartas do Pokémon, encarando Noah.

— Ele está falando com você.

— Talvez eu queira jogar Pokémon.

— Gloom usou Nevasca de Pétalas! — exclamou Lee, batendo uma carta com força diante dos pés de Noah.

— Cara, se eu tivesse um Psyduck... — disse Noah, balançando a cabeça e já partindo em direção à porta, mas virou-se e começou a fazer movimentos com os braços, estreitando os olhos. — Eu ia revidar com um Golpe Cruzado.

— Vai sonhando.

Quando Noah saiu, Lee suspirou, balançando a cabeça e recolhendo as cartas outra vez.

— Viu? Tudo é diferente aqui. Imagine se os meninos da escola pudessem ver Noah Flynn, o maior bad boy de todos os tempos, com sua moto e seus cigarros, o cara que se metia em todas aquelas brigas, jogando Pokémon. Meus pais não podem vender esse lugar, Elle. Não podem.

Eu suspirei também, estendendo a mão para ajudá-lo a se levantar antes de colocar o braço ao redor dele.

— Eu sei. Mas acho que agora não tem volta, Lee. Nós nem temos condição de comprar esse lugar dos seus pais, de qualquer maneira. Acho que... — deixei a frase morrer no ar, tendo que engolir o nó na garganta. — Acho que faz parte do processo de crescer.

Uma parte de mim não queria encarar nenhuma questão, mas escolhi lidar com a casa da praia em vez do dilema da faculdade.

Lee colocou a pilha de cartas no chão e ergueu o braço para retribuir meu abraço; depois pegou o álbum de fotos que tínhamos folheado mais cedo. Ele o abriu justo naquela foto do dia Quatro de Julho que encontrei. Com um suspiro longo e desgastado, ele apoiou a cabeça na minha.

— Queria voltar pra esse tempo. Quando éramos pequenos e meus pais não estavam tentando vender esse lugar, nem conversando sobre o fato de que íamos nos mudar, arrumar empregos e...

— Bata o calcanhar três vezes — eu disse brincando, mas nós dois fizemos aquilo.

— Não quero acreditar que esse vai ser nosso último verão aqui, parece que não vamos nem chegar a curti-lo, sabe? Tem muitas coisas que nunca fizemos por aqui. E, agora, nós nunca mais vamos poder fazer.

Eu não sei se foi por causa das palavras dele, ou da foto, ou de todas as antigas lembranças que ressurgiam, mas de repente me lembrei de algo e soltei uma exclamação. Me afastei de Lee, tirei a mesinha de canto e algumas caixas de jogos do caminho e abri ainda mais a porta do armário.

— O que você está fazendo?

— Só... um... momento...

Meus dedos dançaram ao longo das tábuas do piso, guiados pela memória muscular, enquanto eu tateava em busca daquela ranhura na madeira que... pronto! Mordi o lábio, enquanto enfiava as unhas curtas ao redor da borda da tábua do piso, até que ela se soltou.

— Não acredito — sussurrou Lee, e eu percebi que ele também se lembrava.

Nosso esconderijo secreto. Nós dois nos agachamos sobre a tábua, enquanto eu colocava a mão no buraco e tirava dali uma velha lancheira de metal, aninhando-a nas mãos como se aquilo fosse o próprio Santo Graal.

O que, para nós, realmente era.

Abri a tampa da lancheira e a coloquei no chão, entre nós. Ali estava o colar que Lee tinha comprado com sua própria mesada e me dado de presente quando tínhamos sete anos. Havia também um dente de leite meu (que agora me enchia de asco, especialmente porque em algum momento nós achamos que aquilo era interessante o bastante para ser guardado) e uma nota de um euro que Lee tinha encontrado, que na época julgamos ser legal e misteriosa. Reencontramos outras bugigangas que coletamos no decorrer dos verões que passamos aqui e...

Do fundo da lancheira, puxei uma folha amarrotada de papel pautado e o alisei sobre a coxa. Exatamente o tesouro enterrado que estava procurando.

— Calma — sussurrou Lee, segurando meu pulso. — Isso aí é... o que eu estou pensando que é?

— Aham — eu disse, alongando o M. — Nossa lista de desejos da casa da praia.

— Uau.

Ficamos sentados ali num silêncio respeitoso, lendo a lista. A textura macia do papel, a tinta desbotada da caneta e a nossa caligrafia da época em que éramos crianças. A de Lee parecia um garrancho ainda menos organizado do que era atualmente.

Eu nem conseguia me lembrar há quanto tempo aquilo tinha sido escrito, houve um verão em que começamos a elaborar uma lista de todas as loucuras que queríamos fazer quando ficássemos mais velhos — antes de irmos para a faculdade. Quando fôssemos adolescentes, crescidos, maduros e conhecêssemos tudo do mundo.

Esqueça os brinquedos, os jogos, o primeiro sutiã e a bola de praia murcha. Essa frágil folha de papel bem aqui era a coisa que reunia todos os nossos sonhos e fantasias de infância em um só lugar.

A INCRÍVEL LISTA DE DESEJOS DE ELLE E LEE

1. Fazer o Grande Roubo de Joias.
2. Jogar Noah na piscina!
3. Ensinar Brad a nadar sem boias de braço.
4. Passear de buggy nas dunas (sem contar pros nossos pais).
5. Lutar com pistolas laser... TIPO *STAR WARS*! Elle vai ser o Han Solo! (E LEE VAI SER A PRINCESA LEIA!)

— Missão de resgate das Barbies — li em voz alta um dos itens da lista, encarando Lee com um sorriso malandro. — Lembro perfeitamente que essa foi uma das suas ideias.

— Aham. E pular no mar de um penhasco também foi ideia minha.

— Corrida de kart — apontei para outro item, rindo depois de lembrar o quanto nos divertimos com aquele aparelho de karaokê quebrado mais cedo. — Cara! Cantar no karaokê depois de inalar hélio!

— Esquece — ele disse rindo, enquanto apontava para outro. — Nós seríamos presos se fizéssemos isso.

Nos entreolhamos e trocamos um sorriso.

— Que droga, Shelly — ele disse em voz baixa, voltando a olhar para a lista, pensativo. — Nós montamos uma ótima lista de desejos naquela época. Achávamos que íamos ser os donos do mundo.

Eu ri, colocando a lista de volta em cima da lancheira.

— Ei, talvez você esteja aposentado agora que se formou no ensino médio, mas ainda há bastante tempo pra que eu seja a dona do mundo.

Eu disse aquilo com mais convicção do que realmente sentia. Meu estômago se retorceu outra vez quando pensei no telefone e no lembrete ignorado, mas Lee não pareceu notar. Ele simplesmente continuou sorrindo para mim.

7

— E, ENTÃO, VOCÊS CONSEGUIRAM SEPARAR BASTANTE COISA? — perguntou June com um olhar cético para os poucos sacos de lixo e as caixas de papelão que seriam enviadas aos bazares de caridade.

Rachel evitou o olhar severo de June, baixando a cabeça e mordendo o lábio. Noah conteve uma risada, mas Lee o interrompeu rapidamente.

— Toneladas de coisas — exclamou ele.

June olhou para mim com os braços cruzados, erguendo uma sobrancelha.

— Sim. Com certeza... Toneladas.

— Aham. — Ela apontou seu olhar implacável para Noah. — E eu pensei que você ia supervisionar o trabalho.

— Eu estava ocupado supervisionando uma escada pro pai enquanto ele examinava as calhas e fingia que sabia o que estava fazendo.

— Ei, olha essa boca, moleque — avisou Matthew, apontando um dedo para o filho em tom de brincadeira.

Noah revirou os olhos, abrindo um sorriso quando se virou para nós.

— Você nos colocou em um quarto cheio de brinquedos, mãe. O que esperava? Quando foi que você viu esses dois rejeitarem um pula-pula? — ele disse, se referindo a mim e a Lee.

Matthew riu.

— O garoto tem razão, meu bem.

— Pessoal, escutem aqui — disse June. — Sei que isso é difícil e sei que vocês vão encontrar todas essa belas memórias e brinquedos da infância, mas preciso muito que vocês levem a coisa a sério e façam isso por mim, está bem? Nós realmente precisamos desentulhar esse lugar.

Troquei um olhar com Lee, e nós dois nos sentimos um pouco culpados por essa onda de decepção materna. Especialmente porque June parecia estar muito cansada. Me perguntei se aquilo se devia ao peso de ter que vender a casa da praia ou apenas ao fato de ela ter estado tão ocupada o dia inteiro.

— Quanto tempo demora, geralmente, pra se vender uma casa por aqui? — perguntou Rachel, se esforçando para tentar diminuir a tensão.

Mas não deu muito certo.

— Ainda temos que anunciá-la — disse Matthew. — Mas já recebemos algumas ligações de pessoas interessadas. Quando fizermos a mudança e anunciarmos a casa...

— Além das visitas, da documentação...

— Provavelmente uns dois ou três meses. — Ele assentiu, compartilhando um pequeno sorriso com a esposa. — Que vai ser uma chatice ter que vir aqui o tempo todo, isso vai.

— Espera aí, como é? — perguntou Lee, seu semblante ficando mais sério.

— Bem, nós temos que conversar com os corretores, os empreiteiros, com o povo da reforma e quaisquer compradores em potencial, é claro — explicou o pai. — Além disso, vamos consertar algumas coisas por aqui, caso seja necessário.

Lee começou a bufar só de pensar naquilo, mas meu cérebro já tinha começado a funcionar.

Dois ou três meses para vender a casa e nós definitivamente não terminaríamos de embalar tudo em uma ou duas tardes, a julgar pelo pouco progresso de hoje.

Lee, Noah e eu não estávamos nem minimamente prontos para nos despedir desse lugar...

Cutuquei Lee com o cotovelo para fazê-lo olhar para mim. Depois de um segundo, ele olhou. Nós compartilhamos um momento de absoluta sincronia e seu rosto se iluminou — assim como tinha acontecido quando decidimos fazer a barraca do beijo no Festival da Primavera da escola no ano retrasado, lugar em que beijei Noah pela primeira vez.

Afinal, tinha um jeito melhor de passar nosso último verão antes da faculdade?

O que poderia ser melhor do que passá-lo ali na casa da praia?

— Nossa — eu disse em voz alta, olhando novamente para os pais de Lee. — Isso realmente parece ser uma chatice.

— Especialmente com todas as obras que estão fazendo nas estradas esse ano — emendou Lee.

— E limpar tudo isso vai ser mesmo um trabalhão.

— E todas aquelas ervas daninhas pra arrancar...

Vi Noah olhando para nós como se tivéssemos ficado loucos (para ser sincera, ele nos olhava assim com certa frequência) até que ele também se deu conta do que estava acontecendo.

— Precisa tapar os buracos da viela de acesso também. — Noah entrou na conversa e encarou os pais com um olhar sério demais, fazendo um sinal positivo com a cabeça quando os dois olharam para ele.

— Ter que vir aqui o tempo todo pra conferir esse trabalho... — Lee suspirou, franzindo as sobrancelhas. — Não é mesmo, Rach?

— Isso mesmo — disse ela rapidamente. — É exatamente isso. Vai levar um tempo enorme durante os próximos dois ou três meses. Vai ser um trabalhão.

— Muito trabalho.

June e Matthew se entreolharam por um longo momento, divididos entre a confusão e a surpresa. Ela retorceu os lábios, obviamente tentando esconder um sorriso; ele deu de ombros.

— Está bem — disse June, batendo as mãos e virando seu corpo para nos encarar novamente, analisando longamente cada um de nós com o olhar penetrante de mãe. — Desembuchem. O que vocês estão aprontando?

Lee tomou a dianteira, declarando com uma voz grandiloquente.

— Que bom que você perguntou, mãe querida! Como esse vai ser nosso último verão na casa da praia, e vendo que seu coração encolhe e murcha sob o peso da sua ganância e idade avançada, e também por vocês terem decidido destruir a minha delicada memória da infância, eu tenho a impressão de que vocês precisam de alguém — ou de "alguéns" — aqui pra ajudar a coordenar os trabalhos...

— E nós ficaríamos muito felizes em passar o verão aqui e cuidar disso pra vocês dois — disse Noah, continuando do ponto onde o irmão tinha parado. — Podemos cuidar de uma boa parte dos trabalhos também. Exceto das calhas, já que o pai fez um trabalho incrível nelas.

Eu poderia ter esbofeteado a boca do dois. Lee, por ter chamado os pais de velhos e gananciosos, e Noah, por ter tirado sarro dos esforços de Matthew para consertar as calhas... Que maravilha, pensei, vocês descobriram a melhor maneira de convencê-los, rapazes.

— Nossa senhora, Noah! — interrompi enquanto Lee tomava fôlego, fazendo minha melhor voz de locutora de comerciais. — Isso parece ser bom pra todo mundo! Nesse verão, senhoras e senhores, e apenas nesse verão, temos uma oferta exclusiva! A amada casa da praia será limpa e preparada pra venda. E não é só isso! Vocês também terão supervisores que vão morar na casa pra ajudar a gerenciar tudo! Liguem agora pro 0800 da Turma da Praia pra não perderem essa oportunidade!

Matthew abriu um sorriso, mas June ficou ainda mais séria.

— E, pelo que estou vendo, vai ser necessária a presença de vocês quatro pra fazer a supervisão.

— Só oferecemos o pacote completo — disse Lee. — Sem direito à troca ou devolução.

— Nós vamos cuidar bem desse lugar — eu disse a eles, ansiosa. — Vocês sabem disso. Afinal, quem cuidaria melhor dele?

Lee emendou:

— E nós ainda podemos celebrar o Quatro de Julho juntos aqui! Mãe, você sempre disse que era importante manter as tradições.

— Seria realmente uma ótima maneira de nos despedirmos daqui — disse Rachel, tentando demonstrar o mesmo entusiasmo.

— O Lee vai até levar o lixo pra fora todo domingo — prometeu Noah, piscando o olho para o irmão mais novo e dando-lhe um tapinha no ombro. Lee fez uma careta discreta para Noah, antes de olhar para os pais com um enorme sorriso.

— E então... Mãe? Pai? O que vocês acham?

Os dois se entreolharam, e eu quase conseguia ouvir uma trilha sonora dramática tocando na minha cabeça, como se estivéssemos no

The Voice, esperando para descobrir quem era o vencedor. Os segundos se arrastaram numa eternidade e eu podia jurar que nenhum de nós respirava. Até mesmo Noah parecia estar tenso e empolgado.

Matthew respirou fundo, inspirando o ar longamente e levando séculos para soltá-lo outra vez.

June voltou a nos encarar.

— Está bem. Vocês podem ficar aqui no verão.

Eu gritei, saltitando e agitando os braços. Lee se agachou antes de saltar e dar um soco no ar. Rachel deixou escapar um gritinho empolgado.

Os braços de Noah envolveram minha cintura e ele me levantou no ar, me fazendo girar dentro da sala de jogos. Ele rapidamente me colocou no chão e aplicou uma chave de pescoço em Lee, bagunçando o cabelo dele e, em seguida, erguendo a mão para trocar um high-five com Rachel.

— Vocês são os melhores pais do mundo! — gritou Lee, ainda preso na chave de pescoço. — Exceto por venderem essa casa, algo pelo qual nunca vamos perdoá-los. Mas ainda assim vocês são os melhores!

O verão inteirinho. Aqui. Lee, Noah, Rachel e eu.

No ano passado, nós estávamos preocupados porque tudo iria mudar. Noah não estaria conosco, e quando Rachel veio passar alguns dias, uma dinâmica nova e esquisita se instaurou.

Mas, depois desse ano, tudo ia realmente mudar. Matthew e June venderiam a casa da praia e não haveria mais verões aqui. E com certeza as coisas iam mudar entre nós também.

Precisávamos disso. Dessa última temporada, uma chance de nos despedirmos da maneira certa da casa da praia... E da infância.

8

AQUELE ESTAVA SENDO UM DIA LONGO E EXAUSTIVO, MAS MEU humor melhorou bastante depois que os pais de Lee concordaram em nos deixar passar o verão inteiro ali. Até cheguei a gostar de andar na moto de Noah na volta para minha casa.

Ele desligou o motor e ficamos agarradinhos por um minuto antes de eu dar um beijo no seu ombro e descer da moto. Devolvi o capacete e esperei ele pegar minha bolsa sob o banco.

Ele percebeu a deixa, e com aquele sorriso torto começando a repuxar os cantos da boca, disse:

— Não vai me convidar pra entrar?

Eu fiz que não com a cabeça.

— Acho que é melhor eu me dedicar um pouco ao Brad agora à noite.

As sobrancelhas dele se ergueram. Não que eu não gostasse do meu irmão, ou que não passássemos tempo juntos, mas eu não "dedicava" tanto tempo a ele. E aquilo não era... não era totalmente mentira...

— Está tudo bem?

— Sim. Sim, está tudo bem.

Mas Noah me conhecia bem e ergueu a mão para tocar minha bochecha. Senti a palma morna e áspera na minha pele. Seus olhos azuis fustigavam os meus.

— Tem certeza? Você sabe que pode falar comigo sobre qualquer coisa se precisar.

Sobre isso, não.

Seria bom ficar um pouco sozinha para pensar no que ia fazer em relação à faculdade — ou, pelo menos, tão "sozinha" quanto a responsabilidade de cuidar do meu irmão permitisse. Eu também não estava com vontade de comentar com Noah sobre toda a questão que envolvia Linda. O dia tinha sido tomado pela casa da praia, então não tive oportunidade de conversar com ninguém a respeito disso.

Eu não podia simplesmente soltar a bomba agora e dizer que tinha que passar a noite cuidando do meu irmão porque meu pai tinha um encontro romântico.

Assim, respirei fundo, sorri e o beijei.

— Eu sei. Talvez amanhã, está bem?

— Está bem.

— Amo você.

— Também amo você, Elle.

Ele segurou meu pulso quando me virei para ir e me puxou de volta para ele. Minhas mãos se apoiaram no seu peito, e senti o couro familiar da sua jaqueta sob os dedos. Os lábios de Noah se moveram junto com os meus — lentamente, apaixonadamente, fazendo meus joelhos fraquejarem.

— Odeio quando você faz isso — murmurei, sem afastar meus lábios dos dele.

Senti aquele sorriso torto se formar outra vez.

— Quando faço o quê?

— Quando me beija e faz com que eu queira passar o resto da minha vida te beijando e esquecer de todo o resto.

Ele riu e o som reverberou no peito dele, atingindo também as minhas mãos. Noah me beijou outra vez, com carinho, leveza e languidez... Até que finalmente nos afastamos.

Quando entrei em casa, ouvi meu pai chamar.

— Elle? Como foram as coisas hoje?

Larguei minhas coisas e peguei a luva de beisebol que havia trazido para dar de presente a Brad.

— Oi. Ah... foi meio estranho, na verdade. Mas olha, trouxe essa luva de beisebol pro Brad!

— Eu ouvi meu nome! Eu ouvi meu nome!

Brad saiu correndo a toda velocidade da sala de estar, chegou perto de mim e tentou pegá-la. Eu automaticamente a segurei acima da minha cabeça.

— Ah, Elle, para com isso! O que mais você trouxe? Lee me mandou uma foto da pistola Nerf e do pula-pula. Você trouxe essas coisas também?

Olhei para meu pai e nós dois reviramos os olhos. Aquilo era bem típico de Lee: dar seus brinquedos preferidos a Brad para não ter a sensação de que os estava jogando fora ou entregando-os para pessoas desconhecidas.

— Não, mas você pode ficar com a luva de beisebol — eu disse a ele, finalmente entregando o presente. — E você não vai nem chegar perto daquele pula-pula. Não vou ficar cuidando de você quando cair no chão e quebrar o braço.

— Você tem que cuidar de mim assim mesmo.

— Escuta sua irmã — disse meu pai. — E Elle... Diga a Lee que não quero ver nenhum pula-pula por aqui.

— Já está dito.

EU ESPERAVA QUE MEU PAI JÁ ESTIVESSE TODO ARRUMADO, COM UMA quantidade excessiva de loção pós-barba no rosto e uma aparência meio apatetada, como se estivesse se esforçando muito para agradar, vestindo sapatos elegantes demais para a ocasião, uma gravata e tudo mais. Mas, quando terminou de se aprontar, ele estava de calça jeans, blusão e os sapatos que usava o ano inteiro.

Parecia ser simplesmente o meu pai.

— Tudo pronto pro seu grande encontro? — perguntei, abrindo um sorriso cheio de dentes.

— Vamos só sair pra jantar, Elle. — Ele revirou os olhos, mas parecia animado. Feliz. Não era "só um jantar".

Me esforcei para imitar o que ele sempre fazia quando eu saía para me encontrar com o Noah: plantei a mão no quadril, estreitei os olhos e coloquei o queixo no pescoço, fingindo que usava óculos e o observava por cima das lentes. Era uma expressão que eu já tinha visto milhares de vezes e conhecia muito bem.

— Espero que ela se lembre que você tem hora pra chegar em casa, lindão. Ela vem te buscar?

Ele riu.

— Eu pedi um Uber. Vamos dividir a viagem.

— Desde quando vocês usam Uber?

— Desde que finalmente criei coragem pra dizer aos meus filhos que eu teria um encontro. Assim posso deixar o carro aqui e dividir uma garrafa de vinho com uma moça bonita.

Eu gemi, fazendo uma careta e me inclinando para trás.

— Meu Deus, que cafona. Ela sabe que você é cafona assim?

Ele apenas riu, apertando meu ombro quando parou.

— Obrigado por ser compreensiva, Elle. Sei que deve ser meio estranho pra você. É estranho pra mim também.

Eu não achava que estava sendo tão compreensiva quanto ele acreditava, mas não estava disposta a corrigi-lo.

— E você já se decidiu em relação à faculdade?

Fiz um gesto negativo com a cabeça, sentindo meu estômago afundar quando ele tocou no assunto.

— Não exatamente. Vou tentar decidir hoje à noite e conversar com os meninos amanhã. Mas... falando em Lee e em Noah... Antes de você ir...

Expliquei rapidamente sobre o plano de passarmos o verão na casa da praia, ajudando a limpar o lugar e deixá-lo pronto para a venda e estar lá para receber os prestadores de serviços, os compradores e qualquer outra pessoa que precisasse vir.

Eu não planejei contar aquilo exatamente quando faltavam dois ou três minutos para o Uber chegar, mas estaria mentindo se dissesse que não era conveniente.

— O verão inteiro?

— Bem... Só até a casa ser vendida. E, obviamente, posso voltar pra cá e cuidar do Brad enquanto você está fora, levá-lo pro treino de futebol, comprar leite... Por favor, pai. Eu realmente preciso ficar perto de Lee esse verão, especialmente se eu decidir ir pra Harvard.

Era um truque sujo e ele sabia, mas nem por isso era uma estratégia menos eficiente.

Ele suspirou.

— Se eu ouvir qualquer boato sobre encrencas ou festas malucas ou...

— Juro por Deus. Vamos nos comportar.

— Brad tem treino de futebol...

— ... Às segundas e quintas, eu sei. E você tem aquela conferência daqui a algumas semanas e provavelmente mais alguns encontros com a Linda. Eu sei, pai.

Eu não tinha nascido ontem, né.

O celular do meu pai soltou um bip alto e um carro parou diante de casa. Ele abriu um sorriso indulgente para mim antes de suspirar outra vez e me abraçar.

— Você pode ficar na casa da praia, desde que eu possa continuar contando com você. Combinado?

— Combinado. Combinado, eu prometo. Obrigada, pai. Você é o cara!

Esperei na soleira da porta para acenar em despedida, enquanto ele seguia para aquele que não era bem seu primeiro encontro. Quando voltei para dentro e tranquei a porta, vi que Brad estava atrás de mim observando tudo discretamente.

— O que foi que você disse sobre Harvard?

Depois de fazê-lo jurar que ia guardar segredo, nós jantamos e sentamos para ver um filme. Só mais tarde consegui me desligar um pouco dos acontecimentos e passar algumas horas pensando no que iria fazer em relação à faculdade. Eu detestava toda essa pressão para escolher; e quanto mais rápido decidisse, mais depressa tudo isso acabaria.

De um lado estava Berkeley, a alma mater da minha mãe: a faculdade onde eu sempre quis estudar, que ficava perto de casa, onde sempre planejei estudar com Lee. Sempre que eu pensava nela, pensava no Lee também. Tínhamos passado a vida inteira juntos; nunca imaginei que esse próximo capítulo pudesse ser diferente.

Por outro lado...

Eu jamais conseguiria esquecer o rosto do meu pai quando descobriu que eu tinha passado em Harvard.

Lembrei de um dia, no ano passado, que eu estava sentada com Noah no alto de uma colina, quando ele também estava decidindo se aceitava ou não a oferta da vaga em Harvard. Fomos ao lugar favorito dele para conversar sobre tudo, sobre o nosso relacionamento, inclusive. E eu disse a ele que seria loucura abrir mão de uma oportunidade como essa.

Por que era tão difícil me convencer disso?

Eu gostei muito de Boston quando estive lá nas férias da primavera...

Talvez seja horrível dizer, mas nunca cheguei a analisar com muito cuidado o programa dos cursos de Berkeley. Nunca tive a impressão de que isso era algo que eu precisava fazer. Mas, ao compará-la com Harvard, sobre a qual eu realmente pesquisei durante algum tempo, percebi que toda a questão se resumia a...

Lee.

E, por mais que eu adorasse meu melhor amigo, ele não poderia ser a razão de eu ter escolhido uma faculdade.

Aquele pensamento me atingiu como um caminhão em alta velocidade. E, naquele momento, percebi que tinha feito minha escolha.

9

ENQUANTO ME APROXIMAVA DA CASA DOS FLYNN, COMECEI A ME sentir muito enjoada. Quase cheguei a dar meia-volta, tipo, umas trinta vezes no caminho entre a calçada e a porta.

Eu adorava a casa deles. Lee e eu tínhamos passado tanto tempo juntos ali que ela era praticamente uma segunda casa para mim. Eu tinha até minha própria escova de dentes no banheiro. Mesmo que ela fosse mais chique do que a minha casa — pois tinha até piscina — e isso me causasse um pouco de desconforto de tempos em tempos, ela ainda era familiar, e eu a conhecia tão bem quanto a minha própria casa. Mas, nesse momento, ela parecia ameaçadora. Até mesmo as flores que June havia plantado nos dois lados do passeio que levava até o gramado da frente pareciam estar se fechando ao meu redor.

Eu podia fazer isso.

Lee entenderia. Ele tinha que entender.

E em relação a Noah... Bem, foi ele que disse que nós poderíamos alugar um apartamento juntos, não foi?

Suspirei. Quem eu queria enganar? Não era com Noah que eu estava preocupada. Finalmente diante da porta, segurei a maçaneta e respirei fundo. Eu ia conseguir. Não era um segredo, como daquela vez em que comecei a namorar Noah e não contei para Lee. Era somente uma mudança recente no curso dos acontecimentos. Uma surpresa. E Lee entenderia que era uma decisão a que eu tinha que tomar.

Eu só esperava que ele fosse capaz de entender que eu não estava escolhendo Noah em vez dele.

Tentei girar a maçaneta. Como eu já esperava, ela estava aberta.

— Sou só eu — gritei para dentro da casa. Minha voz ecoou pelas paredes. Diferente da pequena casa da praia com sua bagunça e alegria habituais, essa casa era enorme. Um labirinto gigantesco de cômodos, um depois do outro, de linhas retas e cantos agudos, sem um único grão de poeira (ou de areia) à vista. Da entrada, era possível ver todo o corredor que passava pela ampla cozinha americana até chegar às portas de vidro que levavam ao outro lado, onde estavam o quintal e a piscina.

— Elle! Oi. — Noah apareceu no vão da porta da cozinha com uma faca suja de mostarda na mão. — Não sabia que você vinha. Ou você veio falar com o Lee?

— Com vocês dois, na verdade — murmurei, indo até ele. Noah voltou a se ocupar com o sanduíche que estava fazendo. Balancei a cabeça por um momento quando vi aquilo. Noah e Lee sempre faziam sanduíches gigantescos, e aquele era o maior que eu já tinha visto. Devia ter pelo menos uns dez centímetros de altura.

Noah percebeu que eu estava olhando e me encarou com aquele sorriso torto.

— O que foi? Sobrou carne do jantar de ontem.

— Não foi só isso que sobrou, pelo jeito. — Eu observei o sanduíche com cuidado. Espinafre, tomates... e peito de peru também, pelo que estava vendo. — Isso daria pra alimentar um vilarejo inteiro.

Noah torceu o nariz.

— Como aquele do Meu Pequeno Pônei? Você quer um pedaço?

Fiz que não com a cabeça. Não achava que meu estômago daria conta de nada nesse momento, mas eu também não me surpreenderia se desse uma mordida e encontrasse anchovas, abacaxi ou alguma outra coisa totalmente errada ali dentro.

— E então, qual é a boa? — perguntou ele, segurando o sanduíche com as duas mãos e abocanhando um pedaço imenso. Diferente de Lee, ele mastigava e engolia antes de falar. — Ou você só estava com saudade de mim?

Eu retorci as mãos.

— Tenho que te dizer uma coisa.

Noah parou com o sanduíche a meio caminho da boca. Ele o colocou de volta sobre a mesa devagar, suas sobrancelhas estavam juntas e a testa, franzida. Aqueles lindos olhos azuis e elétricos fitavam os meus, tentando entender.

Eu não o culpava por parecer tão preocupado; toda aquela situação de "precisamos conversar" nunca era muito confortável. Mesmo que dessa vez... até que fosse.

Respirei fundo algumas vezes antes de endireitar os ombros e dizer:

— Eu passei em Harvard. E decidi aceitar a vaga.

Eu tinha chegado lá com todo meu discurso preparado. Sobre como eu quis saber se era capaz de passar, sobre o quanto meu pai ficou orgulhoso, sobre a lista de espera e como tudo isso não tinha nada a ver com ele ou Lee... Não sei o que aconteceu com o discurso, mas agora que a notícia tinha sido dada, era impossível voltar atrás.

Noah me olhou fixamente.

Eu me retorci na cadeira, mas ele ficou em silêncio.

Suspirei, cedendo.

— Bom... Diga alguma coisa!

Em um instante, Noah me agarrou pela cintura e me levantou no ar. Gritei quando senti que meus pés tinham se erguido no ar. Ele me girou, vibrando, até me colocar de volta no chão e me beijar com força.

Os beijos de Noah eram inebriantes. O gosto daqueles lábios viciava; o toque da sua língua na minha boca e suas mãos na minha pele podiam me fazer esquecer que o resto do mundo existia; o calor daquele corpo tão perto do meu e o cheiro familiar que ele exalava podiam me fazer derreter.

Mas, nesse exato momento, nada disso era capaz de aliviar a ansiedade torturante que eu sentia ao pensar que precisava contar a Lee sobre a faculdade também.

E foi então que ouvi:

— Por favor, não me digam que você a pediu em casamento, Noah, ou que você está grávida, Elle. Mas, se for uma dessas duas coisas, acho bom eu ser escolhido pra ser a dama de honra ou o padrinho da criança.

Noah finalizou nosso beijo, sua expressão se dissipou um pouco quando se deu conta de que minha decisão poderia tê-lo deixado feliz, mas Lee ficaria decepcionado. Ele se afastou de mim, tirando a mão do meu quadril e olhou para nós dois antes de limpar a garganta e esfregar a nuca.

— Eu... bem, acho melhor dar um pouco de espaço pra vocês.

Pegou o sanduíche e desapareceu da cozinha.

Lee parecia estar um pouco pálido, eu não estava nem conseguindo olhar para ele. Ele se aproximou, hesitando um pouco antes de colocar a mão no meu braço.

— Elle? O que... o que está acontecendo? Ei, calma... — disse ele, com a voz suave e gentil, abrindo um pequeno sorriso, enquanto me levava até as banquetas diante do balcão do café da manhã. — Não precisa chorar.

— Não estou chorando — insisti, mas minha voz vacilou. Minha visão estava meio enevoada... Pisquei os olhos algumas vezes e segurei as mãos de Lee. — É sobre a faculdade.

— Qual é o problema?

Ah, meu Deus. Eu odiava aquele tom de voz tão despreocupado. Tão otimista. Tão empolgado.

Porque eu estava prestes a partir o coração dele.

Tentei lembrar do meu discurso, de tudo que tinha pensado e planejado dizer a ele na noite passada, cada palavra, cada pausa. Mas só conseguia lembrar de fragmentos desconexos.

— Eu sei que nós sempre planejamos estudar em Berkeley. Desde sempre. Como nossas mães fizeram, e também por causa do Brad e... meu Deus, Lee, eu não queria que isso tivesse acontecido, está bem? Você precisa entender isso. Mas é que você não viu a expressão de orgulho no rosto do meu pai. Ele ficou tão orgulhoso. E... e eu também fiquei, é claro. É uma conquista enorme. Não que... não que Berkeley não seja importante nem nada do tipo, mas pense em todas as portas que vão se abrir pra mim se eu for pra Boston! Eu juro que não estava tentando esconder nada. O Noah também não sabia, nem meu pai... Eu não contei nem mesmo pro Levi. Eu só recebi a carta e...

— Você não vai mais estudar em Berkeley, não é? — ele disse, inflando o peito com um suspiro.

Por que aquilo parecia tão horrível? Eu já tinha tomado minha decisão.

— Desde quando você começou a querer ir pra Harvard? — ele perguntou, suspirando outra vez em seguida. Deu meio passo para trás, passando a mão pelo rosto e pelo cabelo. — Quer saber? Não precisa responder. Obviamente, desde que Noah foi pra lá.

— Você se candidatou a uma vaga na Brown — eu disse, tentando rebater. — E...

— Sim, mas meu pai estudou na Brown. Não foi somente por causa da Rachel.

Não, mas talvez tenha sido noventa por cento por causa dela.

— Eu estava na lista de espera — eu disse, tentando voltar ao assunto inicial. — Não achava que seria chamada. Nem na lista de espera eu esperava ficar! Acho que me candidatei porque sabia que isso nunca ia acontecer, mas agora aconteceu... Eu tive que tomar uma decisão.

— E você escolheu o Noah — ele murmurou. — De novo.

Eu ainda estava segurando a mão dele, por isso a apertei com mais força; o desespero estava tomando conta da minha voz.

— Não foi por esse motivo, Lee.

Só que foi.

Talvez o Noah tenha influenciado uns cinquenta por cento da decisão de me candidatar.

Mas como podia explicar que, enquanto eu pesquisei o programa das aulas e cursos de Harvard, o campus e tudo mais, nunca cheguei a fazer o mesmo com Berkeley? Sim, de maneira geral, fiz tudo isso porque Noah estava lá, mas eu também gostei do que vi — o bastante para querer me candidatar. Só tinha escolhido Berkeley anteriormente porque... Lee e eu escolhemos juntos. Como eu diria a ele que só decidi estudar em Berkeley por causa dele? Mas sabia que ele só se sentiria mais magoado e rejeitado se eu dissesse isso.

Lee apertou minha mão em resposta, me deixando totalmente chocada, e abriu outro daqueles sorrisos pequenos que eu realmente não merecia.

— Está tudo bem. Eu entendo. É Harvard. Você tem que ir pra lá. Assim como Noah foi. Não se recusa uma oportunidade dessas, não é?

Senti vontade de chorar e apertar o rosto contra o ombro de Lee. Vontade de agarrar o rosto dele e gritar de alívio. Vontade de empurrá-lo para longe e mandar que parasse de ser tão bom comigo, que parasse de ser tão carinhoso e compreensivo. Porque eu também me odiaria se estivesse no lugar dele.

Mas tudo que eu consegui fazer foi ficar sentada ali com a boca fechada e olhando fixamente para nossas mãos.

— E aposto que seu pai quase ficou maluco de tanto orgulho — ele disse, um pouco alegre demais. Ergui os olhos e vi que seu sorriso estava chegando às raias da sandice e sua mandíbula estava bem contraída. — Lembro de quando você estava em pânico, querendo entrar em qualquer faculdade e toda estressada com a sua redação, e eu tive que me envolver no grêmio estudantil, passar vários dias planejando bailes e eventos beneficentes e... e você conseguiu! Seu esforço foi recompensado! E agora... agora você...

Ele limpou a garganta, se mexendo na banqueta.

— E agora você vai pra Harvard, Shelly.

Usar meu velho apelido de infância, aquele que apenas ele (e, mais recentemente, Noah) tinha permissão para usar, tornava tudo infinitamente pior.

Por favor, pare de ser gentil comigo.

Mas não era isso que eu queria? Não era assim que eu esperava que ele reagisse?

— Sim... — consegui balbuciar. — Meu pai está superorgulhoso. E não pense que não vou voltar pra ver você ou coisa do tipo. Teremos os fins de semana, os feriados e as férias da primavera. Ei, podemos até fazer outra viagem de carro! E podemos conversar por chamada de vídeo... Nada precisa mudar, não é? Podemos continuar nos vendo em todos os feriados.

O rosto dele estremeceu. Sem alterar a voz, ele disse:

— Vou passar os feriados com a Rachel. Montei um calendário pra nós e tudo mais.

— Bem... tudo bem, porque a Brown não fica tão longe de Boston.

— Eu posso ir pra Costa Leste e me encontrar com você, o Noah e a Rachel. Vai ser ótimo.

Bem não era bem isso que eu estava esperando.

Estranhamente, era quase um alívio vê-lo perdendo a calma, mesmo que apenas um pouco. Eu detestava a ideia de Lee não me dizer que estava ressentido comigo. Saber que isso poderia acontecer, que a partir de então ele contaria seus problemas a Rachel em vez de se abrir comigo, trouxe aquela sensação de enjoo outra vez. Eu não suportaria se ele começasse a me afastar da sua vida.

— É isso — ele continuou, atravessando a cozinha e pegando uma caixa de suco na geladeira. — Sim, nós quatro podemos passar todos os feriados juntos, já que eu não vou passar tanto tempo com você ou com a Rachel. Nem com o Noah!

Ele abriu o armário da cozinha com um movimento brusco, arrancou um copo lá de dentro, bateu-o contra o tampo do balcão e fechou a porta do armário com força.

— Nós vamos aproveitar cada momento juntos, Lee.

— Eu vi o que o relacionamento a distância fez com você e o Noah. Antes do dia de Ação de Graças, a vida de vocês estava um desastre. E sim, eu sei que vocês resolveram a situação, e que estão bem agora, mas não vou deixar que isso aconteça comigo e a Rachel.

— Desculpe — sussurrei. — Não quero que você se sinta como se tivesse que escolher entre mim e a Rachel. Vamos dar um jeito nisso, está bem? Nós sempre encontramos uma saída. Podemos fazer um calendário do tempo que vamos passar juntos, assim como você fez com ela.

Lee me encarou com um olhar longo e sisudo, mas percebi que ele não estava sendo completamente sério. Eu ainda queria que ele gritasse comigo, que descesse totalmente do salto, assim como fez quando descobriu que Noah e eu estávamos namorando escondidos. Eu via aquele sentimento borbulhando sob a superfície.

Mas Lee não era um cara irritadiço. Nunca foi. Por isso que ele me olhou com os olhos apertados, inclinando a cabeça para o lado e dizendo com a voz calma e despreocupada.

— Rachel fica com o feriado do Dia do Trabalho. Mas eu acho que você pode ficar com o Dia Nacional do Cupcake.

— Prometo que vou fazer os melhores, mais incríveis e inesquecíveis cupcakes com que você já sonhou.

Ele ergueu as sobrancelhas para mim, e subitamente nós dois abrimos um sorriso. Sempre fui péssima em cozinhar. Alguns anos atrás, eu tinha protagonizado um dos desastres mais famosos da aula de economia doméstica.

— Quer dizer, prometo que vou mandar o Levi fazer os melhores, mais incríveis e inesquecíveis cupcakes com que você já sonhou — eu disse, corrigindo a mim mesma. Levi gostava tanto de cozinhar, especialmente doces, que conseguiu conciliar um segundo emprego numa confeitaria com o trabalho na loja de conveniência. E se o Dia Nacional do Cupcake fosse um lance novo entre mim e Lee, eu contaria com Levi para tornar a ocasião inesquecível. (Se eu fizesse os cupcakes, a ocasião seria literalmente inesquecível, pois Lee jamais se esqueceria de uma intoxicação alimentar.)

O sorriso dele se desfez rápido demais, mas ainda assim ele não gritou nem fez aquela cara de cachorro sem dono. Estava um pouco agitado; começou a andar de um lado para outro. Percebi que ele estava pensando em tudo isso, e no quanto minha ida para Harvard mudava tudo.

— Diga alguma coisa, Lee — murmurei. Aquele silêncio estava me matando.

— Esse devia ser o nosso ano, lembra? Nós íamos aproveitar tudo que o último ano do ensino médio tem pra oferecer, antes de irmos pra faculdade e tudo começar a mudar. E nós mudamos, não é? E agora, esse verão, que deveria ser o melhor das nossas vidas, o nosso último, mal começou e já está arruinado. Não só por causa dos nossos planos com a faculdade. Mas também porque meus pais vão vender a casa da praia... Nada está acontecendo do jeito que deveria, sabe como é?

Ele deixou o corpo cair na banqueta perto de mim. Coloquei os braços ao redor dele, me sentindo agradecida por não estar sendo rejeitada. Lee amassou o rosto contra meu ombro.

— Juro que estou feliz por você ter passado em Harvard — ele disse com a boca encostada na minha blusa.

— Eu sei. — E eu sabia, mesmo. — Eu ainda... não aceitei a vaga. Nem recusei a de Berkeley...

Lee se afastou bruscamente, balançando a cabeça.

— Não, Elle. Nem pense nisso. Não me transforme nesse cara. Você está certa, essa é uma grande oportunidade. Por que você recusaria a vaga? Se é isso que quer, então fico feliz por você. De verdade! Mesmo que eu não esteja conseguindo demonstrar agora.

Mordi o lábio, sentindo um pouco de culpa.

Queria conversar com ele antes de recusar oficialmente a oferta de Berkeley. Aquela decisão era minha, mas Lee era a pessoa mais importante do mundo para mim. Sempre foi. Se a minha decisão realmente tivesse lhe partido o coração, se ele pedisse, eu sabia que acabaria reconsiderando.

Senti culpa porque sabia que ele não me pediria uma coisa dessas. E ele também sabia disso. Eu estava dando uma oportunidade para ele dizer algo que ele jamais diria, nem mesmo em um milhão de anos.

Sem saber como me desculpar por isso, eu disse:

— Juro que não estava tentando guardar segredo de você outra vez. Não é nada disso. Eu só recebi a carta há uns dois dias... e eu precisava decidir. Você sabe, com tudo que estava acontecendo na casa da praia, eu não queria deixar você ainda mais irritado, mas...

— Mas você decidiu não ir pra Berkeley.

— Desculpe.

— E o Brad?

Isso era algo do qual eu não poderia me esquivar, nem fazer nada a respeito. Mas agora que havia conversado com Lee sobre a faculdade, eu disse:

— Bem, sobre isso... Meu pai arranjou uma namorada. Ou algo assim.

Lee se engasgou com a bebida e se afastou para me olhar, boquiaberto. Seu rosto estava retorcido e um dos olhos estava mais aberto do que o outro.

— Ele arranjou o quê?

Expliquei o que sabia sobre a Linda. Que meu pai havia saído com ela para um encontro (que não foi o primeiro) na noite passada. Só precisei me conter para não descarregar em Lee o quanto eu achava bizarro tudo aquilo, e a dificuldade que eu tinha para fazer essa situação entrar na minha cabeça.

Lee soltou um assobio baixo.

— Sr. Evans, seu cachorrão. Quem imaginaria uma coisa dessas?

— Aff. Não chame meu pai de cachorrão. É deselegante.

— Você já viu essa tal Linda?

— Não.

— Sabe o sobrenome dela?

— Eu a teria procurado na internet se soubesse.

— Pelo menos alguém está se divertindo nesse verão — resmungou Lee, com o mau humor voltando num piscar de olhos. Eu quase conseguia ver as nuvens escuras se formando ao redor da cabeça dele.

No entanto, era óbvio que ele não estava disposto a discutir isso comigo. Lee, obviamente, ia se esforçar bastante para ficar feliz por mim, para sentir orgulho de mim, e eu o amava por isso.

Eu tinha que dar um jeito de retribuir.

Assim que esse pensamento passou pela minha cabeça, eu soube exatamente o que devia fazer. Mesmo que não demonstrasse abertamente, ele tinha ficado devastado por causa do que ia acontecer com a casa da praia e por eu ter decidido recusar a vaga em Berkeley. Lee queria uma última aventura, um último verão maravilhoso e inesquecível antes que tudo mudasse e tivéssemos que crescer. E eu iria me esforçar ao máximo para fazer isso acontecer.

Anos atrás, quando éramos crianças, nós sonhávamos com todas as coisas incríveis e malucas que faríamos no verão.

Se ele quisesse que as coisas continuassem a ser do jeito que sempre foram, mesmo que apenas por mais algumas semanas... Isso era algo que eu podia dar a ele.

— Lee, juro pela nossa amizade que vamos ter o melhor verão de todos os tempos. Esse ainda é o nosso ano. Além disso, se for mesmo nosso último verão na casa da praia, antes que seus pais a vendam, nós temos que aproveitar ao máximo.

— É mesmo? — Ele abriu um sorriso pouco empolgado, inclinando a cabeça para o lado enquanto olhava para mim. — Acho melhor você ter um plano infalível na manga, Shelly.

— Imagina só — eu disse, tentando acompanhar o ritmo alucinante do meu pensamento, que estava começando a sair do controle antes que eu soubesse o que estava dizendo. — Seus pais nos deixaram passar o verão inteiro na casa da praia. Tudo bem que temos que ajudar a limpar o lugar e trabalhar um pouco, mas e daí? Nós vamos ficar lá sozinhos. Com o Noah e a Rachel também, é claro, mas sem adultos por perto! Me diga se isso não é a receita para um verão incrível. Quantas pessoas dariam um rim pra ter essa oportunidade? Nós temos a faca e o queijo na mão. Só falta cortar o queijo.

— Hmmmm, diga mais.

— Além disso... — continuei. — Nossos "eus" mais jovens já escreveram tudo que devemos fazer.

Esperei até que ele se desse conta do que eu estava falando.

— Você não está dizendo o que eu acho que está dizendo.

— Estou absolutamente dizendo o que você acha que estou dizendo, Lee. Nós temos uma lista de desejos que nos diz exatamente como podemos aproveitar esse último verão da melhor maneira possível. Tudo que sempre quisemos fazer antes da faculdade, todas as coisas doidas e divertidas que sonhamos fazer quando éramos crianças. E agora nós temos a chance de fazer tudo!

Com uma voz lenta e contida, como se não estivesse acreditando de verdade, ele disse:

— Você está propondo cumprir todos os desejos da lista nesse verão?

— Sim, estou propondo cumprirmos todos os desejos da lista nesse verão.

Os olhos azuis dele se estreitaram, desconfiados. Eles brilharam com aquela expressão malandra que eu conhecia tão bem; ele estava se esforçando para não abrir o menor sorriso. Eu soube naquele instante que tinha conseguido convencê-lo, e que isso seria o bastante para enterrar qualquer discussão mais acalorada que ele quisesse ter sobre a faculdade. Como ele seria capaz de se ressentir de mim, depois que fiz o verão dos sonhos se tornar realidade? Como ele poderia ficar bravo comigo e dizer que eu escolhi meu relacionamento com Noah ao invés da nossa amizade agora que fiz tudo isso por ele?

— Até mesmo a corrida de kart?

Um sorriso se espalhou pelo meu rosto.

— Principalmente a corrida de kart. E, então, amigo, o que você me diz? Topa?

Ele tinha que dizer sim. Tinha que dizer. Eu sabia que diria, porque conhecia Lee quase melhor do que conhecia a mim mesma, e ele jamais ia resistir à minha proposta. Mas mesmo assim prendi a respiração, sentindo a apreensão fazer minha pele formigar, como se houvesse um milhão de agulhas me furando.

Dispensar Berkeley foi uma escolha minha. Dispensar Lee depois de todos os nossos planos foi uma escolha minha. Mas, nesse verão, eu compensaria as minhas escolhas. Faria tudo que pudesse para dar a ele o último verão perfeito antes que começássemos o próximo capítulo da nossa vida. Ele merecia isso.

Lee se levantou da banqueta e olhou para mim.

— O melhor verão de todos os tempos. Você promete?

Repeti o que ele disse pela última vez.

— O melhor verão de todos os tempos. Prometo.

10

PENSEI QUE ABRIR O JOGO COM LEE SOBRE A SITUAÇÃO DA FACULDADE faria eu me sentir melhor. Pensei que, uma vez que tivesse clicado naqueles botões na tela do computador, oficialmente recusando a vaga em Berkeley e aceitando a de Harvard, eu me sentiria melhor. Pensei que fazer as malas para o verão na casa da praia faria eu me sentir melhor.

Mas percebi que estava muito, muito errada.

Senti um certo enjoo ao recusar a vaga em Berkeley — mesmo que fosse empolgante estar sentada na minha escrivaninha com meu pai em pé logo atrás de mim, sorrindo enquanto eu aceitava a vaga de Harvard, pensando que todo meu esforço nesses últimos anos tinha sido compensado.

Lee até que foi bem gentil, não me culpou por arruinar os planos que tínhamos traçado desde crianças. Foi ele quem contou aos pais sobre a minha decisão quando fiquei para jantar naquela noite. Ele estava feliz demais para o meu gosto.

Se ele era capaz de fingir que estava contente com a situação, então eu também era.

Sempre demorei uma eternidade para fazer as malas para ir à casa da praia, mas dessa vez parecia ainda mais difícil que o habitual. Meu cérebro não parava de pensar na decepção que Lee talvez estivesse sentindo, no quanto eu precisava compensar tudo que tinha feito. Era impossível repassar todas as coisas que eu tinha que colocar nas malas.

Eu realmente tinha que compensar Lee. Precisaria ir até o fim, sem pestanejar. A lista de desejos era divertida; seria incrível se conseguíssemos fazer tudo acontecer. Mas isso envolveria também muito planejamento e preparação.

E dinheiro.

Que ótimo, pensei. Mais uma coisa pra levarmos em conta.

Eu nem tinha pensado em como pagaria por todos aqueles desejos quando fiz a sugestão para Lee. Afinal, só o a corrida de kart ia custar... Eu já tinha gastado tempo demais no verão passado e no último ano do ensino médio procurando empregos temporários, mas não fui chamada para nenhum deles — principalmente porque não tinha "experiência". Alguma coisa me dizia que esse verão não seria nem um pouco diferente. Dava para fazer algum tipo de financiamento coletivo? Isso era legalmente válido?

Peguei alguns produtos de maquiagem na cômoda e os coloquei na mala aberta; em seguida, deslizei a mão pelo rosto. Ia ficar tudo bem. A faculdade já estava resolvida, só faltava dar um jeito de realizar os desejos da lista, encontrar uma maneira de pagar por tudo, ajudar a consertar a casa da praia de acordo com as instruções de June e Matthew, voltar para cuidar do Brad quando meu pai saísse com a Linda, a namorada tão perfeita e tão maravilhosa...

— Deixa de ser besta — murmurei para mim mesma.

Uma coisa de cada vez. Eu ficaria irritada por ter que cuidar do Brad quando tivesse que ficar, e a lista de desejos podia esperar um pouco. Por enquanto, eu precisava terminar de fazer a mala — e já estava atrasada.

Depois de algum tempo eu consegui terminar. Arrastei a mala até o andar de baixo e me despedi do meu pai e do Brad, que novamente reclamou por não poder passar o verão conosco na casa da praia. Desde que toquei no assunto, ele vinha implicando comigo praticamente sem parar durante os últimos dias. E eu tinha certeza de que, se tivesse chance, ele entraria escondido no porta-malas de um dos carros.

Mas mesmo assim não cheguei atrasada. Coloquei a mala no meu carro e fui até a casa de Lee e Noah, onde não demorei a descobrir que nenhum dos dois estava pronto para partir.

— Achei que vocês já estavam com as malas feitas!

Noah mordeu o lábio por um instante, com uma expressão ligeiramente culpada quando apareci na porta do quarto. Ele não demorou a ceder.

— Nós pensamos que, se disséssemos que íamos sair só depois do almoço, você estaria fazendo as malas até agora.

Soltei uma exclamação escandalizada e dei um tabefe fraco no braço dele, enquanto ele ria. Me sentei na cama, num lugar vazio entre a mala e a pilha de roupas que ele ia levar e cruzei as pernas.

— Vocês são uma dupla de mentirosos. Podiam confiar um pouco mais em mim. Estou pronta agora, não estou?

— Tem certeza?

Ele até que tinha razão. Ainda faltavam duas horas para o horário da partida, como eu tinha acabado de descobrir. E provavelmente eu me lembraria de algo que esqueci de colocar na mala. Mas isso era besteira, porque voltaria para casa a cada dois ou três dias para ajudar a cuidar do Brad, e eu sempre poderia pegar algo que tivesse esquecido...

— Ah, que droga. Não coloquei nenhum sutiã na mala.

Noah me olhou com um sorriso torto, levantando a sobrancelha.

— Pra mim isso não é problema nenhum.

Revirei os olhos.

— Sossega o facho, seu safado. Você tem que fazer suas malas também.

Ficamos sentados em silêncio por alguns minutos, enquanto Noah tirava uma camiseta do guarda-roupa para dobrar e colocar na mala. Repassei a lista das outras coisas que eu poderia ter esquecido de levar.

— Sabe de uma coisa — disse ele, com aquele tom de voz suspeito e frio que deixava óbvio que estava prestes a falar sobre algo sério. — Eu sei que não vai ser um verão perfeito, porque vamos vender a casa da praia, mas acho que pode ser bom pra nós. Pra você e pra mim, eu digo. Vamos poder testar como é essa coisa de "morar juntos".

Olhei para ele enquanto ele dobrava a camiseta pela terceira vez.

— Morar juntos... como um casal.

— Por que não, hein? Nós conseguimos superar o namoro a distância no ano passado, não foi? Morar juntos vai ser moleza.

— Moleza — eu repeti. O namoro não tinha sido exatamente o que eu chamaria de moleza. Chegamos a terminar uma vez. E nem tudo foi um mar de rosas. As coisas foram melhorando, e tudo acabou ficando bem, mas não foi fácil.

Mesmo assim, eu não imaginava que morar juntos poderia ser mais difícil do que tudo que já havíamos passado.

E eu não podia negar que meu coração bateu mais forte com essa ideia.

— Você realmente quer morar comigo? Em Harvard?

— Bem, eu estava pensando nisso — ele suspirou, finalmente olhando para mim. Ele estava um pouco arredio, e percebi que mordia a parte interna da bochecha. Quando começamos a ficar, ele era totalmente avesso a qualquer tipo de conversa de fundo emocional, mas estava se acostumando, especialmente depois que foi pra faculdade. Essa, aparentemente, não era uma conversa fácil para ele. — Você vai ficar no alojamento dos calouros esse ano, mas talvez, se continuarmos lá pra fazer o estágio de verão, ou talvez no seu segundo ano... Enfim, você sabe. Você vai estar em Harvard. Eu vou estar em Harvard. Já vamos ter passado mais de um ano juntos. Não vai ser como se... Já vi alunos do primeiro ano do ensino médio se casarem depois de namorarem por um mês.

— Você andou pensando em se casar comigo, Noah Flynn? — provoquei, sem resistir. Eu estava adorando o jeito que o rosto dele tinha ficado vermelho e me sentia só um pouco culpada pelo desconforto que ele demonstrava, apoiando o peso do corpo em um pé e depois no outro.

— Bem, não precisamos ir tão rápido. A menos que você queira. Eu só... eu só achei que a gente podia economizar com o aluguel.

— Ah, então a possibilidade de morarmos juntos no ano que vem tem a ver com finanças pessoais.

Ergueu os olhos apenas o bastante para ver que eu estava sorrindo e mordendo a língua. Ele fez que sim com a cabeça num gesto solene.

— Cem por cento.

Jogou a pilha de cuecas que tinha acabado de pegar da gaveta para o lado e se ajoelhou na cama, esticando o corpo na minha direção. Seus olhos se enrugaram ligeiramente nos cantos e vi a covinha que ele tinha na bochecha esquerda, a mesma que eu achava tão fofa.

— Elle Evans, estou apaixonado por você. E eu adoraria morar com você em Boston no ano que vem.

Um som baixo escapou dos meus lábios e me inclinei até ele também.

— Fala de novo.

— Estou apaixonado por você.

— Ah, tenho certeza de que está. — Segurei o rosto dele e beijei seus lábios. Senti o gosto do café que ele estava tomando quando cheguei e coloquei mais força no beijo, correndo os dedos pelo cabelo dele.

Me inclinei para trás e puxei Noah comigo, ele caiu em cima de mim e se apoiou sobre o cotovelo, rindo enquanto beijava meu pescoço.

— Pensei que você tinha dito que eu precisava fazer as malas — murmurou ele contra a minha pele.

Eu ri, puxando o rosto dele para perto do meu de novo.

— Fica quieto.

— NÃO SE ESQUEÇA DESSA AQUI — EU DISSE, PEGANDO A CUECA DO Super-Homem da pilha que Noah tinha colocado sobre a cama e jogando-a para ele. Ele a pegou no ar com uma das mãos antes que acertasse sua cara.

Algum dia, quem sabe, eu ia parar de achar hilário o fato de o bad boy usar uma cueca do Super-Homem. Mas esse dia não estava nem perto de chegar.

— Bom, vou correr de volta pra minha casa e pegar alguns sutiãs, e depois volto pra cá pra podermos sair na hora marcada. Eu juro. Pela minha alma.

— Claro, claro. Ah, não se esqueça desse aqui.

Ele pegou o sutiã que estava no chão e o jogou para mim.

— Ah. Obrigada. E vocês não se atrevam a ir antes de eu voltar.

— Elle, é você quem vai dirigir. O Lee não vai ter espaço no carro, porque vai buscar a Rachel. Não posso ir sem você nem se quisesse.

Ele estava certo, mas ainda tínhamos um cronograma a cumprir — que Rachel fazia questão de cobrar. Dei um rápido beijo em Noah antes de correr a pé de volta para casa, onde enfiei um punhado de sutiãs na bolsa, me sentindo aliviada por meu pai ter levado Brad ao cinema, assim eu não precisaria me despedir outra vez.

Quando voltei para a casa dos Flynn, os dois estavam carregando os carros. Noah estava colocando nossa bagagem no porta-malas do meu velho Ford. Fui ajudá-lo e já aproveitei para guardar os sutiãs na minha mala, enquanto fingia não ver eles trocarem olhares surpresos.

— Eu disse que ela ia se atrasar.

— Não estou atrasada. Vocês é que estão adiantados.

O celular do Lee apitou e ele agitou o aparelho na nossa direção.

— É a Rachel, querendo saber se já estou a caminho da casa dela. Tem certeza de que não se esqueceu de mais nada, Shelly?

— Quase certeza — eu disse, repassando a lista na minha cabeça. Espera aí... Eu peguei o condicionador?

Lee deve ter percebido o que eu estava fazendo, porque entrou rapidamente no outro carro e se debruçou na janela para dizer:

— Nos encontramos lá, certo?

— Até mais — Noah e eu dissemos.

— Tem certeza que não quer que eu dirija? — ele perguntou quando entramos no meu carro.

— Ah, deixa disso. Não dirijo tão mal assim! Só ignora a engasgada do motor quando eu der a partida. — Alisei o painel do carro com carinho e dei a partida, sem deixar de notar a careta que Noah fez quando o motor deu a tradicional engasgada.

O ar-condicionado do carro deixava um pouco a desejar. Assim, abri as janelas e coloquei meus óculos de sol, sorrindo para Noah.

— Hora de partirmos rumo ao melhor verão de todos os tempos.

No começo do ano Lee e eu tínhamos atravessado o país numa viagem de carro para passar as férias da primavera em Harvard. Tudo aconteceu rápido demais e algumas coisas foram apressadas, mas foi bem divertido. E agora, com o vento no cabelo, o sol no rosto e o rádio tocando num volume bem alto, eu tive a sensação de que estava novamente lá, me divertindo muito e realizando um desejo que está na lista de todas as pessoas.

Falando em listas... Eu precisava mesmo recompensar o que tinha feito com Lee.

Senti uma pontada de culpa por Noah estar aqui comigo agora, estava começando a parecer que eu sempre acabaria escolhendo Noah em detrimento de Lee. Eu não conseguia imaginar como seria a minha vida sem Lee por perto o tempo todo — para ser sincera, eu já tinha me acostumado a ficar longe do Noah.

Estava começando a pensar em todas as maneiras pelas quais Noah poderia começar a ocupar o lugar que Lee tinha na minha vida, depois que esse verão terminasse. Noites assistindo a filmes, passeios no shopping, fins de semana inteiros dedicados a bater nossos próprios recordes em algum jogo de videogame...

Será que seria demais?

E se morar juntos fosse algo difícil para nós dois?

E se terminássemos antes do fim desse verão? O fato de morarmos em lugares muito distantes havia criado problemas entre mim e Noah antes do Dia de Ação de Graças, a ponto de me fazer terminar com ele. E se, agora que estaríamos tão próximos um do outro o tempo todo, isso voltasse a acontecer?

Para com isso, Elle. Não viaja na maionese. Relaxa.

Fiz o melhor para tentar afastar aquela sensação ruim e olhei para Noah outra vez, admirando as maçãs do rosto iluminadas pelo pôr do sol, e a barba por fazer que contornava seu queixo. Ele percebeu que eu estava olhando e seus lábios se esticaram num sorriso, fazendo aparecer aquela covinha que ele tinha na bochecha esquerda.

— O melhor verão de todos os tempos — repetiu ele, beijando minha mão

11

NÃO DEMORAMOS MUITO PARA NOS ACLIMATAR NA CASA DA PRAIA, deixando um rastro de puro caos onde, apenas dois dias antes, tínhamos deixado tudo incrivelmente bem organizado e arrumado.

E nós prometemos que íamos limpar e desentulhar tudo, pensei ironicamente.

Depois de colocarmos as malas em qualquer canto (e imediatamente bagunçarmos a casa inteira), nós quatro fomos ao supermercado mais próximo.

— Vocês não acham que estamos comprando comida demais? — perguntou Rachel, examinando os carrinhos lotados quando chegamos ao caixa.

— Você já viu esses dois comendo? Lee vai comer aquela caixa de donuts inteira em cinco minutos.

— Não seja por isso — desdenhou Noah. — Eu consigo comê-la em quatro.

— É mesmo? — disse Lee, apontando o dedo na minha direção. — Shelly consegue devorar isso aqui em três dias. Essa garota come. Rach, pode acreditar no que estou dizendo. Vamos ter que voltar aqui em dois dias pra comprar tudo isso de novo.

Aquilo era um leve exagero. Talvez em uns quatro dias.

Rachel assumiu a responsabilidade de guardar as compras. Lee foi inflar uma espreguiçadeira de piscina do lado de fora — onde ela podia ficar de olho nele e impedi-lo caso ele quisesse comer os petiscos antes mesmo que ela pudesse tirá-los da sacola. Noah foi ligar a caixa de som e logo a música alta começou a sacudir a casa inteira.

Enquanto isso, eu estava levando minha mala pelo corredor, passando diante da parede de fotos até chegar no... quarto de Noah. Provavelmente aquele seria o nosso quarto agora. Lee e Rachel iam ficar com o quarto dos pais dele, já que o nosso só tinha duas camas de solteiro. E, com essa divisão, eles teriam seu próprio banheiro também. Fazia sentido.

Mas ainda era esquisito demais desfazer as malas naquele quarto, e não no quarto que era meu e do Lee.

Quando Noah veio para o quarto, depois de completar suas tarefas, ele ficou olhando para mim de um jeito estranho. Suas sobrancelhas começaram a se franzir e o lábio inferior, a ficar mais saliente, como se ele estivesse resolvendo se ia ou não dizer alguma coisa.

— O que foi?

— É que... Esse aí é o meu lado da cama.

Olhei novamente para a mesinha da cabeceira onde eu estava guardando as minhas coisas, franzindo a testa.

— Não é, não.

— É, sim.

Dei um passo para trás, observando a cama e comparando-a com a cama da casa dele. Talvez fosse mesmo o lado dele, mas...

— Mas eu não gosto de dormir perto da janela.

Ele moveu a boca como se quisesse dizer alguma coisa, mas deu de ombros.

— Tudo bem.

— Bem, eu... eu posso ir pro outro lado, se...

— Não, não, tudo bem. Pode ficar desse lado.

— Tem certeza?

Era melhor ele ter certeza.

— Tenho — disse sorrindo para mim. — Certeza absoluta.

Ele não parecia ter tanta certeza assim, mas, como eu tinha ganhado a discussão, ia aproveitar. Por outro lado, tive que ficar quieta quando ele pegou quase todos os cabides e quase todo o espaço do armário. Mas, de maneira geral, pareceu ser uma troca justa.

Mesmo que ele tenha ocupado quase todo o espaço do banheiro e me olhado feio e bufado quando peguei a gaveta mais alta da cômoda.

Mas isso era algo que acontecia nos relacionamentos, não? Era preciso ceder e negociar. Deixar o egoísmo de lado. Teríamos que descobrir como fazer isso se fôssemos morar juntos durante o verão em Boston, como ele queria. Como eu também talvez quisesse.

Como não tínhamos almoçado, decidimos antecipar o jantar. Lee e eu assumimos a tarefa e fizemos tacos — mas preciso admitir que foi Noah quem cozinhou a maior parte dos ingredientes, enquanto eu picava os legumes, preparava a salada e arrumava a mesa do quintal.

Estávamos sentados à mesa, prontos para comer, quando Noah desapareceu casa adentro e reapareceu com quatro copos e uma garrafa de champanhe — nós o recebemos com um coro de gritos e aplausos.

— Peguei essa garrafa dos meus pais — explicou ele, tirando a armação de arame ao redor da rolha. — Eles tinham umas doze lá em casa, mais ou menos. Duvido que vão sentir falta.

Ele ajeitou a garrafa nas mãos para tirar a rolha.

Poc!

Senti a empolgação borbulhar dentro de mim, como as bolhas do champanhe que Noah estava servindo nos copos. Ele colocou a garrafa sobre a mesa e levantou seu copo para um brinde.

— Ao verão!

— Nosso último e melhor verão na casa da praia! — completou Lee, e nós quatro vibramos, gritando e batendo os copos.

Sentamos para jantar. Eu não tinha tanta certeza se gostava daquele champanhe. Lee disse que, se pudesse escolher e fosse totalmente sincero, preferia uma cerveja. Fiquei aliviada ao ouvir aquilo.

Rachel riu.

— Bem, se vocês não vão beber champanhe, eu vou.

— Talvez você queira guardar um pouco pra mais tarde — disse Noah.

— O quê? Por quê?

— É só um aviso... Talvez Lee e eu tenhamos chamado algumas pessoas pra virem aqui hoje à noite. Só pra alegrar um pouco a casa.

Apertei os olhos, olhando de um Flynn para outro. Os dois estavam com os olhos arregalados e um enorme sorriso inocente estampado na cara. Rachel me olhou com uma expressão preocupada.

— E quantas, exatamente, são essas algumas pessoas? — perguntei.

Lee tomou mais um gole de champanhe e engoliu com uma careta. Fez um gesto para que eu não me preocupasse.

— Vai ser só uma reunião mais intimista.

A "REUNIÃO INTIMISTA" DE LEE E NOAH LOGO MOSTROU SUA verdadeira face: uma festa enorme típica dos irmãos Flynn.

Eles haviam dado algumas festas realmente memoráveis em casa nos últimos dois ou três anos. Noah geralmente era o cabeça por trás de tudo, e mesmo que tivesse se afastado um pouco de nós para manter a fama de bad boy na escola, ele sempre nos deixava participar e convidar vários dos nossos próprios amigos. A casa deles é imensa, então era o lugar perfeito.

E a casa da praia, com certeza, sempre foi um lugar mais íntimo, mais aconchegante.

Especialmente agora. As sete pessoas amontoadas em um mesmo sofá deixavam a sala bem mais aconchegante. Assim como a bunda que passou roçando na minha foi algo bem íntimo.

A música ecoava pela casa como as batidas de um coração. As pessoas tinham trazido fardos de cerveja, garrafas de vodca e refrigerante para fazer batidas e coquetéis sem álcool para quem estava dirigindo. A sala de estar, a cozinha e a sala de jogos estavam simplesmente abarrotadas. Havia pessoas fora da casa também: um grupo de garotas sentadas na beira da piscina com as pernas dentro da água, dois rapazes que tinham pulado na água só de cuecas... Observei enquanto eles jogavam água nas meninas, que soltavam gritinhos e risadinhas.

Rachel estava começando a ficar estressada, então dei a ela o meu segundo copo de champanhe. Ela já tinha enxugado o resto da garrafa e agora estava com uma lata de cerveja na mão. Suas bochechas estavam coradas e o cabelo, um pouco desarrumado. Parecia estar se divertindo bastante.

Lee estava na sala de jogos; eu podia ouvi-lo gritando durante uma partida bem acirrada de Hipopótamo Comilão. Noah estava na sala de estar, conversando com alguns dos seus velhos amigos do time de futebol americano. Ele olhou para mim, deu uma piscadela e abriu um sorriso, fazendo meu coração acelerar por um instante antes de sorrir de volta para ele.

Apesar de estarmos na casa da praia, parecia que tínhamos voltado no tempo. Noah havia reunido uma quantidade enorme de pessoas da época da escola, que tinham voltado para passar o verão em casa. Ele e Lee tinham aproveitado para convidar um monte de amigos nossos também. Vi o Ethan Jenkins e a Kaitlin do grêmio estudantil, e também o Tyrone, ex-presidente do grêmio que se formou um ano antes de nós. Os amigos do clube de teatro da Rachel também estavam espalhados pela casa.

A campainha tocou. Precisei parar de enxugar uma poça de cerveja que tinham derramado no chão, entre o sofá e a entrada, para atender, pensando quem era o idiota que tinha trancado a porta.

Olivia e Faith, garotas da minha sala, estavam do outro lado da porta. Elas gritaram e pularam em cima de mim para me abraçar — algo que me pegou totalmente de surpresa, considerando que sempre fomos amigas mas nunca, digamos, superamigas nem nada do tipo.

— Amiga! Que saudade de você!

— Mas a gente se viu, tipo... uns dias atrás, na formatura.

Olivia soltou uma risadinha e um soluço, dava para ver que as duas já tinham bebido alguma coisa. Isso também explicava todos aqueles abraços.

Faith, por sua vez, olhava ao redor com os olhos arregalados.

— Meu Deus, Elle. Esse lugar é... tão exótico!

— E aconchegante — emendou Olivia.

Faith concordou.

— Totalmente encantador. E vocês estão sozinhos aqui! Isso é incrível.

— Ei, Olivia, você vai querer seus sapatos de volta ou não?

Nós três olhamos na direção da voz e vimos Jon Fletcher, jogador do time de futebol americano, subindo a sacada. Alguém que eu não reconhecia o acompanhava. Ele agitou no ar um par de sandálias cor-de-rosa com sola de cortiça, trazia um fardo de cerveja no braço.

— Ahh! Ahh, quero sim! — Olivia se virou para arrancá-las da mão dele, e em seguida se jogou no velho banco da varanda para calçá-las outra vez. — Elas são lindas, mas... só por Deus, é impossível andar com elas — disse, tentando manter o equilíbrio enquanto se levantava e quase caindo em cima de Faith com outra risadinha.

— Ei, Elle. — Com a mão livre, Jon me cumprimentou com um high-five e um sorriso. Olhou para alguém que estava atrás de mim e fez aceno. — Oi, Lee!

— Fletcher! — gritou Lee em resposta, colocando o braço ao redor dos meus ombros e derramando um pouco da cerveja que ele tinha nas mãos. — Legal ver você.

— Ah, e este aqui... — Jon deu um passo para trás, indicando o cara ao seu lado com a cabeça. — Este é Ashton, nosso novo amigo. Espero que não se importe de eu ter trazido ele.

— A casa já está cheia — eu disse, sorrindo para o recém-chegado. — Que diferença faz mais um?

Havia algo muito esquisito em Ashton, mas não consegui ter certeza, até que os quatro entraram e pude vê-lo ao lado de Lee.

Os dois eram incrivelmente parecidos. A diferença estava no cabelo: enquanto o de Lee era escuro, o de Ashton tinha um tom loiro luminoso. Ashton também era um pouco mais magro.

Ele estava de calça jeans, moletom verde com capuz e boné com o logotipo de Berkeley.

Lee também tinha percebido. Ele apontou para a cabeça de Ashton e disse:

— Prazer em conhecê-lo, cara. Meu nome é Lee. Você estuda em Berkeley, né?

— Acabei de terminar o primeiro ano — disse Ashton, com um sorriso enorme e olhos brilhantes.

A semelhança do sorriso deles era bizarra. Os dois tinham o mesmo tipo de zelo no olhar.

— Cara! Não me diga! — exclamou Lee, colocando a mão no ombro de Ashton. — Vou começar a estudar lá no outono. Tenho um milhão de perguntas!

Imediatamente senti uma pontada em algum lugar do peito. Um sentimento horrível, muito parecido com ciúme. Meu sorriso de boas-vindas desapareceu.

Ashton riu, sem perceber minha reação.

— Pode perguntar.

— Vamos lá pegar uma cerveja. — Lee o levou para a cozinha e eu fiquei ali, me sentindo um pouco invisível e com a sensação de que meu estômago estava afundando.

Não. Isso era uma coisa boa. Eu que tinha abandonado Lee e o nosso sonho de estudar em Berkeley em nome de Harvard. Faria bem a ele conhecer alguém que estudava em Berkeley. Era uma coisa boa. Muito boa. Fiquei empolgada por ele ter encontrado um novo amigo.

(Será que foi assim que Lee se sentiu quando eu contei sobre Harvard?)

A porta se abriu outra vez, tinha mais gente entrando. Foi uma distração muito bem-vinda.

Oliver, Cam, Dixon e Warren entraram rindo de alguma piada. Eles me viram imediatamente e gritaram meu nome. Cam me puxou para um abraço e Warren mostrou uma garrafa de vinho.

— Com os cumprimentos da minha irmã mais velha — Warren disse.

— Oh, que elegância! Obrigada!

Me aproximei para pegar a garrafa, mas ele a puxou para si.

— Não, não. Não é pra você — ele disse, tentando dar um jeito de abri-la. — Está bem, Evans. Podemos dividir. Mas só porque eu gosto de você. E porque preciso que você a abra pra mim.

— Quanta generosidade — eu disse a ele, pegando a garrafa e girando a tampa de rosquear.

Dixon deu um cascudo nele.

— Deixa de ser babaca. Elle, temos um recado do Levi. Ele não conseguiu trocar o turno com outra pessoa, então não vai vir.

Resmunguei, retorcendo os lábios. Eu estava esperando que ele viesse, fazia um tempo que não nos víamos — desde a formatura, na verdade. Nem me passou pela cabeça que essa festa organizada às pressas não se encaixaria na escala dele. Precisava me lembrar de mandar uma mensagem para ele mais tarde, ou talvez amanhã. Talvez ele pudesse vir em algum dia da semana para passar o dia conosco... Se ele e Noah não se importar de ficar no mesmo cômodo.

Rapidamente, voltei a abrir meu melhor sorriso de anfitriã.

— Bem, pelo menos vocês estão aqui!

— É a famosa festa dos Flynn. — Olly riu. — Não podíamos perdê-la.

Além disso, sem pais pra chegar e acabar com a festa. Ainda não consigo acreditar que vocês vão ficar sozinhos aqui o verão inteiro.

— E você e Noah estão morando juntos — emendou Cam, incrédulo. — Tipo, como se fossem adultos mesmo. As coisas estão ficando sérias, hein? Que loucura.

— Nem metade da loucura que vai ser essa festa — declarou Warren. — Vamos lá! — Ele colocou um braço ao redor de mim, outro ao redor de Olly e nos levou para o lugar em que o resto da festa estava acontecendo.

Conversando com Ashton perto da porta que dava para a piscina, Lee ergueu a cerveja e gritou para a multidão que estava dentro e fora da casa:

— Ao último verão na casa da praia!

Cam estava bebendo o vinho avidamente, mas eu o tirei das mãos dele para poder brindar também.

— Ei, Elle? — Me virei e vi que Jon Fletcher, com uma expressão meio aflita, estava indicando alguma coisa atrás dele com o polegar. — Será que você... então... tipo, parece que Noah está arrumando confusão com outro cara.

Perguntei o que exatamente ele queria dizer, mas alguém chamou o nome de Jon e ele se virou, sorrindo, para um daqueles abraços de urso com tapões nas costas que os rapazes adoram trocar. Respirei fundo e corri para fora, para perto da piscina, com os outros rapazes no meu encalço — eles pareciam bem empolgados.

Encontramos Noah e outro rapaz, que eu reconhecia vagamente do time de futebol americano de uma escola rival, se encarando. Noah estava com os punhos firmemente fechados e um pequeno grupo estava gritando, vaiando e incitando os dois à briga. No meio de todo aquele barulho, eu mal conseguia escutar os insultos que eles trocavam — e, a menos que estivesse muito enganada, entendi que estavam falando sobre mim.

— ... Naquela festa do último ano, você disse que ninguém podia chegar perto dela. Por quê? Estava com medo da concorrência? — disse o outro rapaz para Noah, com desprezo. — Mano, você tem noção do quanto isso é patético? Sua única maneira de arrumar uma garota é ameaçar bater em qualquer um que chegue perto dela?

— Talvez eu não quisesse que ela tivesse que aguentar cuzões como você — rosnou Noah em resposta. — Quantas garotas você convidou pra serem seu par naquele jogo do feriado? Quatro?

— Cara, eu adoro quando o Noah fica puto — disse Warren perto da minha orelha, pegando a garrafa de vinho da minha mão para tomar um gole. Ele empurrou a garrafa de volta para mim, colocou as mãos em concha ao redor da boca e gritou: — Quero ver quem vai dar o primeiro soco!

O outro cara tentou empurrar Noah, mas Noah se desviou e o acertou com um soco — o que, de maneira bem previsível, foi recebido com um coro de gritos. Os dois partiram para cima um do outro. Ele acertou o queixo de Noah com o punho; e Noah, por sua vez, atingiu o ombro dele com o cotovelo.

Não era surpresa para mim, mas dei um passo à frente, segurei a camisa de Noah e gritei:

— Ei, seus brutamontes. Parem com isso!

Eles pararam quase imediatamente, afastaram-se e contentaram-se apenas em trocar olhares feios.

— Com licença. Quem convidou você pra vir aqui? — perguntei ao outro cara.

Ele resmungou alguma coisa, mas entendeu o recado. Xingou Noah antes de ir embora.

Noah me olhou com desconforto, e disse em voz baixa:

— Elle...

— Não diga nada, seu panaca. Só tenta não brigar com mais ninguém, está bem? Sou sua namorada, não sua babá.

Ele enrubesceu e eu voltei para dentro. Não queria nem pensar em lidar com ele agora — ou com um pedido de desculpas que não resolveria nada. Eu pensava que a faculdade o tinha feito crescer, amadurecer e parar com esse tipo de comportamento.

Ouvi um estrondo na sala de jogos e engoli um grito. Ia ser uma noite longa.

Ou...

Tomei outro gole de vinho.

Eu podia me preocupar sobre o estado da casa da praia... ou podia curtir a festa e deixar para resolver os problemas amanhã. A semana já tinha sido dura o bastante, não tinha? Será que eu não merecia chutar o balde e me divertir antes que tudo voltasse a ser sério e estressante?

Não foi uma decisão difícil.

Embora eu tenha me arrependido quando acordei na manhã seguinte e tive que abrir caminho entre copos de plástico, latas de cerveja e garrafas vazias para chegar até a sala de estar e a cozinha. Se tivesse feito mais para manter as coisas sob controle, talvez a casa não estivesse naquela situação lastimável.

(Talvez nossos pais tivessem razão. Talvez estivéssemos realmente crescendo.)

Meu humor melhorou quando encontrei Lee dormindo no sofá com um salgadinho grudado na testa e bigodes de gato desenhados no rosto. Ouvi Rachel mexendo em alguma coisa no banheiro deles, e Noah estava tomando banho no nosso banheiro. Me agachei ao lado de Lee, coloquei um vídeo do YouTube com som de sirene para carregar, aumentei o volume até o máximo, encostei o telefone na orelha dele e apertei play.

Ele acordou num pulo, agitando os braços e caindo do sofá. Recuei um pouco quando ele caiu no chão. O salgadinho ainda estava grudado na testa quando ele se ergueu e, com os olhos inchados, esfregou o rosto e voltou para o sofá.

— Que diabo é isso, Shelly? Precisava mesmo fazer isso na minha orelha?

— Se eu precisava? Não. Mas curti? Muito.

Ele soltou um gemido e deitou outra vez no sofá, colocando o braço sobre os olhos.

— Que horas são?

— Cedo — eu disse.

— Você podia ter me deixado dormir até mais tarde. Afinal, esse é oficialmente o nosso primeiro dia de verão.

Revirei os olhos, cutucando e fazendo cócegas em Lee até que ele se levantou e eu pude sentar ao seu lado.

— Podia, mas você sabe como as coisas são, querido. Temos um cronograma pra cumprir.

— Do que você está falando?

— Bem, enquanto você e Noah passavam a tarde de ontem planejando uma festa, eu estava criando um plano infalível pra cumprir nossa lista de desejos. E vamos começar hoje à tarde, pulando de um penhasco no mar. Ou melhor, primeiro temos que limpar essa bagunça, então... levanta. E rápido! Não podemos perder tempo.

Porque se eu fosse cuidar do Brad, cumprir a lista de desejos e passar um tempo com o Noah, nós realmente não poderíamos perder tempo.

13. PULAR DE UM PENHASCO NO MAR!

14. Sermos figurantes em um programa de TV!

15. Sermos presos (LEE NÓS NÃO VAMOS SER PRESOS). Deixa disso, Shelly (ESTOU FALANDO SÉRIO). Tá booooooom, não vamos ser presos.

15. Quebrar algum recorde mundial. DE VERDADE. Com direito a medalha e tudo mais.

Depois de pularmos do penhasco e cairmos no mar, Lee e eu nos sentamos na praia com nossa desbotada lista de desejos diante de nós, tentando planejar as próximas atividades. Havia muitas para escolher, e o próprio planejamento já era um trabalho enorme. Afinal, não podíamos deixar as melhores para o fim, porque o verão acabaria antes que percebêssemos; da mesma forma, não queríamos fazer tudo rápido demais e depois ficar sem nada para fazer.

Além disso, algumas delas (especialmente a corrida de kart) iam exigir muito trabalho. Só as fantasias iam levar horas e horas para organizar...

Quanto mais avançávamos na escolha dos itens que gostaríamos de fazer, no que precisaríamos preparar e qual dia escolheríamos, mais eu me dava conta do tamanho do projeto.

Eu havia subestimado tudo isso completamente quando fiz a proposta para Lee.

— Precisamos ter certeza de que nada disso vai atrapalhar o que seus pais pediram para fazermos — avisei, percebendo o olhar insano e contente ao mesmo tempo no rosto de Lee quando ele encontrou um anúncio na internet dizendo que um programa de TV estava procurando por figurantes em algum lugar perto dali. — Sua mãe disse que ia mandar um e-mail com a lista de tarefas, que pode ser ainda maior do que a nossa.

— Você fala como se isso fosse algo trabalhoso — ele disse, rindo e apontando para a lista de desejos. — E não como se fosse a coisa mais divertida que você vai fazer em toda sua vida.

— Estou falando sério, Lee! Você viu as fotos que ela mandou, de como o quintal deve ficar? Temos que cortar a grama e os arbustos, lavar o quintal e a entrada da garagem com jato... Isso provavelmente vai levar um fim de semana inteiro. E eu prometi que iria voltar pra ajudar a cuidar do Brad...

— Shelly, prometo que vamos fazer tudo isso. Bem, talvez nem tanto no caso do quintal e da garagem, mas com certeza vamos cuidar do Brad. Além disso, Noah e Rachel também podem ajudar.

Resmunguei em voz baixa, mas deixei que ele continuasse a falar sobre o anúncio dos figurantes. Tive que lembrar a mim mesma do motivo pelo qual eu estava fazendo isso. Por ele. Pela nossa amizade. Além disso, ele tinha razão. Seria bem divertido.

Mas a diversão ia sair caro.

Quanto mais falávamos sobre os itens da lista, mais eu via quanto dinheiro aquilo ia custar. Só o aluguel dos buggies para o passeio nas dunas ia custar os olhos da cara.

Eu podia pedir o dinheiro ao meu pai. Ele iria torcer o nariz e provavelmente me dar um sermão sobre responsabilidade financeira, mas acabaria ajudando. Mesmo assim, eu não achava certo. Não quando eu estava prestes a ir para Harvard, do outro lado do país, em vez de fazer um caminho bem mais curto e estudar em Berkeley, na Baía de San Francisco. Eu não fazia ideia de como iria pagar as mensalidades; de repente, me vi calculando o custo da passagem de avião para Boston, com o adicional de bagagem, e depois da volta para passar o dia de Ação de Graças em casa, e tinha o Natal também...

Ah, cara...

Talvez eu não tivesse feito os cálculos. Talvez eu tivesse ficado empolgada demais, ou me deixado levar pela animação. E talvez isso também tivesse acontecido com meu pai...

Será que era tarde demais para mudar de ideia?

(Eu podia até imaginar como Donna Washington, do departamento de matrículas de Berkeley, reagiria se eu ligasse e dissesse que queria abrir mão de ter aberto mão da minha vaga.)

Eu poderia fazer alguns empréstimos e financiamentos estudantis para pagar os custos da faculdade, assim como todo mundo fazia, me inscrever em programas de apoio financeiro, desde que Linda não se mudasse para a nossa casa... Mas ninguém ia querer me dar um empréstimo para cobrir os custos de "completar a lista de desejos da infância com o melhor amigo".

— Lee... — eu disse, apreensiva, mordendo o lábio e tirando os olhos da página do Facebook que alugava buggies. — Acho que temos um problema.

— Não me diga que eles fecharam as portas e venderam tudo, como meus pais estão fazendo — ele disse, bufando e arrancando o celular da minha mão.

— Não. É que... Lee, sei que prometi que íamos fazer tudo que está na lista. Não me entenda mal, eu adoraria, mas estou pensando... talvez a gente tenha que dispensar uma ou duas coisas. Só isso. Não tenho dinheiro pra pagar tudo. Meu dinheiro vai acabar antes de chegarmos no item dez — eu disse a ele em tom de brincadeira, mas até que havia um fundo de verdade.

Lee parecia estar genuinamente confuso e, pelo menos uma vez, senti inveja dele. Ele nunca precisou se preocupar com esse tipo de coisa. Quando éramos crianças, eu já sabia que os Flynn tinham mais dinheiro do que minha família. Afinal, eles tinham uma piscina em casa. Tinham carros chiques. E as roupas de June sempre pareceram custar mais do que as nossas compras de supermercado.

Mas éramos tão próximos que isso nunca teve importância. Definitivamente, aquilo nunca foi motivo para discussão.

Até agora, pelo menos.

— Posso pedir dinheiro pros meus pais — ele disse, como se fosse muito fácil. — Não acho que seja um problema tão grande assim.

Eu queria dizer que o problema era enorme, mas ele já estava olhando meu celular de novo, todo entusiasmado, dizendo que poderíamos conseguir um preço melhor se chamássemos mais pessoas para vir conosco. Warren e Dixon iam adorar a proposta, ele disse.

Se eu já não achava certo pedir dinheiro para o meu pai, com que cara eu ia pedir para a June e o Matthew? Dinheiro não era um problema para a família de Lee tanto quanto era para a minha, mas...

Com o estômago todo retorcido, olhei para aquele sorriso enorme estampado no rosto dele e o jeito que aqueles olhos azuis brilhavam sob a luz do sol, seus cabelos ainda estavam úmidos do mar. Ele parecia estar tão feliz.

Eu não podia decepcioná-lo.

Dessa vez eu não iria magoá-lo.

QUANDO VOLTAMOS PARA A CASA DA PRAIA DEPOIS DE PASSAR A tarde pulando do penhasco no mar, Lee e eu fomos incumbidos de escolher o jantar. Não tivemos dúvidas: escolhemos ir ao Dunes.

O Dunes era uma tradição dos verões na casa da praia. Aquele lugar existia desde que eu me entendia por gente, e éramos clientes assíduos. Ficava num belo prédio branco com telhado azul desbotado, perto da faixa de areia. Era um típico restaurante familiar.

Eles faziam a melhor batata frita do mundo.

Lee e eu estávamos praticamente babando só de falar dela, quando estacionamos o carro e entramos no restaurante, e eu fiquei paralisada. Lee não percebeu e soltou a porta, que voltou e bateu no meu braço.

— Ai!

— Desculpa. O que houve? — Lee se virou para olhar para mim, seguindo a direção dos meus olhos. — O que você está olhando?

Sem conseguir dizer nada e sentindo a boca subitamente seca, tudo que eu consegui fazer foi apontar para as letras vermelhas da placa na janela: ESTAMOS CONTRATANDO.

Aquilo só podia ser um sinal.

Toda aquela preocupação sobre dinheiro? Essa era a resposta. Ficaríamos na casa de praia o verão todo. E, com certeza, iríamos ajudar a limpar e a consertar o que fosse preciso para vendê-la, mas quanto tempo tudo aquilo ia levar? Se eu conseguisse o emprego, poderia ajeitar minha escala para conseguir cumprir todas as minhas obrigações...

E eu ainda teria tempo para ficar com Noah e para realizar os desejos da lista com Lee.

Era isso.

— Já vou atender vocês — disse a senhora com avental verde que passou por nós na entrada do restaurante. Ela colocou uma bandeja com copos vazios sobre o balcão e virou-se para nos cumprimentar. Um sorriso iluminou seu rosto. — Elle! Lee! Ora, que bela surpresa! Eu não esperava ver vocês aqui tão cedo.

— Oi, May.

May talvez fosse um pouco mais nova do que meu pai. Tinha o cabelo tingido com um tom vermelho-alaranjado, igualzinha desde sempre. Ela parecia não envelhecer.

— E onde está o resto do clã?

— Meus pais estão planejando vender a casa da praia. Então, nós, a geração mais jovem, estamos aqui pra... você sabe. Dar um jeito na casa e consertar umas coisas.

— Eles querem vender? — ela exclamou com um toque de decepção, e seu sorriso se desfez. Ela estalou a língua e cruzou os braços. — Que pena. Parece que todo mundo começou a vender os imóveis agora que a área vai ser reurbanizada. As coisas não vão mais ser as mesmas por aqui. Bem, por outro lado, acho que vamos ver vocês muito mais vezes nesse verão, não é? Vou cuidar pra que tenhamos um estoque infinito de batata frita.

Lee e eu nos entreolhamos sorrindo. May sempre nos dava porções extras de batata frita.

Por isso era a melhor batata do mundo.

— E, então, como posso ajudá-los? Querem uma mesa?

— Hoje nós vamos levar pra viagem, May — disse Lee, já se encaminhando para o balcão para pegar o cardápio, a caderneta de pedidos e uma caneta. — Vou passar o pedido direto pro Gary.

— Oh, meu bem, o Gary se aposentou no fim do ano passado. Quem está na cozinha hoje é o Kenny.

May parecia estar pronta para dar uma bronca em Lee, dizer que ele não podia simplesmente andar por ali como se fosse o dono do restaurante, mas contentou-se em simplesmente revirar os olhos e deixar que continuasse agindo daquele jeito.

Antes que ela se afastasse, eu a chamei.

— May?

— Sim, meu bem?

— Será que... — eu disse, franzindo a testa e soltando a respiração. Minhas mãos estavam suando. Vamos lá, Elle, você consegue. — Eu queria perguntar sobre o emprego. Eu vi a placa lá fora dizendo que vocês estão contratando.

May soltou um ruído assustado e piscou os olhos, sua boca formou um pequeno círculo.

— Você está interessada na vaga?

Imediatamente, dei início à campanha "Por Quê Contratar Elle Evans", apesar da minha absoluta falta de experiência em qualquer tipo de emprego — especialmente na indústria de alimentação — e apesar de não ter trazido um currículo e nem mesmo saber para qual emprego era a vaga.

— ... E eu sou bem responsável. Vou trabalhar duro, May, eu prometo, e posso começar assim que você quiser...

— Está bem, está bem — disse ela, rindo e erguendo as mãos. — Acalme-se, garota. Olha, sendo bem sincera, a placa era para uma vaga na cozinha, e nós contratamos uma pessoa ontem.

Senti meu coração afundar no peito. Aquela placa não era um sinal.

Me senti uma completa idiota.

May respirou fundo.

— Mas...

"Mas"! Havia um "mas"!

— Acho que seria bom ter outra pessoa aqui. As coisas sempre ficam mais corridas nessa época do ano. E eu conheço você — disse ela, piscando o olho. — E posso confiar em você. Portanto, meus parabéns, Elle Evans. Você está contratada.

Ela estendeu a mão, mas não aguentei, tive que pular, soltar um grito esganiçado e dar um soco no ar antes de me recompor para retribuir solenemente o aperto de mão. Ela manteve o semblante sério por um segundo antes de abrir um sorriso carinhoso.

May tirou um bloco de notas do avental e uma caneta que estava atrás da orelha e os entregou para mim.

— Anote seu nome e seu e-mail. Vou mandar seu contrato e dizer quando você deve começar. Provavelmente daqui a dois ou três dias.

— Que maravilha — eu disse, empolgada. — Muito obrigada, May, muito obrigada. Você não vai se arrepender.

— Hmmm, espero mesmo que não.

— Ah, com certeza, com certeza! Obrigada de novo, May.

Depois de passar meus dados para ela, fui para junto de Lee verificar se tínhamos incluído tudo o que queríamos no pedido; contamos nosso dinheiro e o extra da gorjeta. Eu me sentia o máximo.

Voltei para o carro praticamente flutuando. Bati a porta depois de entrar e fechei os dedos ao redor do volante com um sorriso enorme no rosto.

Todo o estresse, toda a dificuldade em conseguir um emprego no ano passado, toda a preocupação com dinheiro algumas horas atrás... Desapareceram rápido assim.

Talvez eu estivesse errada. Não senti que havia me precipitado na escolha da faculdade ou que não tinha pensado o bastante na questão, e também não estava empolgada demais para sugerir a realização dos desejos da nossa lista. Talvez fosse exatamente assim que as coisas deviam ser. Talvez tudo estivesse se encaixando.

Eu estava levitando. Inebriada. Exatamente como tinha me sentido quando pulei do penhasco e me lancei no ar. Tudo estava funcionando perfeitamente. E eu faria de tudo para que as coisas continuassem a ser assim.

13

NAQUELA NOITE, NOAH ME PEGOU FAZENDO AS POSES DA MULHER Maravilha no banheiro.

— O que você está fazendo? — ele perguntou, com o sorriso torto se formando no rosto ao me ver ali de pijama, com as pernas ligeiramente abertas, pés plantados no chão, mãos apoiadas com firmeza nos quadris, ombros para trás, queixo empinado e, para completar, um olhar de "você consegue" no rosto, enquanto encarava meu reflexo no espelho.

Continuei mantendo a pose, mas abri um sorriso e cruzei meu olhar com o dele pelo espelho.

— Estou fazendo poses poderosas.

— Ahhhhh, sei...

— A Amanda que me falou — eu disse, virando o rosto e olhando para ele. — Ela me mandou vários vídeos do Instagram sobre isso. Disse que estava tentando e achou que eu deveria experimentar. Está vendo? Você faz assim... — Fiz o passo a passo para ensiná-lo a pose. — ... E começa a se sentir como a melhor versão de si mesmo, como se fosse capaz de enfrentar qualquer coisa.

Noah me olhou e ergueu uma sobrancelha. Seus lábios se apertaram, formando uma linha fina, e um músculo se agitou no queixo — mas não porque estivesse irritado; ele estava tentando não rir.

— Estou falando sério! — eu disse. Segurei as mãos dele e o fiz apoiá-las nos quadris e, com os pés, afastei um pouco suas pernas.

Endireitei seus ombros e ergui seu queixo. — Agora me diga, Noah Flynn, se você não está se sentindo mais autoconfiante.

Quando dei um passo para trás para admirar o efeito da pose nele e comprovar minha hipótese, imediatamente comecei a rir. A visão do meu namorado, alto como era, com os ombros largos que tinha, sem camisa, mostrando o abdômen definido (embora não tão definido quanto era na época em que ele passou na faculdade) e os braços musculosos...

Sim, era uma cena hilária.

— Você tem razão — ele disse, completamente sério. — Sou uma mulher jovem, autoconfiante e independente que passou em Harvard. Sou basicamente a *Legalmente loira.*

Eu ri, dando um tabefe no braço dele quando desfez a pose.

— O nome dela é Elle Woods, e sei que você sabe disso porque sua mãe ama esse filme. Nem adianta mentir.

— Ok, eu admito. — Ele ergueu as mãos e depois cruzou os braços, se apoiando no batente da porta. — Você estava bem autoconfiante, só pra constar. Especialmente com essa camiseta do Mickey Mouse que você usa mais ou menos desde os treze anos.

Ele provavelmente não estava errado. Já faz um tempinho que eu usava essa camiseta para dormir.

— E, então, por que você está fazendo essas poses poderosas no espelho?

— Porque eu posso enfrentar qualquer coisa. Afinal, eu consegui um emprego hoje. Um emprego de verdade. Você sabe quantos currículos enviei no ano passado? De repente, eu simplesmente entro no Dunes e boom, a May me oferece uma vaga. Simplesmente assim. Esse é o meu verão. Digo... o nosso verão. Além disso, você sabe, tem toda aquela questão de "passar em Harvard e deixar meu pai orgulhoso". Parece que tudo está começando a dar certo, sabe?

Não era muito fácil saber o que Noah estava realmente pensando ou sentindo, mas eu gostava de pensar que o conhecia melhor do que a maioria das pessoas. Eu tinha a nítida impressão de que ele estava se esforçando ao máximo para não me dizer que May só tinha me dado o emprego porque gostava de mim, porque ficou com pena de mim ou algo do tipo.

— Você tem razão — ele disse depois de um momento, com a voz suave. — Tudo está começando a dar certo.

Noah se endireitou sob o batente da porta e me puxou para os seus braços. Eu adorava o jeito que aqueles braços me envolviam e o cheiro da loção cítrica que ele usava. Meu coração estava palpitando, e eu já estava beijando-o na ponta dos pés, meus lábios encontravam os dele com bastante facilidade.

O primeiro beijo que dei em Noah me deixou sem chão. O segundo, na cozinha da casa dele, foi meio desajeitado e atropelado, pois acabamos batendo os dentes. A primeira vez que fizemos sexo também foi um pouco desajeitado, mas ardente e doce.

Havia uma familiaridade em estar com Noah. Eu conhecia a sensação daqueles braços ao redor de mim, da língua deslizando pelo meu lábio inferior, da sua pele contra a minha. Ele sabia que lugar do meu pescoço me fazia derreter e também onde eu tinha cócegas. Eu sabia que ele gostava quando eu o abraçava por trás, porque, secretamente, ele gostava de ser a pessoa abraçada durante a conchinha; eu achava engraçado e fofo.

Tudo aquilo era familiar, mas minha pulsação ainda acelerava e o resto do mundo ainda desaparecia ao nosso redor, exatamente como da primeira vez.

Saímos do banheiro aos tropeções e fomos na direção da cama, os dois embolados, praticamente sem espaço para recuperar o fôlego.

Eu nunca me cansaria disso, pensei.

Nunca me cansaria de me aconchegar ao lado dele. Com a cabeça apoiada na curva do pescoço de Noah e a mão traçando desenhos em seu peito. Os dedos dele se arrastavam devagarinho pelo meu cabelo.

— Isso é uma delícia — eu disse. Era apenas o segundo dia do verão na casa da praia, mas... — Eu podia passar o verão inteiro assim. Ou ainda mais tempo. Nada de voltar pra casa de manhã pra buscar uma muda de roupas ou fazer os serviços de casa. Nada de "só um fim de semana" quando você volta da faculdade. Apenas...

Terminei a frase com um suspiro.

— Quero que dure mais do que apenas esse verão — prossegui. — Como você disse sobre talvez morarmos juntos ano que vem.

Noah estava quieto.

Quieto demais, talvez.

Minha mão parou de deslizar pelo seu peito. Não foi ele que tinha falado sobre morarmos juntos ontem? Será que eu tinha entendido direito? Será que era porque eu tinha tomado conta do lado da cama em que ele costuma dormir?

— Elle?

— Sim?

— Você... você não escolheu Harvard só... só por minha causa, não é mesmo?

— Tem alguém aqui nesse quarto que se acha demais — eu disse, tentando brincar com a situação e ignorar a inquietação que começava a roer as profundezas da minha alma. — Não me entenda mal, com certeza é ótimo você estar lá, mas... não, Noah. Talvez eu tenha me candidatado porque você já estava lá, mas não escolhi ir pra Harvard por sua causa.

Ele soltou um suspiro longo e profundo.

— Ah, sim. Está bem, então. É claro.

— Deixa eu ver se adivinho — eu disse, inclinando a cabeça para trás e erguendo as sobrancelhas para olhar para ele. — Amanda?

— Rachel, na verdade. Estávamos falando sobre você e Lee cumprirem aquela lista de desejos, sobre você não ir pra Berkeley e... não sei, acho que ela me fez pensar que...

— Que a minha vida gira em torno de você?

— Que talvez você coloque Lee, seu irmão, seu pai e até mesmo a mim na frente daquilo que realmente quer, às vezes — ele disse, com a voz baixa e uma seriedade que raramente demonstrava, em tudo contrária à tranquilidade que eu sentira alguns momentos antes.

Depois, foi a minha vez de ficar quieta por um tempo, talvez longo demais.

— Eu não faço isso.

— Bem... eu sei, e não estou tentando dizer que...

— Então o que você está tentando dizer, Noah? — eu disse, irritada, erguendo o corpo para me sentar sobre os calcanhares, encarando-o com um olhar duro.

Noah suspirou de novo, mas dessa vez de forma mais exasperada. Ele estava com os olhos fixos na parede oposta e o vi retesar a mandíbula antes de respirar fundo e olhar novamente para mim. Estendeu o braço para pegar a minha mão e, mesmo que estivesse sorrindo, tive a impressão de que era meio forçado.

— Nada, Elle. Não tem importância.

A sensação que eu tinha era de que aquilo obviamente importava, mas...

Honestamente, eu não queria brigar com ele agora.

Assim, deixei aquilo passar e voltei a me aconchegar ao lado dele. Ele beijou o alto da minha cabeça.

— Eu estava pensando que poderíamos ir à praia amanhã — ele disse suavemente, quase com cautela. — Ficar lá por algumas horas antes de começar a trabalhar nas coisas que meus pais pediram. Você viu o tamanho da lista que minha mãe mandou no e-mail? E eu achei que esse verão fosse ser tranquilo.

— Pois é, eu vi. Mas, claro... ir à praia é uma ótima ideia.

Eu sabia que aquilo era uma tentativa de apaziguar a situação, e decidi aceitá-la. Afina de contas, estávamos somente no segundo dia da experiência de morarmos juntos. Não havia a menor possibilidade de eu arrumar uma briga tão cedo, especialmente quando parecia que ele só estava tentando me proteger — mesmo que fizesse isso daquela maneira meio esquisita.

— Eu realmente estou ansioso pra ver você em Harvard, Elle — disse Noah.

— É melhor que esteja mesmo, seu malandro.

Me virei de frente para ele e me aproximei para beijá-lo.

14

ALGUNS DIAS DEPOIS, FUI AO DUNES PARA O MEU PRIMEIRO DIA DE trabalho. May me deu um uniforme e disse para começar devagar. Não foi tão complicado entender as nuances do trabalho de garçonete; além disso, o fato de eu conhecer o cardápio da casa de olhos fechados também ajudava. Derramei duas bebidas na bandeja, mas May não pareceu se importar.

— Acontece com todo mundo no começo — ela disse. — E pelo menos você não derramou nada nos clientes. Fiz isso no meu primeiro emprego como garçonete.

— O dia ainda está começando, May. Ainda está começando. Por favor, não me agoure.

Eu tive que voltar para casa na sexta-feira para cuidar do Brad. Levi tinha ido viajar com a família durante o fim de semana e mais alguns dias, por isso não conseguimos nos encontrar — o que me deixou chateada. Era um pouco esquisito estar de volta em casa e saber que eu não ficaria ali por muito tempo.

Fiquei me perguntando se era essa a sensação que eu teria sempre que voltasse para casa, depois de começar a faculdade. A sensação de que minha casa era apenas um lugar temporário.

No fim da nossa primeira semana morando na casa da praia, Lee e eu tínhamos conseguido realizar alguns dos itens da Incrível Lista de

Desejos da Elle e Lee. Já havíamos pulado do penhasco, e Levi tinha mandado a foto de um folheto que vira na loja de conveniência anunciando um passeio de balão. Além disso, Brad já sabia nadar sem boias nos braços. Portanto, começamos muito bem.

Também conseguimos praticar motocross graças a uma promoção do Groupon que a mãe de Lee encontrou, e participamos de um campeonato de comer tortas (que vencemos, é claro) entre meu horário de trabalho no Dunes e um passeio romântico com Noah.

Por mais que fosse bom passar o tempo com o Lee e cumprir os desejos da lista, também era incrível me encolher na cama junto de Noah todas as noites e acordar ao seu lado. Era um verão quente, mas ainda assim toda manhã me aconchegava no calor do seu corpo por alguns minutos antes de levantar e começar o dia.

E só tivemos uma ou duas discussões mais sérias.

Mas isso não era novidade nenhuma. Noah e eu sempre trocávamos farpas, mas essas discussões não eram tão sérias quanto a conversa que tivemos na cama algumas noites antes. Agora, só brigávamos para decidir se a janela ia ficar aberta ou fechada durante a noite, ou por ele ter acabado com o cereal ou pisado e quebrado um dos meus brincos. (Ele ficou irritado por ter pisado neles descalço. E eu, brava, porque não era uma coisa tão difícil de enxergar.) Brigávamos para decidir o que íamos assistir na TV e quem ficaria com o último pedaço de pizza.

Nesse momento, ele soltou um gemido aborrecido quando meu alarme tocou pela terceira vez e bati o polegar na tela do celular para silenciá-lo, largando-o sobre a mesa da cabeceira.

— Que horas são? — ele balbuciou, afastando lentamente o rosto do travesseiro.

— Seis e trinta e seis.

A voz rouca e áspera de Noah, de quem acabou de acordar, e o jeito que ele estalava os lábios e os movia de um lado para outro era um alarme mais eficaz do que qualquer um dos três alarmes anteriores. Seu braço se estendeu, enlaçando minha cintura e me puxando para perto dele. Seu cabelo estava arrepiado em um dos lados e eu ri, alisando-o com os dedos. Seus lábios encontraram os meus para um beijo suave e longo, e eu me derreti toda. Nossas pernas se enroscaram e o nariz dele roçou no meu.

— Tem certeza que você tem que levantar?

— Aham. Preciso assar um monte de cupcakes antes de ir pro trabalho pra levar ao bazar beneficente do time de beisebol do Brad...

— Espera aí. Você vai cozinhar?

— Eu aprendi uma coisa ou outra vendo Levi na cozinha.

Noah bufou.

— Está bem. Na verdade, Levi deixou um monte deles na minha casa ontem à noite e eu só tenho que decorá-los. Depois, Lee e eu temos alguns planos...

Noah suspirou.

— É claro que têm.

— Mas eu volto hoje à noite. Estava pensando em passear na praia com ele. Fazer um piquenique ou coisa do tipo. E você pode vir com a gente, também.

Noah fez um movimento negativo com a cabeça e deu outro beijo no canto da minha boca.

— Não, não quero atrapalhar. A lista de desejos é um assunto de vocês. Mas gostei da ideia do piquenique. Será que você consegue guardar uns dois daqueles cupcakes pra nós?

Sorri. Meu alarme começou a tocar outra vez, antes de desligá-lo e levantar da cama, dei um último beijo rápido em Noah.

— Isso eu consigo fazer.

Não demorei muito para me vestir, e eu já havia guardado meu uniforme para ir ao trabalho mais tarde. Noah ainda estava sonolento, mas mesmo assim estendeu o braço, segurou minha mão e me puxou para um beijo de despedida.

— Tenha um ótimo dia. Amo você.

— Também amo você, seu dorminhoco.

Quando entrei na cozinha, percebi que a casa da praia estava tão silenciosa que eu conseguia até ouvir o mar. Uma brisa agitou as árvores do lado de fora. O encanamento da casa rangeu.

Eu nunca tinha visto esse lugar tão quieto.

Tentei evitar de fazer barulho enquanto preparava minha tigela de cereal. Estava tão concentrada em planejar a logística do dia que nem percebi que alguém tinha entrado na cozinha. Até que Lee agitou a mão diante do meu rosto e disse:

— Alô? Terra chamando Elle.

Levei um susto, meu coração acelerou.

— Meu Deus, Lee! Não chega assim, de fininho!

Ele abriu um sorriso sonolento e pegou o cereal que estava no balcão, colocando a mão dentro da embalagem e tirando um punhado cheio, que logo em seguida enfiou na boca. Ele estava vestido, mas não tinha penteado o cabelo, tão bagunçado quanto o de Noah.

— O que você está fazendo acordado?

Lee me olhou com uma expressão enfastiada, ainda enfiando o cereal na boca.

— Shelly, aqueles trinta milhões de alarmes que você programou no celular provavelmente acordaram a praia inteira. Imaginei que, se terminarmos de decorar os cupcakes logo, podemos fazer o desafio do milk-shake a caminho do seu trabalho. Além disso, você é a pior cozinheira do mundo e vai precisar de ajuda. Mesmo que seja só pra decorar.

— Obrigada pela ajuda. Mas achei que você estaria aqui pra receber o cara que vai reformar a viela de acesso.

— Noah pode cuidar disso.

Lee ainda estava sonolento, então fomos com meu carro. Meu pai já estava saindo para o trabalho quando chegamos em casa, então não conversamos muito. Ele mandava mensagem todos os dias para saber como estávamos e se precisávamos de alguma coisa. Aproveitou para perguntar de novo agora.

— Tudo está ótimo! — comentou Lee, entusiasmado. — Ter a casa inteira pra nós é uma maravilha. Mesmo que Shelly e Noah briguem todos os dias — emendou ele com uma risada.

Meu pai me encarou com uma expressão séria.

— Você não me disse que você e Noah estavam brigando.

— Não estamos! — eu disse, dando um sopapo no braço do meu melhor amigo e olhando feio para ele. — Bem... mais ou menos. Mas quando não discutimos? Tudo está ótimo. Eu juro.

— Hmmm. — Foi tudo que meu pai teve a dizer a respeito. — Bem, tenho que ir pro trabalho. Mais uma vez, obrigado pela ajuda com os cupcakes, querida. E agradeça a Levi de novo. Ele é um bom rapaz, não aceitou nem dinheiro.

— Eu digo a ele.

— Bem, tenha um bom dia no trabalho. E não esqueça que você precisa buscar o Brad amanhã no...

— Sim, pai, eu sei. Fui eu que coloquei aqueles post-its na geladeira, lembra?

Depois que ele foi embora, dei um cascudo na cabeça de Lee antes de começarmos a trabalhar. Havia três travessas empilhadas na cozinha, cheias de cupcakes, e uma quarta com tudo que precisaríamos para decorá-los. Enquanto eu preparava a mesa para trabalharmos, Lee fazia café para nós dois.

Continuava brava com ele, mesmo que só um pouco.

— Muito obrigada por dizer aquilo — falei, bufando. — Noah e eu não brigamos.

— Eu nunca vi ninguém gritar por causa de uma escova de dentes — respondeu Lee, pegando os utensílios e uma tigela para misturar os ingredientes. — Uma escova de dentes, Shelly.

— Foi por causa da pasta de dente — eu o corrigi, empinando o queixo. — E não me diga que você e a Rachel não discutem por causa dessas bobeiras.

— Não.

— Como assim, "não"? Eu ouvi vocês dois... — Deixei aquela frase morrer no ar enquanto pensava a respeito. Pensando bem, eles não discutiam tanto assim... — Bem, vocês têm desentendimentos.

— Não. A Rachel só reclama quando eu faço alguma coisa idiota. Como deixar o assento da privada levantado ou usar o caderno dela como porta-copos.

— É a mesma coisa.

Lee retorceu o rosto de um jeito que dizia não é não.

— Cala a boca — eu disse. — Bem, vou cobrir esses aqui com glacê azul e você cobre os outros com branco.

— Por que você não pediu pro Levi fazer essa parte também? Ele adora esse tipo de coisa, e a irmã mais nova dele adoraria ajudar também.

— Porque não — eu esbravejei. Ainda estava um pouco irritada por ele ter dito que Noah e eu estávamos brigando. E por me questionar sobre os cupcakes.

Eu estava tentando provar a mim mesma que era capaz de dar conta de tudo nesse verão. Tínhamos nos formado e, em pouco tempo, iríamos para a faculdade. Estávamos crescendo e eu era, sim, capaz de dar conta de tudo. Eu tinha um emprego. Estava realizando os desejos da nossa lista. E tinha entrado em Harvard, diabos.

Era só um bazar beneficente. Só isso. Duas dúzias de cupcakes. Nada tão complicado.

Brad acordou na hora que estávamos acrescentando os granulados sobre a cobertura. Ele soltou uma exclamação de surpresa quando nos viu ali, depois sorriu e gritou:

— Lee! Quanto tempo!

— Ah, que maravilha — bufei, abandonando os cupcakes para preparar o café da manhã dele.

Brad percebeu.

— Eu consigo colocar o suco no copo, Elle. — E, em seguida: — Não! Você colocou leite demais! Vai estragar o cereal!

— Você nunca reclamou do jeito que eu preparo seu cereal antes — resmunguei. Ele foi até a mesa pisando duro, encarando a tigela na minha mão com um olhar feio, emburrado.

Eu definitivamente não era tão chata quando tinha a idade dele.

Quando coloquei o leite na geladeira outra vez, vi uma garrafa quase vazia de vinho rosé e torci o nariz. Dede quando meu pai bebia vinho rosé? No meio da semana? O máximo que ele tomava era umas duas cervejas light num sábado à noite ou, se quisesse algo mais sofisticado, uma taça de vinho tinto.

E foi então que as peças se encaixaram.

— Linda veio aqui essa semana? — perguntei a Brad.

— Veio sim — ele disse, aparentemente aquilo não o incomodava nem um pouco. — Ei, pode colocar um pouco de mel no meu cereal? A Linda fez isso ontem e ficou ótimo.

— Espera. Ela ficou aqui até de manhã? Tipo... Ela passou a noite aqui?

Brad me encarou com uma expressão estranha, como se não entendesse a importância daquilo, como se eu estivesse agindo que nem louca.

— Ah... sim. Ela dormiu no sofá enquanto assistia a um filme.

Lee riu, e sua risada se transformou rapidamente em uma tosse, em seguida fez uma expressão sugestiva. Respondi com um olhar irritado. Linda e o vinho na geladeira, Linda e o novo jeito de preparar o cereal do Brad, Linda passando a noite aqui em casa... Será que tudo isso não estava acontecendo rápido demais, considerando que o primeiro encontro dela e do meu pai foi há, digamos... uma semana?

(Exceto pelo fato de que não estava acontecendo apenas há uma semana, não é? Eles já estavam saindo desde as férias da primavera, pelo que parecia...)

— Claro — eu disse, batendo a porta da geladeira. — Claro que posso colocar mel no seu cereal.

Brad me ignorou completamente depois disso, preferindo conversar com Lee (bem, na realidade, só ele estava falando). Ele mal parou para dizer obrigado quando coloquei a tigela na mesa.

Deixei os dois entretidos e fui terminar de decorar os cupcakes. Depois guardei-os cuidadosamente na travessa — e separei dois para levar de volta à casa da praia, é claro.

— Certo. Não esqueça de trazer as travessas de volta, está bem? Elas são do Levi. Se você perder, vamos comprar outras com o dinheiro da sua mesada. Foi o pai que disse isso.

Brad puxou uma das travessas para examinar os cupcakes.

— A sua cobertura não ficou tão boa quanto a do Lee — ele resmungou.

— O que há com você, hein? — eu disse, irritada. — Você ainda está magoado porque o pai não deixou você vir com a gente pra casa da praia? Falei que talvez você pudesse passar uma noite. Caso se comporte.

Lee deu um tapinha no ombro de Brad.

— Ei, não se preocupe, amiguinho. Deixa isso comigo. Vamos dar um jeito.

— Obrigado, Lee.

Ainda era cedo quando levamos Brad até a colônia de férias do time de beisebol, onde ele estava passando algumas semanas. Assim, decidimos passar na loja de conveniência para comprar milk-shakes.

— E aí, pessoal? O que posso fazer por vocês nessa bela manhã?

Eu girei sobre os calcanhares com um sorriso.

— Levi!

Ele estava empilhando embalagens de absorventes em uma prateleira e retribuiu o sorriso. Levi era alto e magro, com braços e pernas compridos, cabelos castanhos cacheados, queixo pontudo e olhos amistosos. Tinha um sorriso largo e franco, do tipo que dá a impressão que acabou de ver algo que o deixou muito feliz.

Mas às vezes eu tinha a sensação de que ele não sorria desse jeito para todo mundo.

(Ainda era meio constrangedor lembrar do dia de Ação de Graças, quando eu o beijei. Mas nós já tínhamos até esquecido... ou, pelo menos, superado a questão.)

— Levi, amigão — anunciou Lee, colocando as mãos atrás das costas e se equilibrando sobre os calcanhares para tentar controlar a ansiedade. — Deixe esses absorventes de lado! Queremos os dez milk-shakes mais gelados que você tem.

— D-dez? Vocês trouxeram o resto da turma ou algo parecido?

— É pra um dos desejos da nossa lista — expliquei, enquanto ele colocava as últimas embalagens na estante e nos acompanhava até a máquina de sorvete perto do caixa. — Eu vou querer o que tem cobertura azul.

— Acho que isso significa que eu fico com os vermelhos — suspirou Lee.

Levi sabia tudo a respeito da lista de desejos, porque obviamente eu tinha contado a ele. Mas também porque Lee e eu vínhamos postando algumas das nossas aventuras nas redes sociais, para que nossos amigos pudessem acompanhar toda a loucura.

— Ah — disse ele, começando a preparar o primeiro milk-shake. — Isso é pro grande desafio dos milk-shakes?

— Isso mesmo — confirmei com um sorriso.

— Vocês não acham que três pra cada um é o bastante?

Lee deu um suspiro dramático. Nós nos entreolhamos e apoiamos o peso do corpo sobre os cotovelos no balcão.

— Pensei que você tinha dito que o Levi era um cara legal.

— Todos esses anos... — concordei, balançando a cabeça e demonstrando a minha decepção — ... e ele ainda consegue nos subestimar.

— Está bem, está bem. Dez milk-shakes bem gelados. Vocês sabem que ainda não são nem dez da manhã, não é?

— Acho que ele está tentando nos dizer alguma coisa. O que você acha, Shelly?

— Sim, mas... eu não estou... conseguindo entender exatamente.

Levi riu. Enquanto enfileirava as bebidas, nós lhe contamos sobre a linda decoração dos cupcakes — mesmo que Brad não tenha ficado tão impressionado.

— Olha só esses contornos. Olha! — Eu agitei meu celular diante do rosto dele.

— Mary Berry e Paul Hollywood ficariam orgulhosos — Levi disse, sarcástico. Lee fez uma careta de dúvida, sem entender a piada, mas eu ri. Ultimamente Levi não perdia um episódio de *The Great British Baking Show* (ou, como ele insistia em chamar o programa, O duelo dos confeiteiros). Ele olhou ao redor da loja vazia, exceto pelo funcionário que estava lavando o piso de um dos corredores. — É hora de começar.

Lee pagou os milk-shakes e Levi concordou em tirar algumas fotos de mim e Lee, um em frente ao outro, cada um segurando seu primeiro milk-shake.

— Está bem. Você se lembra das regras?

— Quem parar está desclassificado.

— Sem pausas pra descansar.

— Três... dois...

A bebida gelada me atingiu em um instante, espalhando uma onda de choque e dor bem entre os olhos. Mas eu ia conseguir. Lee e eu nos encaramos, enquanto engolíamos os milk-shakes. Fiz minha melhor expressão desafiadora. Ele passou o tempo todo mexendo as sobrancelhas e envesgando os olhos para tentar me distrair.

Mas nada daquilo funcionou. Fomos para o segundo milk-shake com uma diferença de um ou dois segundos entre nós, mas consegui chegar ao quarto enquanto Lee ainda se esforçava para tomar o segundo. Quando ele estava na metade do terceiro e eu no começo do quinto, ele desistiu, largando o copo quase vazio no balcão e se debruçando nele com um gemido.

— Você ganhou, você ganhou. Eu admito a derrota. Ughhh.

Apenas para consolidar a minha vitória, terminei de tomar o que restava do meu quinto milk-shake antes de levantar as mãos para o céu em triunfo.

— Não fique se vangloriando — ele gemeu, ainda largado melodramaticamente sobre o balcão, suas pernas estavam fracas. — Eu... Eu não vou conseguir aguentar isso agora. Uggh.

Levi deu um longo assobio.

— Nossa senhora, Elle. Isso foi impressionante.

Fechei os olhos, sentindo a dor de cabeça causada por toda aquela bebida gelada me atingir com força.

— Se eu vomitar, enquanto estiver trabalhando, a culpa será sua, Lee.

— Vocês estão em condições de dirigir? — perguntou Levi, tentando não rir.

— É claro que estamos. Ou vamos estar... Daqui a pouco — admiti. Eu definitivamente ia precisar de alguns minutos para me recuperar. Lee e eu ficamos jogados no balcão do caixa, gemendo e com as mãos na cabeça. Levi ria e prometeu nos mandar todas as fotos.

Depois de uns vinte minutos, estávamos trocando toque de mão e voltando à estrada. Lee pegou a folha de papel amarrotada e desbotada e a abriu sobre o colo. Revirou meu porta-luvas em busca de uma caneta e riscou a página de um lado ao outro, sorrindo.

20. O incrível desafio dos milk-shakes!

Parei o carro no estacionamento do Dunes, saí e dei as chaves para Lee.

— Eu te mando uma mensagem no final do meu turno, está bem? Daí nós vamos para aquele lugar que tem as pistolas laser.

— Você só vai trabalhar umas duas horas hoje — ele disse, dando de ombros. — Vou esperar você lá dentro. May não vai se importar.

Não precisei perguntar sobre a Rachel, porque ela tinha planos de ir visitar os avós hoje. Mas eu disse:

— E a corretora imobiliária? Achei que ela fosse hoje à tarde. Sua mãe queria que você e Noah a recebessem.

Lee fez uma careta, com uma expressão meio sombria no rosto. Fiquei com dó dele, sempre que alguém mencionava a venda casa da praia ele ficava mal-humorado.

— Noah pode cuidar disso. Ele já é crescido.

— Bem, tudo bem. Mas as fantasias...

— Coloquei no seu porta-malas hoje cedo. Estou pronto pra ir quando você estiver. Ei, você acha que May já pode me servir algumas batatas fritas?

May, como esperamos, não ficou tão surpresa quando viu que Lee estava comigo. Embora o Dunes só fosse começar a servir o almoço dali meia hora, ela lhe trouxe um refrigerante e uma porção de batatas. Não perguntou o motivo de Lee estar ali, mas por que a boca e o queixo dele estavam manchados de vermelho e por que a minha língua e os meus dentes estavam tão azuis.

Explicamos a lista de desejos para ela. Em seguida Lee disse:

— E, depois que Elle terminar o turno dela, vamos batalhar com pistolas laser.

— Oh! Mas isso... — Ela nos encarou com um olhar curioso e um sorriso meio rígido. — Não se ofendam, mas isso parece meio... normal. — Em seguida, ela soltou um suspiro bem melodramático. — Por que eu tenho a sensação de que não é só isso?

— Vai ser um duelo de pistolas laser no estilo *Star Wars* — expliquei com um sorriso. — Temos fantasias do Han Solo e da Princesa Leia. Nós as usamos em uma festa de Halloween há alguns anos. Por sorte, ainda servem.

— Noah não quis alugar uma fantasia de Chewbacca pra usar no duelo — emendou Lee.

May riu.

— Mas vocês, hein, garotos? Espero que tragam algumas fotos! Ah, parece que temos clientes. Elle, é hora de trabalhar.

Fiquei preocupada com a possibilidade de Lee ser uma distração, mas fiquei tão ocupada com os pedidos que nem tive tempo de prestar atenção nele. Mesmo assim, percebi que ele tinha atendido uma ligação com uma expressão estranhamente séria. Fui até lá antes de passar a comanda com um pedido para a cozinha, tempo o bastante para ouvir o tom sério e rabugento da sua voz enquanto falava no celular.

— Sim. Sim, é claro. Pode ser na próxima semana. Muito obrigado por entender a urgência. Aham. Vou dizer a ela. Tenha um bom dia.

— O que houve?

Lee levou um susto, tinha aquela expressão inconfundível de culpa no rosto. Me olhou com os olhos esbugalhados por um momento antes de tossir e agitar o celular para mim.

— Ah, não é nada. Era... só a corretora. Cancelando a visita. Eles haviam marcado outro cliente no nosso horário.

— E por que ela ligou pra você?

— Porque minha mãe passou meu número pra ela. Assim eu organizo as coisas sem atrapalhar os planos da lista de desejos, sabe?

Ah. Bem, aquilo fazia sentido.

— Você não tem mesas pra servir, senhorita? Aquelas batatas fritas não vão se servir sozinhas.

15

— **LEE?**

Ele ergueu os olhos, e eu fiz o mesmo. O restaurante estava tranquilo, um marasmo após o último dos clientes que almoçavam tarde sair e antes dos primeiros clientes que jantavam cedo chegar — algo que, depois de algumas semanas trabalhando no Dunes, já me parecia normal. Eu estava guardando os copos embaixo do balcão do bar.

— Sim, May? — Lee perguntou.

— O que você está fazendo?

Nós ficamos confusos. Ele olhou para o rodo que tinha nas mãos e o balde perto dos pés. Vi que estava pensando o mesmo que eu. Será que aquela era uma pergunta capciosa ou algum tipo de pegadinha?

— Ah... Lavando o chão?

May soltou um longo suspiro, cruzando os braços.

— Você não trabalha aqui. Pare de lavar o chão.

— Mas estava grudento.

May o encarou com severidade, um semblante típico de mãe que queria dizer não responda pra mim, mocinho. Ele abriu um sorriso e fez até aquela cara de cachorro sem dono. May jogou as mãos para cima, agitando-as como se estivesse tentando espantar algum tipo de bruxaria.

— Esse garoto, viu? — ela me disse com um suspiro. E não falou mais nada. Não precisava, eu sabia exatamente o que ela queria dizer. Dei um sorriso para o meu melhor amigo.

— E eu não sei?

— Enfim... — ela disse, respirando fundo. — Elle, eu coloquei você pra trabalhar dois turnos seguidos hoje à noite, não se esquece. E também naqueles turnos extras que você queria assumir na semana que vem.

— Ah. T-tudo bem.

Ela me encarou com um olhar esquisito.

— Algum problema?

— Não! — eu disse, rapidamente. — Está ótimo. Obrigada, May. Agradeço mesmo.

Ela fez um joinha antes de ir para a cozinha. Lee voltou a passar pano no chão, cantarolando alguma coisa baixinho e balançando a cabeça conforme limpava.

Não estava esperando por isso. Eu realmente tinha pedido aqueles turnos extras, e óbvio que fiquei feliz por ela ter aceitado. E óbvio que não havia problema com aquilo, ou eu obviamente não os teria pedido.

Eu estava tentando acumular o máximo de horas que podia. Mais horas de trabalho significavam mais dinheiro, e eu precisava de tantas horas quanto fosse possível. Nas últimas semanas, Lee e eu tínhamos conseguido cumprir uma boa parte dos desejos da lista — desde mergulhar em um tanque com tubarões até pular de paraquedas, além das aulas de malabarismo. O único desejo com o qual não precisei gastar dinheiro foi o castelo de cobertores e almofadas que construímos (que deixou Rachel e Noah bem bravos, primeiro porque eles não podiam entrar sem a senha, segundo porque roubamos os melhores petiscos). Lee pagou a conta de alguns deles e isso fez com que eu me sentisse ainda pior em relação à questão do dinheiro.

Eu não estava exatamente sem dinheiro, só não tinha a mesma reserva financeira que os Flynn tinham. Quanto mais dinheiro eu conseguisse ganhar nesse verão, melhor — ia precisar quando começasse a faculdade, e preferia não ter que pedir emprestado do meu pai o tempo todo.

Eu definitivamente queria aqueles turnos extras.

Mas quando May me lembrou deles, a sensação que tive foi de exaustão. Só fazia algumas semanas que eu estava trabalhando ali, mas entre todas as atividades da lista de desejos e todas as vezes que precisei voltar para casa para cuidar do Brad... Eu estava ficando exausta.

E isso tudo sem contar todo o trabalho na própria casa da praia. Até o momento, tínhamos limpado e arrumado todo o quintal e pintado a varanda. Rachel fez uma faxina forte na cozinha e Noah estava tentando consertar o filtro da piscina, usando vários tutoriais do YouTube. Os próximos itens da lista eram fazer uma limpeza a vapor nos sofás e pintar o teto, o que parecia ser o tipo de trabalho para o qual toda a tripulação precisava estar presente.

Só de pensar sentia vontade de passar uma semana inteira dormindo.

— Sabe de uma coisa? — Lee disse, me distraindo desses pensamentos. Ele tinha encostado o rodo na parede e estava apoiado sobre o balcão do bar, com a lista de desejos na mão. O estado da lista estava ainda pior do que quando a encontramos: manchada com cobertura vermelha de milk-shake, água do mar, calda de chocolate (do sundae gigantesco que derrubamos sobre a cabeça de Noah) e coberta de riscos de várias cores.

Lee tamborilava os dedos sobre a lista.

— Tem uma coisa aqui que não vamos conseguir fazer. O número vinte e dois: morar juntos em Berkeley.

A culpa começou a alfinetar minha pele, como sempre acontecia quando Berkeley era citada em alguma conversa.

Eu sabia que ele não queria me fazer sentir culpada. Exceto a primeira discussão que tivemos depois que eu disse que iria para Harvard, Lee estava se esforçando ao máximo para não fazer com que eu me sentisse pior do que eu já me sentia em relação a Berkeley. Mesmo assim, ainda me perguntava se, sempre que o assunto vinha à tona, o ressentimento não borbulhava logo abaixo da superfície.

Ele só abriu um sorriso triste e disse:

— Você acha que devemos riscar isso da lista? É estranho deixar algo sem marcar.

— Mas... e se eu fosse até Berkeley com você, ajudar com alguma coisa... Não sei, ajudar a preparar sua mudança ou visitar algum lugar? Não é exatamente o que tínhamos em mente, mas será que podemos fazer algumas dessas coisas em um fim de semana? Só nós dois?

Lee estendeu o braço e colocou sua mão sobre a minha.

— Combinado. Ei, vou pegar algumas recomendações com o Ashton pra quando estivermos lá. Ver se tem alguns lugares bacanas de visitar.

— Ashton?

— Sim, Elle. Ashton, lembra? Ele veio à nossa festa. Alto, loiro e com um ótimo gosto pra histórias em quadrinhos? — Ele riu e comentou sobre algumas coisas que Ashton tinha lhe contado sobre Berkeley, incluindo a loja de quadrinhos que deixou Lee bem empolgado. Mas eu não estava prestando muita atenção.

Ashton morava na mesma rua de Jon Fletcher, mas estudava em outra escola. Jon e alguns dos outros rapazes do time de futebol americano tinham alugado uma casa na praia para passar o verão depois que viram o quanto nós estávamos nos divertindo na casa dos Flynns. Olivia também tinha implorado aos pais para que fizessem o mesmo para ela e suas amigas.

(E cá estava eu guardando notas de dez dólares em um cofre em forma de porquinho, em que havia colado uma etiqueta escrito "Reserva para a faculdade".)

Eu sabia que Ashton estava saindo com os rapazes, e que ele e Lee vinham conversando. Eu sabia disso. E também que Ashton marcava Lee em posts engraçados do Instagram que seu novo amigo talvez fosse gostar.

Mas eu conseguia manter tudo isso longe da minha mente. Tanto Ashton quanto Berkeley.

Eu não precisava ficar me lembrando constantemente da decepção que tinha causado no meu melhor amigo.

Meu segundo turno estava começando, quando o celular de Lee tocou.

— Rach está lá fora. Acho que é minha deixa pra ir pra casa.

— Guarde um pouco do jantar pra mim, está bem?

— De jeito nenhum.

Mas eu sabia que ele guardaria.

— Amanhã eu volto, May! — ele disse, jogando o avental para mim.

— Nada disso! — ela respondeu. May sabia que nada do que dissesse ia impedi-lo de matar o tempo no restaurante e trabalhar de graça. Lee não chegou a dizer, mas eu tinha a sensação de que ele estava tentando compensar o tempo que não teríamos mais juntos, agora que eu iria para Havard.

Mais pessoas trabalhavam no Dunes. Um cara meio nerd, um ano mais novo do que nós na escola, que eu sabia que se chamava Melvin.

Uma outra mulher que trabalhava ali há tanto tempo quanto May. Um senhor que decidiu largar a aposentadoria e preparar bebidas e coquetéis, quando não ajudava na cozinha. Alguns universitários que eu não conhecia muito, mas com os quais até que me dava bem. Todos achavam estranho Lee passar tanto tempo ali, mas ninguém dizia nada.

Nesse momento, Melvin estava chegando com uma das universitárias. Eles cruzaram com Lee na porta e disseram oi para ele. Quando entraram, fizeram o mesmo para mim.

Não muito tempo depois, os clientes começaram a chegar para o jantar. Geralmente famílias com crianças pequenas que tinham passado a tarde na praia e agora precisavam encher a barriga antes de voltar para casa.

Vi May levando uma família que eu conhecia muito bem até o setor de Melvin. Fui até ele e o segurei pelo braço.

— Melvin, você se importa se eu atender aquela mesa?

— Ah... é claro que não. — Ele olhou para onde eu estava apontando e abriu um sorriso malandro. — Não foi por causa daquele cara que você terminou o namoro com Noah?

Soltei um resmungo mal-humorado.

— Já disse que isso é só um boato idiota.

— É mesmo?

— É, Melvin.

O sorriso dele ficou ainda maior. Ele ajeitou os óculos redondos sobre o nariz.

— Então, por que ele não tira os olhos de você?

— O quê? — Virei a cabeça e olhei por cima do ombro, mas Levi já estava estudando o cardápio cuidadosamente. Suas bochechas estavam um pouco rosadas. Revirei os olhos para Melvin, que continuou me encarando com aquele sorriso malandro, até que peguei uma jarra de água e marchei até a mesa.

Anunciei minha chegada com um alegre e desnecessário:

— Olá! Meu nome é Elle e vou atendê-los hoje. — E logo seguida enchi os copos com água.

Becca, a irmã mais nova de Levi, riu.

— Nós sabemos quem você é, Elle.

— Não esperava ver vocês aqui.

— Não podíamos desperdiçar uma tarde como essa — a mãe de Levi disse alegremente. — O pai de Levi não conseguiu tirar folga do trabalho, então hoje somos só nós três. Levi vive falando que você trabalha aqui, achamos que seria legal vir conhecer.

— Mãe! — ele disse entre dentes.

Eu mordi o lábio, tentando não rir, enquanto via Levi se retorcer pelo canto do olho.

— Além disso, já faz algum tempo que não a vemos — ela continuou, sem se deixar abalar.

Aquela frase tinha um certo ar de gravidade, como se a mãe de Levi estivesse insinuando alguma coisa. Logo compreendi o que era. Durante todo o último ano do ensino médio, eu tinha passado bastante tempo com Levi. Ele vinha em casa enquanto eu cuidava do Brad, e eu ia até a casa dele enquanto ele cuidava da Becca. Nós éramos amigos e gostávamos de ficar perto um do outro.

Mas já fazia um bom tempo que isso tinha mudado.

— Mãe! — sibilou ele outra vez.

— Bem, você sabe... — Meu sorriso vacilou, apoiei o peso do corpo em um pé e depois no outro. — Estive ocupada com o emprego e... Noah está aqui também.

— Ah, sim. Seu namorado.

Ela olhou para Levi com uma expressão que dizia algo que não consegui entender. Ele soltou um suspiro brusco e exasperado.

— Mãe!

Ok...

Já estava ficando esquisito.

— Querem alguns minutos pra decidir? Ou... já querem pedir as bebidas?

Eles pediram as bebidas. Levi estava bem encolhido na cadeira, embora eu não soubesse ao certo por que ele estava tão constrangido. Ele tinha ido ao banheiro quando voltei para anotar o pedido deles.

— Quando você vai pra casa de novo, Elle? — perguntou Becca, fazendo beicinho e com uma carinha de cachorro sem dono que era muito mais eficaz do que a de Lee.

— Eu... não sei. Mas vou tentar ir! As coisas estão meio malucas agora. Mas eu vejo vocês logo, logo, está bem?

— Desculpa — disse a mãe. — Ela gostou muito de ter outra garota por perto com quem pudesse conversar. Você causou uma ótima impressão nela, sabia? E em Levi, também.

— Ah, sim...

Sinceramente, eu não sabia como reagir àquilo. Não tinha certeza se aquilo que ela estava me dizendo era algo bom, mesmo falando como se fosse.

— E Harvard! Levi nos disse. Meus parabéns, querida, é uma conquista incrível. Seu pai deve estar muito orgulhoso de você. Eu gostaria que Levi tivesse se candidatado a uma vaga em alguma faculdade. Ele fechou o ano com notas tão boas...

Tossi sem querer. Conversar com os pais de outra pessoa nunca foi um dos meus pontos fortes (sem contar June e Matthew, é claro) e era um pouco desconfortável conversar com a mãe de Levi sobre a decisão dele de não se candidatar a nenhuma faculdade no último ano do ensino médio. Eu só queria escapar dessa conversa.

— Ele ainda está tentando entender essa nova fase da vida — eu disse, de um jeito meio cafona, fechando a caderneta com um barulho alto. — Um hambúrguer vegetariano, um cachorro-quente, um rolinho de lagosta e uma porção de anéis de cebola. Volto logo com o pedido de vocês.

PAREI UM POUCO PARA TOMAR FÔLEGO APOIADA NO BALCÃO, DE repente senti que havia alguém do meu lado. A pessoa pigarreou.

— Desculpe, senhor. Eu logo vou... Ah. Levi.

— Oi. — Ele abriu um meio sorriso rígido, apenas com um lado da boca, e levantou a mão para um aceno desconcertado. — Eu só... eu...

— Você...?

Ele limpou a garganta e tentou de novo, passando a mão pelos cabelos.

— Eu... queria pedir desculpas pelo que aconteceu agora há pouco. Se a minha mãe disse alguma coisa constrangedora. É só que... você sabe... a Becca perguntou algumas vezes se você vinha pra nossa casa e eu disse que você estava trabalhando aqui agora, e que está passando mais tempo com o Noah e o Lee. Então... Acho que é isso.

— Certo.

Meu Deus, desde quando era tão desconfortável ficar perto do Levi? Quando foi que isso aconteceu? Minhas mãos estavam úmidas e tive a sensação de que algo se retorcia dentro do meu estômago — o tipo de sensação que me fazia desejar que alguém derramasse sua bebida ou deixasse a comida cair no chão e me chamasse aos gritos para resolver o problema.

Era isso que acontecia quando não conversávamos cara a cara por algumas semanas? (O duelo dos milk-shakes não contava.)

Era isso que ia acontecer entre mim e o Lee depois que nos separássemos e começássemos a estudar em nossas respectivas faculdades?

Ou tudo isso estava acontecendo porque Noah tinha voltado para casa, fazendo toda a dinâmica que havia entre nós mudar?

— Certo — disse Levi, fazendo que sim com a cabeça.

— Desculpa ter sumido — eu disse. — Não só... por causa de Becca. Sei que conversamos pelo Whatsapp todos os dias e às vezes por chamada de vídeo, mas fazia tempo que não nos falávamos assim, cara a cara. E a culpa é minha.

Levi deu de ombros. Seu sorriso era compreensivo, mesmo que os olhos estivessem um pouco entristecidos. Ele tocou meu braço levemente.

— Está tudo bem. Sei que você anda ocupada.

Bem naquele momento, ouvi meu celular apitando no bolso. Peguei para verificar.

Era uma mensagem do meu pai: "não se esqueça de pegar Brad no treino de futebol mais tarde!".

Soltei uma exclamação.

— Merda. Merda!

— O que foi?

Esfreguei os olhos com o nó dos dedos e encarando o celular com uma expressão de ódio.

— Insisti pra May me deixar fazer dois turnos seguidos hoje, mas tenho que buscar Brad no treino de futebol. Como é que... — suspirei. — Vou ter que pedir pra May me...

— Nós podemos buscá-lo — Levi ofereceu. — Que horas o treino dele termina?

— Seis e meia.

— Perfeito, fica no caminho de volta pra casa. Podemos pegá-lo e levá-lo de volta pra sua casa.

— Não, Levi. Não posso pedir pra você fazer isso.

— Ué, você não pediu — ele disse com um sorriso. — Sério mesmo, Elle, não tem problema algum. Eu tenho o celular do seu pai e posso ligar pra ele. A chave reserva fica embaixo do vaso de flores do lado do portão, não é?

— Fica, sim — suspirei, dando um abraço rápido nele. — Obrigada. Você salvou minha vida. Ele literalmente só precisa de uma carona de volta. Meu pai vai ter uma reunião no fim da tarde e o escritório fica do outro lado da cidade, então... Obrigada, Levi.

Uma reunião no fim da tarde... Eu tinha a leve suspeita de que essa "reunião" seria com a Linda, mas mesmo assim...

— Como eu disse, sei que você está ocupada.

Meus ombros relaxaram. Aquele clima esquisito entre nós tinha se evaporado... Por enquanto, pelo menos. Quando Levi se virou para voltar à mesa, segurei seu braço.

— Ei, escuta. Estamos planejando ir ao parque aquático daqui a alguns dias. O irmão do Jon Fletcher trabalha lá e conseguiu mexer alguns pauzinhos pra nós. Vamos precisar de mais recrutas na tripulação.

Os lábios de Levi se esticaram num sorriso malandro.

— Isso tem alguma coisa a ver com a lista de desejos?

— Claro que tem.

— Me manda uma mensagem com os detalhes. Vou estar lá.

Sorri, soltando um suspiro de alívio. Mesmo que fosse num grupo de amigos, seria bom estar com Levi outra vez. Vê-lo me fez perceber o quanto eu sentia saudade dele.

Levi voltou à sua mesa e dei uma espiada na direção dele — bem a tempo de vê-lo desviando os olhos, fechando a cara para algo que sua mãe estava dizendo, parecendo um pouco constrangido.

Bem, seja lá qual fosse o assunto daquela conversa, fiquei feliz por não fazer parte.

16

QUANDO VOLTEI PARA A CASA DA PRAIA, ENCONTREI O LUGAR VAZIO. Lembrei que Lee e Rachel iam sair para curtir a noite juntos, mas não encontrei nenhum sinal de Noah. As luzes da cozinha e da sala de jantar estavam acesas, mas as portas que davam para o quintal estavam entreabertas. Assim, fui até lá para procurá-lo.

Foi somente quando me afastei da trilha que ia da casa até a faixa de areia que ouvi a voz dele vindo na minha direção. Quando cheguei mais perto, ele encerrou a ligação, erguendo os olhos ao ouvir meus passos.

— Oi, maravilhosa — disse ele.

Senti um calor se espalhar pelas minhas bochechas. "Maravilhosa" era a última coisa que as pessoas pensariam ao me ver; o suor tinha deixado meu cabelo oleoso, minha camisa estava manchada em vários lugares e o meu braço ainda estava meio grudento depois de eu ter derramado refrigerante nele. Mesmo assim, eu nunca me cansaria de ouvir Noah me elogiar daquela maneira tão sincera.

Deixei o corpo cair ao lado dele, me deitando de costas na areia, sem me importar que ela grudasse no cabelo e nas roupas.

— Dia puxado no trabalho?

— Bem puxado. O Levi estava lá.

— É mesmo?

— Ele estava com a mãe e a Becca, tinham passado o dia na praia.

Daí foram ao Dunes jantar antes de voltarem pra casa. Tive que pedir a ele pra buscar o Brad no treino de futebol, porque tinha esquecido desse detalhe quando pedi o turno duplo pra May. Agora vou esperar meu pai me ligar a qualquer momento pra dizer o quanto está decepcionado comigo.

Noah se deitou ao meu lado. Me virei de frente para ele, sentindo a areia arranhar a lateral da minha bochecha. Ele estava sem camisa e meus olhos correram pelos seus ombros largos e pelo abdômen de tanquinho.

— Levi foi buscar o Brad, então?

— Bem, ele, a mãe e a irmã. Estou devendo uma pra ele.

— Você podia ter me ligado. Eu teria buscado o Brad.

— Bem...

Ele tinha razão.

— Não pensei nessa possibilidade — eu disse. — E Levi já estava lá. Ele se ofereceu.

Noah soltou um resmungo baixo. Não sabia se ele estava irritado ou não, mas decidi não pressionar. Levi tinha sido uma das fontes de discórdia quando terminamos o namoro na época do dia de Ação de Graças, especialmente depois do baile de Sadie Hawkins, quando beijei Levi e Noah acabou vendo tudo.

Levi não era o único problema que tínhamos, achava que a situação já estava resolvida, mesmo assim, decidi parar de falar nesse assunto.

— Com quem você estava falando no celular?

Vi Noah morder o interior da bochecha por um segundo antes de virar de frente para mim.

— Amanda.

Ah, Amanda. Outra fonte de discórdia do nosso relacionamento no outono do ano passado. De novo, ela não era a única fonte, mas...

Bem, o fato de Noah estar escondendo um segredo de mim do qual ela sabia tudo não melhorou muito a situação. Fiquei pensando se ele não estava sentindo saudade dela (principalmente por causa da foto que ela tinha postado beijando Noah na bochecha, mas também porque Noah a trouxe para a casa dos pais para passar o dia de Ação de Graças), mas descobri que ele só estava com dificuldade em algumas aulas e ela tinha oferecido ajuda...

Algo que Noah tinha vergonha de me dizer.

Apesar da minha má intenção, eu gostava da Amanda. Ela era britânica, amigável e, até onde consegui perceber, tinha um jeito efervescente de ser, o que a tornava uma pessoa impossível de odiar. O fato de parecer uma modelo de catálogo, no estilo "patricinha universitária clássica", tinha me deixado bem enciumada no começo. E aquele ciúmes ainda voltava de vez em quando, confesso. Eu a tinha visto quando fui visitar Noah nas férias da primavera e ela foi bem receptiva e simpática comigo.

Eles tinham aquele tipo de amizade tranquila e platônica que eu tinha com Lee. Mesmo assim, eu ainda achava aquilo um pouco estranho, era difícil aceitar que Noah tinha alguém assim na sua vida.

— Ah, é mesmo? — perguntei, do mesmo jeito que ele fez em relação ao Levi.

— Ela disse que vai passar alguns dias aqui. Ela chega depois de amanhã. Os pais dela também vêm. Algum negócio no qual a mãe dela está trabalhando. Eu disse que ela podia ficar uns dias aqui na casa, se quisesse. Tem algum problema?

— Nenhum, Noah. Acho que temos espaço, o quarto que eu dividia com o Lee está vazio.

— Tem certeza?

Dei de ombros e abri um sorriso reconfortante. Por mais que eu sentisse ciúme de Amanda, pelo menos sabia que ela não era mais uma ameaça.

— E por que eu não teria? Você sabia que ela viria ou ela resolveu aparecer de surpresa?

Ele abriu aquele sorriso torto.

— Ela resolveu aparecer de surpresa.

— Ei, se ela vier mesmo, você pode convidá-la pra ir no parque aquático com a gente! O Levi também vai. Lee e eu estávamos pensando em fazer um passeio em grupo, com todo mundo, vai ser muito mais legal assim. Lee ia convidar a Rachel e o Jon também quer ir com a gente, já que o irmão dele ajudou a organizar tudo. Assim...

— Ah, legal. Ótimo. Claro, eu... vou avisá-la.

Naquele momento, me dei conta de que nunca chegamos a convidar Noah formalmente. Dei um leve tapa no seu braço.

— É óbvio que queremos que você venha com a gente, seu pateta. Lee até já escolheu sua fantasia.

As sobrancelhas de Noah se uniram no meio da testa e o canto da boca estremeceu.

— Não, obrigado, Elle. Tenho certeza que vocês vão se divertir bastante, mas... não. Não é o tipo de coisa que eu curto fazer.

— Ah, vamos lá! Por favor! A gente só vai fazer isso porque vamos filmar tudo e juntar dinheiro pra doar pra uma instituição de caridade, vai gerar uma boa publicidade pro parque aquático. Por favor, vamos com a gente. É por uma boa causa.

Ele riu.

— Por que eu estou achando que vai ser igual àquela vez em que você me pediu pra trabalhar na barraca do beijo?

— E daí se for?

— Acho que não vai rolar, Shelly.

Fiquei emburrada. Girei o corpo até ficar de lado e me aproximei ainda mais, de modo que meu rosto ficasse colado no dele.

— E o que você disse aquela vez? — Revirei minha memória, tentando lembrar da festa, quando pedi a ele que trabalhasse na barraca do beijo, pois todas as garotas estavam pedindo. — Eu acho que você disse algo do tipo... "fique de joelhos e implore".

Noah soltou um resmungo, rindo e cobrindo o rosto com as mãos.

— Não me olhe desse jeito. Você sabe que não estava falando sério.

— Por favorrrr? — insisti, toda meiga, fazendo desenhos no seu peito nu com a ponta do dedo.

— Eu só acho que não é algo que eu gostaria de fazer. Eu posso ir pra dar apoio moral ou coisa do tipo, mas não vou vestir nenhuma fantasia besta. De jeito nenhum.

Percebi que não iria convencê-lo naquela noite, então desisti. Se Lee pudesse tentar... Diabos, talvez até a Amanda conseguisse convencê-lo. Às vezes eu esquecia que, enquanto eu e Lee nos empolgávamos com qualquer doideira, Noah era uma pessoa mais pé no chão. Suspirando, me contentei em apoiar a cabeça no seu ombro e me encolher junto dele, enquanto Noah passava o braço ao redor de mim e me beijava entre as sobrancelhas.

— Então... Quais são seus planos pra amanhã?

— Hmmmm... — visualizei meu calendário mental. — Vou trabalhar no turno do café da manhã e depois levar o Brad ao dentista. Preciso cuidar de umas coisas pro meu pai... daí volto no fim da tarde.

— Nada de lista dos desejos?

— Nada. — E completei: — Lee vai ao cinema com o Ashton.

— Ah, sim. E você... — ele deixou a frase morrer no ar, mas ouvi as palavras que ele não tinha dito: e você não acha isso ruim?

Dei de ombros, pressionando meu rosto no seu peito.

— Não acho ruim, não. Por que eu acharia? Não tenho esse direito — acrescentei, balbuciando. — Lee tem o direito de ter outros amigos. Assim como eu. Ele não ficou bravo quando virei amiga do Levi.

— Você não parece estar tão tranquila assim.

— Fica quieto. Estou ótima.

— Aham.

— E, se Lee perguntar, não tenho nenhum problema com isso.

— Você fica uma fofura quando está com ciúme.

Antes que conseguisse me conter, eu disse:

— Você achou uma fofura quando eu fiquei com ciúme da Amanda?

Noah ficou parado. Em seguida, seu braço ficou mais firme ao meu redor, acariciando minhas costas para cima e para baixo, fiquei arrepiada. Deu um beijo no alto da minha cabeça.

— Não. Mas admito que você fica um pouco sexy quando grita.

— Só um pouco?

— Muito, na verdade — ele disse, se corrigindo com um murmúrio.

— É por isso que você discorda tanto de mim?

— Exatamente.

Amoleci na hora, sorrindo. Dei um beijo no seu ombro antes de me virar para poder beijá-lo numa posição confortável.

O jeito que Noah me beijava, o jeito que ele me abraçava... Ele fazia isso com uma devoção tão grande, me segurando junto de si com tanto carinho, bem apertado, como se não conseguisse suportar que eu me afastasse. Pude sentir o quanto ele me amava e sabia que, independentemente do que tivesse acontecido no ano passado, não havia nenhum motivo para sentir ciúme agora.

Eu só esperava que ele também fosse capaz de perceber o quanto eu o amava.

17

— OLÁ, ESTRANHOS! TEM ALGUÉM AÍ DENTRO? — CANTAROLOU UMA voz que retinia pela casa. — Vocês realmente largam a porta da frente destrancada?

Não tinha como confundir aquela voz cintilante e de sotaque inglês. Ouvi alguém andando pela cozinha. A porta do quarto de Lee e Rachel se abriu. Eu saí do banheiro, ainda com a escova de dentes na boca.

Amanda estava sob o vão da porta. Seu cabelo loiro estava curtinho, caindo em ondas que emolduravam o rosto e iam até a altura do queixo. Não parecia estar usando maquiagem, mas sua pele lisa tinha um brilho orvalhado. Vestia uma camiseta cropped branca, que deixava um ombro à mostra, e um short jeans cor-de-rosa. Vi o biquíni por baixo da camiseta, com as tiras amarradas ao redor do pescoço.

Rindo, Noah correu até lá para recebê-la com um abraço de urso, arrancando-a do chão. Quando ele a colocou de volta no chão, Amanda riu e bagunçou o cabelo de Noah.

— Está bem, seu brutamontes, não precisa ficar se exibindo. Rachel! Elle! Oi!

Deixei cair um pouco de pasta no piso e no pijama, o que fez Noah torcer o nariz. Enfiei a escova de dentes de volta na boca, fiz um gesto para ela esperar, acompanhado de um balbucio incoerente, e corri de volta para o banheiro para limpar toda aquela meleca. Esfreguei o pijama para tentar a mancha antes de sair para a sala outra vez.

Amanda abriu um sorriso enorme e me puxou para um abraço. Ela cheirava a baunilha e a cookies.

Por Deus, será que não havia nada naquela garota que não fosse perfeito?

— Que bom ver vocês! — ela disse. — Onde está o Lee?

— Dormindo ainda — Rachel disse, revirando os olhos carinhosamente. — Ele e Ashton saíram com o time de futebol americano ontem, depois verem um filme. Acho que ele vai estar de ressaca hoje — ela acrescentou, com um sussurro.

— Ah, sim, é claro — Amanda respondeu com um meneio sério de cabeça, colocando o dedo sobre os lábios.

Noah me olhou e piscou para mim, em seguida puxou o ar para os pulmões e gritou, colocando as mãos em concha ao redor da boca:

— Lee! Lee Flynn, traga esse seu traseiro gordo até aqui!

Quase na mesma hora, ouvimos uma movimentação no quarto de Lee e Rachel. Alguém estava mal-humorado.

Eu ri, enquanto Rachel encarava Noah com um olhar severo e Amanda, soltando um suspiro, o cutucava com o cotovelo.

Só de cueca, Lee se arrastou para fora do quarto esfregando o rosto.

— Mas que diabo é isso, Noah? Você está me zoando... — Quando ele viu Amanda, seus olhos se arregalaram e as bochechas ficaram vermelhas, o que só serviu para eu dar mais risada. — Que porra é essa, Noah? Você podia ter me avisado que tínhamos visitas.

— Não se preocupe, garotão, não é nada que eu já não tenha visto — Amanda disse, com um gesto despreocupado. — É bom ver você, Lee.

Ele riu.

— Prazer em revê-la, Amanda. Eu não sabia que você vinha.

Ele disse isso direcionando um olhar cortante para mim e para Noah, e tudo que consegui fazer foi dar de ombros com uma expressão de culpa. Eu nem tinha visto Lee ontem, já que nós dois estávamos ocupados; Noah, por sua vez, também não pensou em tocar nesse assunto com ele.

— Surpresa! — Amanda ergueu a bolsa, na verdade uma sacola de tecido azul-marinho. — Trouxe presentes.

Ela tirou dois quadradinhos brancos, deu um para mim e outro para Lee. Eram ímãs de geladeira com "Eu ♥ Londres" escrito.

— Sei que, tecnicamente, vocês não estiveram lá, mas pensei na coleção de ímãs de geladeira de vocês.

Quando Lee e eu fizemos nossa viagem de carro na primavera, nós compramos ímãs em todos os estados pelos quais passamos, pequenas lembranças da nossa jornada inesquecível. Amanda sabia exatamente como nos agradar. Nós dois sorrimos e a agradecemos.

— Eu também trouxe aquelas bolachinhas shortbread, porque Noah disse que nunca tinha comido. E é impossível alguém viver sem nunca ter experimentado o verdadeiro shortbread escocês. — Tirou uma caixa estampada de xadrez vermelho e a entregou para Rachel.

— Tem mais alguma coisa aí nessa bolsa?

— Não, a menos que você queira meu batom ou lenço de papel usado.

— Acho que vou passar dessa vez.

— Ei, é melhor você se vestir — Noah disse a Lee. — Tem gente vindo pra ver a casa hoje, não lembra?

— Não, ninguém vai vir hoje.

Nós três olhamos para ele.

— Lee... tem uma visita marcada hoje, sim — Rachel disse lentamente. — Lembra daquela mensagem de texto que sua mãe mandou pra todos nós uns dois dias atrás?

— Cancelaram.

— O quê? Desde quando?

— Não lembro... A imobiliária me ligou pra desmarcar.

Lee era um péssimo mentiroso.

Ninguém acreditou, mas ele contraiu a mandíbula e ficou nos encarando, como que nos desafiando a negar aquilo em voz alta. Eu não sabia que diabos Lee tinha em mente, mas com certeza estava aprontando alguma coisa. Acho que aquela era a quinta visita cancelada nas últimas duas semanas, o que era bem suspeito, agora que eu tinha parado para pensar.

Mas, por enquanto, era melhor deixar quieto.

— Vamos lá — Noah disse a Amanda. — Vou lhe mostrar a mansão.

— Aceita um café, Amanda? Chá? — Rachel ofereceu, sempre a perfeita anfitriã. — Ou alguma outra bebida?

— Ah, eu adoraria uma xícara de chá, se não se importa.

Eu queria rir do quanto aquilo era clichê, mas tive a impressão que eu ia parecer mesquinha e azeda. Assim, fiquei quieta e sorri quando Noah foi mostrar a casa para ela. Fui até a cozinha com Rachel.

— Você ainda acha isso esquisito? — Rachel sussurrou.

Eu não estava com cabeça para fingir o contrário.

— Um pouco. Mas só porque isso faz eu me sentir uma idiota por ter sentido ciúme deles, sabe? Eu confio no Noah e sei que eles são só amigos. E ela é incrível, não é? Por isso eu me sinto uma imbecil por ter acreditado que tinha alguma coisa entre eles.

Rachel me olhou com uma expressão pensativa, cantarolando baixinho.

— Mas ela foi um dos motivos pelos quais vocês terminaram, não foi?

— Bem, foi. Mas o principal motivo foi que Noah estava escondendo alguma coisa de mim e não queria me contar. Ficar longe dele foi... difícil. Além da diferença de fuso horário. Sei que eram só três horas, mas nós dois tínhamos nossos próprios afazeres e nossa própria vida social, e tudo parecia estar tão descompassado... Parecia que não estávamos conversando tanto quanto devêssemos, daí você joga a nova amiga misteriosa no meio de tudo isso e...

Fiquei observando a expressão de Rachel se desfazer, um olhar preocupado e sombrio foi tomando conta da sua feição — e foi aí que percebi o que ela estava realmente perguntando, e o que eu tinha acabado de dizer.

— Mas isso não significa que vai ser assim com você e com o Lee — emendei rapidamente, esperando que ela acreditasse em mim. — Afinal, ele fez todo aquele cronograma idiota sobre quando vocês vão poder se ver. Não que... Desculpa, eu não quis dizer que era algo idiota. Não é. É uma ideia doce. Eu só quis dizer...

Ai, meu Deus. Por isso eu sempre preferi ficar mais próxima dos garotos. Eu era péssima nesse tipo de coisa. Tentei outra vez, do melhor jeito que eu conseguia.

— O Lee é louco por você, Rachel. Ele fez todo aquele cronograma pra saber quando vocês iriam conseguir se encontrar, contando os feriados e tudo. E vocês são mais inteligentes do que Noah e eu. Vai dar tudo certo.

— Mas é exatamente isso — ela sussurrou desesperadamente, os olhos se enchendo de lágrimas... Ah, droga, o que foi que eu disse agora? — Você e Noah são... Vocês têm toda essa paixão. É incrível o quanto vocês são intensos. Às vezes, eu nem consigo estar no mesmo cômodo quando vocês dois estão se olhando. E as coisas não são assim entre mim e o Lee. E isso só faz com que eu me preocupe ainda mais, sabendo o quanto foi difícil pra vocês... Vamos falar a verdade: se você não tivesse Lee por perto, não teria conversado com Noah no dia de Ação de Graças e esclarecido tudo que aconteceu antes de retomar o namoro. Eu não tenho nada disso.

Pensei por um momento, tentando escolher as palavras com todo o cuidado.

Lembro do quanto fiquei assustada com toda essa questão de namoro a distância naquela época, mas eu nunca tinha pensado em me preocupar com o relacionamento de Lee e Rachel.

— Você tem razão. Vocês não são como nós. Vocês são tranquilos e firmes. Provavelmente se comunicam melhor do que nós, e não ficam implicando por qualquer coisa o tempo todo. Por isso, provavelmente vai ser bem mais fácil pra vocês dizerem o que realmente estão sentindo, quando sentirem falta um do outro ou acharem que a situação está difícil. E não... você não tem um Lee pra ser uma ponte entre vocês, mas você tem a mim. Sei que você acha que tem que me aguentar só por causa da minha amizade com ele, e que somos tipo "compre-um-leve-dois", mas nós podemos ser amigas sem ele, Rach. Eu gosto de pensar que você é minha amiga.

Rachel aspirou o ar pelo nariz de forma vacilante e entrecortada. Piscou os olhos rapidamente e algumas lágrimas rolaram dos olhos. Ela as enxugou com a mão e abriu um sorriso choroso para mim, antes de me puxar para um abraço repentino.

— Obrigada, Elle.

— C-claro. Não tem problema. Quando precisar. — Dei palmadinhas desajeitadas nas costas dela.

Rachel se afastou, enxugando o rosto com a mão outra vez, e foi terminar de preparar o chá da Amanda.

— Só pra constar, você é minha amiga também. Com ou sem o Lee. Pode apostar que vou visitá-la em Harvard ano que vem e espero que você venha me ver na Brown também. Não fica tão longe e tenho certeza de que podemos passar um fim de semana juntas.

Aquela sugestão me pegou totalmente desprevenida. Desde que fui aceita em Harvard, não havia me ocorrido que eu teria outra amiga por perto. Eu tinha dito a Lee que ele poderia visitar tanto a mim quanto Rachel de uma vez, mas não tinha pensado que eu poderia visitar Rachel para passar o tempo com ela.

Sorri para ela. Talvez nós nunca chegássemos a ser amigas se Lee não a tivesse convidado para ir no parque de diversões ano passado, mas agora eu estava muito feliz por ele ter feito isso.

18

NOAH E AMANDA TINHAM IDO PARA A PRAIA, DE ACORDO COM O bilhete no balcão da cozinha; e Rachel e Lee não estavam na casa. Não havia motivo para estar tão surpresa: uma das universitárias que trabalhava no Dunes pediu para trocar de turno comigo; ela ficaria com o segundo turno de hoje, e eu, com o turno dela dali alguns dias. Uma tarde de folga não me pareceu ser tão ruim, e não me importei em ajudar.

Olhei para a caligrafia floreada do bilhete.

Não fiquei com ciúme, porque isso seria idiotice da minha parte e porque não havia motivo.

Pensei em ir encontrá-los. O bilhete não dizia que eles queriam ficar a sós nem nada do tipo; na verdade, deixava implícito que a pessoa que o lesse podia ir encontra-los. Mas pensei no que aconteceu nas férias da primavera. Embora eu tivesse me divertido com Noah e seus amigos, queria passar algum tempo a sós com ele, só nós dois. E pensei que, se fosse eu que estivesse com Lee ou Levi, não iria querer que muitas pessoas se juntassem a nós.

Eu confiava em Noah.

Peguei uma caneta e deixei meu próprio bilhete: Saí do trabalho mais cedo. Voltei pra casa pra ver como meu pai e Brad estão. Volto pro jantar!

Parei na loja de conveniência, enquanto voltava para casa.

O rosto de Levi se iluminou quando cheguei no caixa com algumas compras.

— Oi! O que veio fazer por aqui?

— Tenho que cuidar do Brad hoje à noite, mas saí do trabalho mais cedo. Achei que ele ia gostar de ir pra casa da praia. Ele está desesperado pra dormir lá.

Levi riu, enquanto passava os produtos no leitor de código de barras.

— Aposto que ele vai adorar.

— Você também tem que ir. Ainda estou esperando você aparecer.

Ele baixou os olhos.

— Estive meio ocupado, você sabe. Mas vamos nos ver no parque aquático amanhã à tarde, não é?

Abri um sorriso enorme.

— Cara, eu estou muito feliz que você vai. Noah acha que é uma coisa meio idiota.

— Bem, talvez Noah é que seja meio idiota — devolveu Levi com um sorriso.

Eu ri.

— Algo que somente alguém da Corvinal diria.

— Ah, então você admite? Achei que você estivesse convencida de que eu era da Lufa-Lufa.

Merda, ele tinha razão.

— Talvez, digamos, sessenta por cento de uma e quarenta de outra — eu concedi. — Mas a maior parte ainda é da Lufa.

— Deu treze e sessenta e oito — Levi disse, guardando as compras na sacola. — E, só pra dizer, mal posso esperar até amanhã. Vai ser incrível. Tem certeza de que não querem que eu leve nada?

Fiz um gesto negativo com a cabeça.

— Não, nós já temos tudo sob controle. Tchau, Levi!

Entrei em casa e imediatamente ouvi o videogame de Brad na sala de estar. Estiquei a cabeça pelo vão da porta, sorrindo.

— Já conseguiu bater meu recorde?

Brad levou um susto. Por pouco não conseguiu pausar o jogo antes que minha chegada inesperada estragasse tudo.

— Elle! Achei que você só voltaria mais tarde.

— Mudança de planos. O que você acha de dormir na casa da praia?

Brad soltou uma exclamação de surpresa e se jogou no sofá. Depois ajoelhou sobre o assento e sorriu para mim com os olhos arregalados.

— Está falando sério?

— Mais sério impossível.

— Espera aí... — Brad estreitou os olhos e seu sorriso se transformou num bico, enquanto me encarava desconfiado. — Por acaso isso é alguma pegadinha?

— Ah, o que é isso, Brad? Desde quando eu apronto pegadinhas com você?

— Hmmmm... — Ele pensou naquilo por um minuto, mas acabou decidindo que, mesmo que fosse, valeria a pena. — Está bem! Vai ser legal! Vou arrumar minhas coisas.

Eu tinha comprado leite e manteiga de amendoim, tinha visto que nosso estoque estava acabando da última vez que estive em casa. Mas, quando abri a geladeira, já tinha uma garrafa de leite ali.

Que estranho. Acho que eu não tinha percebido.

Guardei a garrafa que eu tinha comprado e abri o armário para pôr o pote de manteiga de amendoim.

Mais estranho ainda foi perceber que havia outro pote novinho em folha, e não era da marca que costumávamos comprar. Fiquei olhando para ele, tentando entender que diabos estava acontecendo. Sempre comprávamos o pote de tampa azul e baixa caloria — o mesmo que a minha mãe sempre comprava —, mas tínhamos trocado para o de baixo teor de gordura há um ou dois anos.

Por que meu pai de repente resolveu trocar de marca? Além disso, achei que ele tivesse pedido para eu comprar...

Fui andando lentamente até o corredor.

— Ei, Brad? — gritei para o alto da escada.

— Sim? — Ele saiu do quarto e apareceu onde eu podia vê-lo. — Você vai dizer que eu não posso mais ir pra casa da praia, não é?

— Não, nada disso — eu disse para reconfortá-lo. — De onde veio a manteiga de amendoim?

— O quê?

Ergui o pote para mostrar.

— Ah! A Linda comprou esse pote.

Ele desapareceu outra vez pela porta do quarto e fiquei olhando fixamente para o nada antes de subir as escadas atrás dele.

— O que você quer dizer com "A Linda comprou esse pote"?

Primeiro o vinho e a noite que ela passou aqui. E agora isso?

— Fomos ao supermercado ontem, depois do treino de beisebol.

— Ela... foi buscar você na colônia de férias?

— Aham — Brad disse. — Quantos shorts de praia você acha que eu preciso levar, Elle?

— Só um — eu disse, distraída.

Então, Linda tinha ido buscá-lo na colônia de férias? E o levado no supermercado para fazer compras? Que diabo estava acontecendo? Por que eu ainda não a conhecia? Brad já tinha estado com ela pelo menos duas vezes. Isso parecia.

— Sei lá, algo importante, não é? E se o Brad precisava de uma carona pra voltar pra casa depois da colônia, por que ele não me disse? Eu podia ter cuidado disso.

— Você não estava trabalhando ontem?

— A questão não é essa, Levi!

Finalmente, parei para tomar fôlego. Tinha ido até a varanda e fechado a porta atrás de mim para falar com Levi pelo celular, enquanto Brad enchia uma mala enorme para passar apenas uma noite fora.

— Por que você não pede pro seu pai apresentá-la a você?

— Eu não quero conhecê-la — eu disse, seca, detestando o tom infantil que aquela frase assumiu quando saiu da minha boca. Quer dizer... Está bem, eu admito, não queria nem vê-la pintada de ouro, e daí? Depois de me recompor, eu disse: — Eu só não entendo por que ela está cuidando do Brad e indo buscá-lo na colônia de férias e fazendo as compras pra casa quando, um mês atrás, ela nem existia.

— Ela...

— Não se atreva a dizer que ela existia, Levi! Você sabe do que eu estou falando.

Levi riu.

— Está bem, está bem. O que o Brad acha dela?

— Ah, ele acha que Linda é uma pessoa ótima. Linda isso, Linda aquilo. Linda o deixa escolher o jantar. Linda o deixa escolher a música no carro. Linda coloca mel no cereal dele. Linda, Linda, Linda. — Eu suspirei, fechando os olhos com força. — Desculpa, Levi. Não queria atrapalhar seu intervalo, nem gritar com você.

— Quem ligou fui eu, lembra?

Era verdade. E aquilo me fez sentir menos pior a respeito. Mas também me fez lembrar que eu não calei a boca um minuto.

— Ah, sim. Sobre o que você queria conversar?

— Deixa pra lá — ele disse.

Eu ia perguntar se ele tinha certeza, porque Levi devia ter ligado para falar algo importante, mas eu precisava voltar a dar atenção ao Brad. Eu disse isso e desligamos.

Saí da varanda. Brad já tinha trazido sua mochila para baixo. Estava abarrotada.

— Vocês têm games lá? Ou eu preciso levar alguns?

— Temos, Brad. E acho que vamos ter comida chinesa pro jantar. A menos que Linda já tenha comprado comida chinesa ontem.

— Não. Comemos comida mexicana.

— Eu achava que você detestava comida mexicana. Não te dava gases?

— Ela preparou de um jeito diferente.

Fiquei muito, mas muito feliz por Linda não estar aqui agora. Senão eu ia soltar os cachorros em cima dela e dizer exatamente onde ela devia enfiar sua comida mexicana e o pote de manteiga de amendoim da marca errada.

MAIS TARDE, NA CASA DA PRAIA, EU CONTINUAVA IRRITADA POR causa de tudo que tinha acontecido à tarde. Lee e Rachel ainda não tinham voltado, mas nem Noah ou Amanda pareceram se importar com a presença do nosso visitante-surpresa. No momento, Noah e Brad estavam brincando de luta de sabres de luz na piscina com alguns bastões, imitando o barulho dos filmes com "wuchs" bem altos. Brad estava gritando que aquele era o fim dos Jedi, e Noah rebatia dizendo que derrotaria todos os malignos conquistadores Sith.

Era uma cena bonita. Embora Noah não gostasse de se envolver nas criancices que Lee e eu inventávamos, era fofo vê-lo brincando com Brad.

A mesa estava coberta com as sobras da comida chinesa que tínhamos pedido. Amanda e eu pegamos os controles que Brad tinha abandonado ao ir brincar na piscina com Noah e jogamos um pouco de videogame.

Depois de algumas partidas, ela jogou o controle para o lado, bufando.

— Me lembre de nunca mais jogar contra você. Acho que você devia fazer um canal no YouTube ou coisa do tipo. Podia ganhar uma grana.

Dei risada, deixando que aquilo me distraísse por um segundo.

— Não sei se daria certo, mas valeu pela força.

Ouvimos um grito triste e melodramático do lado de fora e o barulho de algo caindo na água, seguido de uma risada maligna do Brad.

— Acho que o conquistador Sith ganhou dessa vez — eu disse.

— Seu irmão é um fofo — Amanda disse. — Quase me faz querer não ser filha única.

— Ele só é fofo às vezes. Principalmente agora que ele parou de falar sobre a Linda.

Amanda me olhou com um sorriso compreensivo.

— Se serve de consolo, vários pais de amigos meus são divorciados, e todos eles odiaram a primeira pessoa com quem seus pais se envolveram depois da separação. Eu tenho muito medo disso.

— Espera aí, como é? — Minha mão parou no ar antes que eu pegasse um bolinho cozido no vapor que tinha sobrado. Olhei boquiaberta para ela. — Seus pais vão se divorciar?

Ela deu de ombros e, embora estivesse conseguindo se mostrar indiferente, alguma coisa no comportamento dela não se encaixava direito. Como se ela estivesse se esforçando demais para ficar tranquila, como se essa fosse a única maneira que ela conhecia de falar a respeito.

— Provavelmente. Pra ser sincera, acho que essa é a última tentativa que eles estão fazendo de salvar o casamento. No começo, essa viagem era só pra mim e pra minha mãe, mas acabou se transformando em um programa de família. Eles já fizeram terapia de casal há algum tempo, mas acho que não deu muito certo. Eles acham que eu não sei o quanto eles vêm discutindo, mas...

Amanda suspirou, revirando os olhos, e depois continuou, com um sorriso torto no rosto.

— Ei, você acha que eu sou velha demais pra aproveitar aquela coisa de "pelo menos você vai ter dois aniversários e dois Natais"?

Amanda percebeu a minha expressão de choque, e seu próprio sorriso rígido se desfez.

— Ah... lamento muito — eu disse, sem saber o que mais poderia dizer. — Eu não fazia ideia.

— Noah não comentou com você?

— N-não... Era pra ele comentar?

Ela pensou no assunto.

— Bem, eu nunca disse que era segredo, mas acho que também não disse que podia contar. Achei que ele contaria de cara. Foi por isso que perguntei se podia passar uns dias aqui. É bem cansativo ficar perto dos meus pais quando eles agem assim.

Tentei consertar a expressão no meu rosto, sem saber se ela queria que eu concordasse, que sentisse pena ou qualquer outra coisa.

Mas, falando sério... Eu não sabia como ela era capaz de falar do divórcio iminente dos próprios pais com toda aquela irreverência.

— Bem, você pode ficar aqui pelo tempo que quiser — eu disse.

Amanda apertou minha mão. Fiquei chocada quando vi seus lábios estremecerem e os olhos se encherem de lágrimas. Sua voz estava embargada quando disse:

— Obrigada, Elle. Você é uma amiga incrível.

Naquele momento a porta se abriu. Amanda inalou subitamente um pouco de ar, piscando os olhos e respirando fundo para conseguir se recompor. Um trio de vozes tagarelava entre si, rindo, conforme entrava na sala. Nós nos viramos e vimos Lee e Rachel com roupas fluorescentes. O cabelo de Rachel estava armado e penteado para trás, formando uma cabeleira gigantesca e espetada, e Lee usava uma tiara rosa-choque. Os dois estavam de polainas.

Ashton estava atrás deles, com seu traje bizarro e ultracolorido.

Uma sensação cada vez maior de pavor subiu pela minha coluna conforme a risada deles perdia força.

— Onde vocês estavam? — perguntei. — Oi, Ashton. Não esperava ver você aqui hoje.

— Bem, Shelly — Lee anunciou. — Depois que Rachel e eu passamos o dia no shopping fazendo compras pra faculdade, fomos procurar você pro desejo número vinte e três da lista, como combinamos. Como você deve lembrar, dissemos que convidaríamos Ashton pra vir com a gente, já que Noah não quis. Esperamos você sair do trabalho, como havíamos planejado. Mas May disse que você tinha trocado seu turno com outra garota e todas as vezes que ligamos pro seu celular a ligação caía direto na caixa postal.

Item 23 da lista de desejos...

Aqueles cabelos enormes... as polainas... as roupas coloridas...

Soltei um grito mudo, levando as duas mãos ao rosto.

— Ai, meu Deus. A noite do minigolfe dos anos oitenta! Não!

— Sim — Lee grasnou. — E foi espetacular.

— Nem tanto — disse Rachel, a eterna mediadora, abrindo um sorriso desajeitado. — Você não perdeu grande coisa.

— Ah, perdeu sim — Ashton disse, sem saber o que estava acontecendo. Ele cumprimentou Amanda de longe. — Oi! Meu nome é Ashton.

Mordi o lábio, sentindo um nó se formar no fundo da garganta e interrompendo Amanda quando ela foi retribuir o cumprimento de Ashton.

— Ai, meu Deus, Lee... me desculpa. Eu acho que estava no celular com o Levi quando você ligou. Desculpa, de verdade. Você está bravo comigo?

Ele fez um gesto negativo com a cabeça, mas tive a impressão de que não estava totalmente perdoada.

— Desde que esteja tudo certo pro parque aquático amanhã, está tudo bem.

— Sim! Vou levar o Brad pra colônia de férias bem cedo e depois sou toda sua pro desejo mais incrível da nossa lista. Prometo.

— Ótimo. — Lee sorriu para mim. Não era exatamente o sorriso que eu estava acostumada, mas o bastante para saber que ele não estava tão bravo comigo. Mas decidi deixar para outra hora todas as minhas queixas em relação a Linda; essa noite não seria o melhor momento.

— Ah, e o Ashton vai com a gente também. Precisamos de alguém pro carro oito, certo?

Lee deu um tapinha no ombro de Ashton e eles riram. Era alguma piada interna que eu não conhecia.

E eu conhecia todas as piadas internas do Lee.

— Certo. Vai... ser ótimo! Vai ser legal ter você com a gente, Ashton.

Os três pegaram bebidas e foram para o quintal. Amanda se levantou também.

— Vamos com eles, Elle?

Eu não tinha muita escolha. Não se eu não quisesse que meu irmão mais novo e meu melhor amigo me substituíssem completamente.

19

NÃO ERA EXATAMENTE UMA DAS FESTAS DOS FLYNN, MAS A NOTÍCIA sobre o dia da corrida definitivamente havia se espalhado muito rápido. Jon Fletcher tinha montado um evento no Facebook, e agora parecia que toda a escola estava parque aquático. Vi alguns rapazes do time de futebol americano deitados na praia artificial, as animadoras de torcida pegando boias e subindo numa escada de madeira para descer pelo tobogã. Algumas pessoas da banda marcial boiavam pelo rio artificial. Dixon saiu das corredeiras parecendo ter quase se afogado, onde acabou perdendo os óculos escuros.

O dia estava escaldante. O sol brilhava forte e não havia nenhuma nuvem no céu. Tudo perfeito para um passeio no parque aquático.

Lee e eu combinamos de nos encontrar com Jon à uma hora da tarde, perto de um quiosque que vendia chinelos e trajes de banho ao lado do maior tobogã do parque. O irmão mais velho de Jon já estava lá; uma versão menos musculosa, mais baixa e atarracada dele. Ele usava calça jeans e camisa social branca e nos cumprimentou com um aperto de mão quando Jon nos apresentou.

Perto dele, eu me senti pelada, com a impressão de que devia estar usando algo mais além do short e da parte de cima do biquíni. Lee parecia estar pensando a mesma coisa em relação ao seu calção de banho.

Só conseguimos executar todo esse plano porque dissemos que aquilo funcionaria como uma grande ação beneficente, que faria maravilhas pela imagem do parque. Eu me sentia como uma fraude completa. Como se eu devesse estar usando... não um traje formal com saia e paletó, mas pelo menos não ter feito as trancinhas no cabelo, soltas sobre os ombros, e não estar encharcada das atrações do parque.

— Quer dizer, então, que vocês dois são as cabeças por trás de tudo isso, hein? — o irmão de Jon disse.

— Isso mesmo — Lee disse, com uma autoconfiança que só eu sabia que era fingida. — Somos muito gratos por você ter ajudado com o plano, sr. Fletcher.

Jon e seu irmão começaram a rir.

— É nessa parte que você diz "O senhor está no céu" — eu disse, tentando fazer uma piada.

— Isso mesmo. Não sou tão velho pra vocês me chamarem de "senhor". Podem me chamar de Will.

— Bem, obrigado, Will — Lee se corrigiu. — Nós agradecemos muito mesmo.

— O prazer é nosso. Estamos vendendo ingressos pra espectadores. Levantamos 1.500 dólares. Vocês deviam se orgulhar.

Eu e Lee nos entreolhamos. Mil e quinhentos dólares? Era muito dinheiro, especialmente porque estávamos fazendo tudo aquilo apenas por diversão. Mas... espectadores? Eu sabia que alguns dos nossos amigos e pessoas da escola estariam presentes, mas não esperava... uma plateia.

Percebi que Lee estava pensando a mesma coisa, mas ele não chegou a ficar tão chocado quanto eu.

Enquanto tudo que eu conseguia pensar eram as mil e uma maneiras daquela farra dar errado, Lee só multiplicava sua empolgação.

Will emendou rapidamente:

— E vocês assinaram todos aqueles formulários da seguradora, certo? O parque aquático não vai se responsabilizar por nenhuma lesão ou acidente, blá-blá-blá...

Confirmamos com acenos de cabeça.

— Mandei o e-mail pra vocês hoje cedo — eu disse.

— Maravilha. Bem, está tudo em ordem, então! A única regra é que não pode ter nenhuma casca de banana. Lamento, mas temos que estabelecer limites em algum ponto. Temos algumas câmeras GoPro e outros equipamentos de vídeo a postos, então nos vemos daqui a uma hora?

Confirmamos tudo e nos despedimos. Jon veio conosco.

— Tem certeza de que vocês dois são irmãos? — Lee perguntou, estreitando os olhos para Will.

— Eu sei, eu sei. — Jon flexionou os braços, beijando os próprios bíceps de um jeito dramático. — Eu sou a parte intelectual da família.

Nós três rimos.

— Você vem com a gente agora? — perguntei. — Queremos ter certeza de que tudo está pronto antes de trocarmos de roupa.

Jon fez que não com a cabeça.

— Vou escorregar uma última vez nesse monstrengo aqui — ele disse, indicando o tobogã gigante com o polegar. — Mas estarei lá na hora certa, não se preocupem. Eu não perderia por nada desse mundo!

Nós nos despedimos dele e seguimos as placas de madeira que indicavam a direção da pista de corrida.

Ficamos ali por alguns minutos para observar os karts que passavam correndo. Os motores roncavam, rasgando a pista; alguns derrapavam e batiam nos pneus ao redor do perímetro. Uma placa que dizia IDADE MÍNIMA PARA CORRER: 14 ANOS estava pregada perto da entrada. A arquibancada ao lado da pista estava cheia de pais — dava para ver a cara emburrada das crianças mais novas com inveja dos irmãos que já podiam correr —, e um ou dois amigos mais nervosos.

Um kart passou derrapando na parede de pneus perto de nós, dando um cavalo-de-pau antes de partir em disparada atrás dos outros.

— Uau! — exclamei.

— Vai ser incrível — disse Lee.

A facilidade com que conseguimos armar tudo aquilo era assustadora. O que parecia ser a fantasia mais maluca de uma dupla de crianças havia sido organizado com um simples telefonema, dois ou três e-mails, um pedido numa loja de fantasias on-line e compras do supermercado.

E agora eu estava tirando as compras da minha mochila e colocando-as no vestiário perto da pista: enchemos os balões vermelhos e os azuis; e dois pretos com chantilly dentro — embora tivesse mais chantilly no chão (e na boca de Lee) do que no interior dos balões; e mais três latas de serpentina em spray. Além disso, Will já havia deixado ali três cubos gigantes de espuma vermelha que ficavam no playground das crianças.

Lee e eu nos afastamos um pouco para observar nosso arsenal.

Uma sirene tocou na pista, recolhemos nossas coisas e fomos preparar os karts antes que o resto das pessoas chegassem. Escondemos combinações aleatórias de armas em cada veículo.

Depois fomos nos preparar.

Estávamos em oito: Rachel e Amanda entraram comigo no vestiário feminino; Levi, Ashton, Jon e Warren foram com Lee.

Amanda vestiu o capacete e lutou para colocar a fantasia ao redor dele. Quando conseguiu, ela colocava as mãos nos quadris e ficava fazendo poses para nós.

— O que acham?

Rachel e eu gargalhávamos, enquanto ela fazia as caras e bocas típicas das modelos de revista.

Ela é a única pessoa nesse mundo que fica bem numa fantasia de gorila, pensei, tentando não revirar os olhos.

Enquanto isso, Rachel e eu ajustávamos cuidadosamente nossos bigodes postiços no espelho.

— Está pronta, irmã?

— Estou pronta, irmã! — confirmei. Encontramos os garotos perto da entrada principal dos vestiários, e foi quase impossível não rir. Era por isso mesmo que tínhamos decidido nos encontrar antes de irmos para a pista: rir bastante antes da corrida começar.

Meu estômago estava dando cambalhotas e meu coração batia rápido demais. Sentia até um pouco de enjoo.

Mas eu não desistiria desse momento por nada no mundo.

Lee parou de zoar com Ashton para nos cumprimentar com uma reverência. Ele estava com um vestido rosa de tecido barato cheio de lantejoulas e uma peruca loira embaixo do capacete amarelo, que tinha um adesivo em forma de coroa grudado na frente.

— Todo mundo pronto?

— Mais pronta do que nunca! — exclamou Rachel.

Lee olhou para mim.

Eu me joguei em cima dele, passando os braços ao redor dos ombros e o abraçando apertado. Nossos capacetes bateram com força um no outro e ele gritou:

— Ei, ei, cuidado com meu vestido!

— É o melhor verão de todos! — sussurrei para ele antes de me afastar.

Lee se virou para o grupo, batendo as mãos uma contra a outra.

— Certo, galera, prestem atenção. Temos somente uma oportunidade de fazer isso, nada de segundas chances. Quero ver muito jogo sujo. Quero ver covardia e ataques pelas costas. Quero ver todo mundo tentando jogar os outros pra fora da pista...

Me vi ao lado de Levi, que estava trajando camisa amarela e um macacão roxo. O bigode ziguezague postiço estava malposicionado sobre o lábio. Ele colocou os polegares por dentro das alças do macacão e sorriu.

Ele se aproximou um pouco e sussurrou para mim, sem se atrever a desviar os olhos de Lee e suas orientações:

— Não acredito que vocês conseguiram fazer isso.

— Não diga isso ainda — murmurei. — Ainda não começamos.

Lee nos olhou com uma careta severa, sem vacilar no discurso. Levi tocou o braço no meu, como que dando a conversa por concluída.

— São três voltas. Igual ao jogo. Quem vencer, ganha todos os prêmios.

— Tenho uma pergunta — Amanda disse, erguendo a mão o tanto que sua fantasia permitia. — O que exatamente vamos ganhar?

— O troféu do campeonato de soletrar da quinta série que Elle gentilmente doou pra essa nobre competição.

— Eu preciso desse troféu — Jon anunciou, se curvando para frente e esfregando as mãos como se estivesse se preparando para entrar no campo de futebol americano.

Lee encerrou o discurso com um grito:

— Vamos arrebentar!

Todos gritaram, e a porta atrás de Lee se abriu.

Noah apareceu naquele momento, dizendo:

— Desculpa, eu... Ai, meu Deus. — Ele soltou uma risada abafada, balançando a cabeça. — Eu já estava esperando algo assim, mas não estava esperando isso. Vocês estão lindos.

— Especialmente eu, não é? — Amanda disse, saltando para frente. Ela se agachou, curvou os braços para dentro e grunhiu como um gorila, batendo os pés no chão. Noah riu.

— Boa sorte na pista, Evans — Levi disse.

— Ah, faça-me o favor — eu disse, fingindo que o esnobava. — Não preciso de sorte.

— Se você diz... — Levi colocou a mão no quadril e soltou uma risada dramática, digna de vilão de cinema, enquanto balançava a cabeça. — Você vai perder. Vou destruir você na pista.

— Não desse jeito. — Senti um pouco de pena dele, estendi a mão para colocar seu bigode postiço na posição certa.

Ele corou.

— Ah... obrigado.

Ouvi um pigarro atrás de mim e me virei. Noah estava atrás de nós. Olhei para ele e dei uma voltinha.

— Gostou?

— Só vim pra te desejar boa sorte. Tem uma galera enorme na arquibancada.

— Você não ouviu? — Levi disse em tom de piada. — Elle não precisa de sorte.

A encarada que Noah deu em Levi não passou despercebida por mim. E também vi um músculo se contrair na mandíbula dele.

Deus do céu. Eu não queria ter que lidar com isso agora.

Mandei um beijo para Noah, sabendo que não podia beijá-lo de verdade com o capacete na cabeça.

— Quero ver você na arquibancada!

Fui até as portas que davam para a pista, enquanto todos se alinhavam para sair. Fiquei diante de todos, logo à frente de Rachel e Lee.

— Vamos lá, pessoal — gritei sobre o ombro. — É hora do show!

Eu queria abri-las com um gesto grandioso, de modo que cada uma fosse para um lado. Mas a coisa não foi tão elegante quanto imaginei; as portas eram pesadas demais. Atrás de mim, Lee começou a rir e simplesmente segurou uma delas aberta.

Toda aquela entrada na pista estava muito longe de ser elegante. As fantasias de Amanda e Jon ficaram presas no vão da porta, e o casco de tartaruga e espinhoso de Jon se prendeu na maçaneta. Ele precisou que três de nós o ajudássemos a se soltar. Mas nós logo conseguimos e desfilamos diante das arquibancadas sob gritos e aplausos, com a música do jogo de videogame tocando nos alto-falantes.

O som era ensurdecedor. Eu me deixei mergulhar em tudo aquilo, encantada, tendo que me esforçar para continuar séria. Caminhando até meu kart, dei uma olhada para o telão que havia na pista, onde nosso pequeno desfile estava sendo exibido em HD.

Aquilo era surreal.

Ali estava eu na tela, fantasiada de Mario, com um M colado no meu capacete. Rachel estava logo atrás de mim, com uma fantasia igual à minha, só que verde, a Luigi perfeita. Lee deu um pulinho e girou como a Princesa Peach fazia no jogo e Ashton saltava, dando um soco no ar e gritando "Uhuu!", numa imitação assustadoramente similar ao Yoshi.

Amanda veio a seguir, batendo no enorme peitoral de gorila e imitando o Donkey Kong. Levi estava logo atrás dela, uma versão mais magra e menos atarracada de Wario, Jon o seguindo a passos largos na fantasia de Bowser.

Dei uma olhada para trás quando entrei no meu kart.

Onde estava Warren?

Olhei para o nosso grupo e para o kart vazio, e quando estava me virando de volta para a tela, vi Toad chegando correndo, com a cabeça gigante balançando de um lado para outro. Mas não era Warren dentro da fantasia.

Noah?

Olhei para Lee, que parecia estar tão confuso quanto eu. Mas ele deu de ombros.

Talvez Noah tenha mudado de ideia ao perceber a diversão que estava perdendo. Eu só esperava que Warren não ficasse muito bravo com isso.

(E também que Noah não capotasse o kart ou quebrasse alguma coisa. Ele não tinha assinado os formulários e a última coisa que precisávamos era que o parque nos processasse...)

— Pilotos! — gritou Tyrone no microfone, nosso velho presidente do grêmio escolar e locutor do dia. — Em seus lugares!

Todos nós entramos nos karts; alguns com mais dificuldade do que os outros. Ouvi um ruído de estática ao lado da orelha quando os microfones e os fones de ouvido foram ligados.

A voz de Lee surgiu em meio à estática, encobrindo a vibração da torcida.

— Princesa pra Encanador Um. Princesa pra Encanador Um. Tchhhh, estamos prontos pro dia da corrida. Repetindo: estamos prontos pro dia da corrida!

— Aqui é Donkey Kong, chamando Princesa. DK chamando PP, você não precisa fazer o barulho de tchhhh.

— Encanador Dois pra Donkey Kong. Registre-se que meu namorado pode fazer tanto tchhhh quanto quiser.

O comentário de Rachel foi recebido com uma série de tchhhh dos outros corredores, imitando a estática do rádio e nos matando de rir. Eu me recompus, ajeitando as mãos, abrindo e fechando os dedos ao redor do volante.

Uma campainha tocou na pista. A luz vermelha se acendeu sobre nós.

— Encanador Um pra Toad. Por que você mudou de ideia?

— O que foi? Não posso apoiar minha namorada?

— Aqui é Bowser. Encanador Um e Toad, deixem esse drama de vocês fora da pista. Isso aqui é uma corrida, não *Orgulho e preconceito*.

Antes que eu ou Noah pudesse retrucar, ou que outro corredor pudesse fazer alguma piadinha, a campainha tocou outra vez e uma luz amarela se acendeu. Prendi a respiração, aspirando o ar com força para me concentrar.

19. Fazer uma corrida de Mario Kart na vida real.

Objetivo completado.

Mais um toque da campainha.

Luz verde.

Pisei fundo. Nossos karts ganharam vida, os motores rugiam furiosamente. Percebi vagamente Jon Fletcher xingando pelo microfone, seu kart estava com o motor afogado na linha de partida. Eu já virava o volante com força, contornando a primeira curva.

O kart de Lee se aproximou do meu. Vi quando ele empunhou um balão vermelho.

— Está curtindo o primeiro lugar, Shelly?

— Princesa Peach, não precisa gritar, temos fones de ouvido pra isso. Tchhhh, câmbio — disse Ashton/Yoshi com uma risada.

Quando Lee ergueu seu balão, um balão azul passou voando e o acertou na parte de trás do capacete, espalhando uma gosma verde por todos os lados. Ele gritou e deixou cair no colo o balão que tinha na mão, ficando todo encharcado de água.

Lee se atrapalhou com as manobras e Rachel/Luigi tomou seu lugar.

Estreitei os olhos, tentando me concentrar na pista enquanto tateava o piso do kart em busca de uma lata de serpentina em spray, eu a ouvia rolar e quicar de um lado para outro.

Alguém grunhiu pelo rádio, xingando e murmurando alguma coisa.

Entrei na curva rápido demais e não consegui evitar uma derrapagem. Quando consegui endireitar o kart, estava na quinta posição. Jon Fletcher ainda estava em último, pois a gigante fantasia de Bowser deixava o kart mais pesado. Ashton/Yoshi tinha ficado para trás, e Amanda/Donkey Kong estava bem à minha frente. Segurei firme a lata de serpentina em spray.

Mas, naquele momento, um balão preto explodiu no capacete de Amanda, cobrindo seu rosto e seu kart de chantilly e fazendo ela gritar.

— Quem fez isso? Quem jogou esse balão? Você vai sentir a ira do Donkey Kong!

— Uhuu! — Yoshi gritou, dando um soco no ar quando passou voando por mim e pelo Donkey Kong coberto de chantilly. Rachel/Luigi também havia ficado para trás; ela e Lee estavam batalhando pelo terceiro e quarto lugares quando começamos a segunda volta.

E logo à nossa frente...

Soltei uma exclamação quando o kart de Noah bateu com força no de Levi.

Levi foi arremessado para o lado, mas deu uma guinada e devolveu a trombada em Noah.

Ao fundo, em algum lugar, Tyrone estava narrando toda a corrida, descrevendo a luta furiosa de Wario e Toad pelo primeiro lugar...

Furiosa descrevia bem a situação, pensei.

Tirei um pouco o pé do acelerador quando entrei em uma curva. Lee bateu nos pneus do perímetro e rodou na pista. Consegui pegar um balão para jogar em Ashton no mesmo instante em que Rachel atirou um cubo de espuma levemente amassado contra ele. Ashton girou o volante para desviar do cubo e entrou bem na trajetória do meu balão de água. Eu teria errado se não fosse por ela. Ultrapassei Ashton, começando a minha terceira e última volta. Lee havia ficado bem para trás, quase em último lugar. Jon não estava muito longe de mim.

— Isso não vale! — gritou Ashton. — Os Encanadores estão trabalhando juntos! Se for pra montar times, eu quero o Donkey Kong e o Wario no meu.

— Nada de montar times! — gritou Jon. — Encanador Dois, você tem mais algum cubo pra atirar no Encanador Um?

Eu ri, segurando o volante com força.

— Sai da frente, Bowser.

Em meio às risadas e aos gritos, consegui ouvir:

— Cai fora, Wario.

— Você vai comer poeira, seu cabeça de cogumelo.

Ouvi um bang! mais adiante. Os karts de Levi e Noah se chocaram outra vez, Noah sendo quase prensado contra a parede de pneus. Quando eles voltaram para o meio da pista, Rachel deu um grito, torcendo violentamente o volante para não bater nos dois. Aproveitei a brecha e a deixei para trás.

— Pega leve, Toad — Levi disse, irritado.

— Ei, seu pateta. O que você acha que está fazendo? — gritou Amanda.

Consegui ouvir o sorriso torto na voz de Noah quando ele retrucou:

— Ganhando!

Um balão de água passou voando ao meu lado. Ele estourou no pneu de Noah, cobrindo-o com uma gosma. Noah gritou e eu virei o volante para o lado antes que Ashton pudesse me ultrapassar. E em seguida...

Uma onda de gritos e aplausos se ergueu nas arquibancadas quando Tyrone gritou:

— E temos um vencedor! Wario vence a corrida! Seguido por Toad, Mario, Yoshi, Bowser, Princesa Peach, Luigi e Donkey Kong!

Fomos diminuindo a velocidade dos karts até pararmos. Amanda bateu na parede de pneus e ficou parada ali, com o kart virado no sentido oposto da pista. Jon, Lee e Rachel ainda não tinham alcançado a linha de chegada. Ashton parou do meu lado e me encarou de olhos arregalados, com um sorriso maluco no rosto — que me fez lembrar na hora de Lee, era desconfortável o quanto se pareciam.

— Isso foi incrível!

Mas não tive tempo de trocar um high-five com Ashton, porque, enquanto Levi se levantava, coberto de serpentina, com os braços erguidos para comemorar a vitória, e Tyrone se aproximava para premiá-lo com meu velho troféu do campeonato de soletrar, Noah saiu bruscamente do kart, arrancando o capacete com agressividade.

Ele parecia estar bem irritado.

Não precisava ser um gênio para saber que toda aquela raiva estava direcionada para Levi.

20

COM O TROFÉU NA MÃO, LEVI SORRIU PARA NÓS, OBSERVANDO SEUS oponentes. Tirou o capacete — seu cabelo estava amassado e emaranhado —, o colocou sob o braço e foi na direção de Noah.

Uma sensação de inquietação fez minha pele formigar e contraí a mandíbula.

Não era uma boa ideia ele fazer isso. Nem um pouco.

Noah ainda estava enfezado, com os punhos fechados ao lado do copo. O cabelo úmido cobria sua testa. A bochecha e a camisa estavam melecadas pela gosma que colocamos nos balões.

Tirei meu capacete e o deixei no banco do kart. Ashton fez o mesmo e se aproximou de mim, com a sobrancelha levantada.

— O Lee disse ele tinha pavio curto, mas seu namorado realmente é um mau perdedor, não é?

Levi se postou diante de Noah.

E estendeu a mão.

— Bela corrida.

Anda logo, Noah.

Eu não sabia o que estava acontecendo, mas não estava gostando nem um pouco. A apreensão ainda me incomodava, e torci para Noah apertar logo a mão de Levi e sair dali. Não era tão difícil.

Mas, na verdade, era sim. Noah simplesmente o encarou com uma expressão furiosa antes de sair pisando duro.

Levi piscou os olhos e baixou a mão. Rachel e Jon chegaram correndo para parabenizá-lo e Ashton se juntou a eles.

Senti vontade de acompanhá-los. Eu queria dar os parabéns a Levi. Queria segurar seu braço e levantá-lo no ar, comemorar sua vitória e tirar um pouco de serpentina dele. Ao mesmo tempo, queria que Noah ficasse bravo, assim poderia tratá-lo com frieza e, quem sabe, fazê-lo voltar se arrastando para pedir desculpas a Levi.

Mas, olhando Noah se afastar, eu só conseguia ficar irritada.

Meus pés estavam me levando até ele.

— Mas que diabos foi aquilo? — Lee perguntou quando cheguei perto dele.

Amanda também estava ali, com os lábios repuxados, enquanto acompanhava Noah com os olhos.

— Querem que eu converse com ele? — ela ofereceu.

Fiz um sinal negativo com a cabeça, apertando os dentes.

— Já volto.

Noah já estava quase embaixo das arquibancadas quando gritei seu nome. Ele parou por um momento antes de continuar andando. Corri atrás dele e o segurei pela camisa.

— Por que você está fazendo isso? — perguntei.

Noah olhou para algum lugar atrás de mim por um segundo e respirou fundo, afrouxando a musculatura do queixo.

— Alguém me jogou um balão e fiquei melecado. Eu quase venci.

Eu sabia que esse não era o problema, mas decidi ver até onde aquilo iria.

— Deixa disso. — Tentei falar com um pouco mais de empolgação, sem deixar transparecer que estava irritada. — Não fica bravo só porque você perdeu.

Noah abriu um sorriso torto, mas sem qualquer alegria, e voltou a me olhar nos olhos.

— O Lee disse que a fantasia do Wario ia ser minha.

— Era pra ser mesmo — eu disse devagar, sem saber o que uma coisa tinha a ver com outra. — Mas você disse que não queria participar, então demos pro Levi. Me fala... Você roubou a fantasia do Warren porque decidiu que queria participar? Não entendo por que você está descontando tudo isso no Levi. Ele é...

— Estou só tentando entender se você sempre vai correr atrás dele — ele disse subitamente, respirando com dificuldade. Suas sobrancelhas se franziram e seus olhos revelaram uma vulnerabilidade que eu raramente via. Ele não parecia estar tão irritado, parecia mais assustado.

Fiquei boquiaberta e olhei para ele fixamente por alguns segundos, tentando entender se ele realmente tinha dito aquilo.

E... sim. Ele tinha.

Ele já podia tirar aquela expressão de coitado da cara, pensei, porque eu não estava acreditando nela.

— Não acredito — eu disse, bufando e dando um passo atrás. — Que coisa linda, Noah. Realmente linda. Não tenho culpa se você achou que tudo isso era uma idiotice e não queria fazer parte da festa. Eu te disse há dias que o Levi ia participar! Por que você está tão bravo com isso agora? Achei que você e Levi tinham se entendido.

— E eu achei que você tinha dito que não havia nada entre vocês — ele rebateu, ficando ainda mais sério.

— Do que... do que você está falando? — vociferei, agitando as mãos. Fiquei pensando de onde ele tinha tirado aquela ideia. — Espera. Isso tudo porque eu arrumei o bigode dele? Eu também coloquei o bigode na Rachel, você vai me acusar de tentar alguma coisa com ela?

— Não é você, Elle! O problema... é o Levi! Eu vi o jeito que ele te olha. É muita ingenuidade achar que ele não está a fim de você.

— Ai, Deus. Está bem. Eu... não vou passar por isso de novo, Noah. Achei que já tínhamos deixado toda essa merda pra trás! Você vai mesmo ficar aqui e bancar o namorado superprotetor só porque acha que viu Levi... olhar pra mim? Ele é um dos meus melhores amigos. É claro que ele vai olhar pra mim.

— E você beijou um dos seus melhores amigos. Você é a crush dele.

— Eu era.

— Ainda é — ele continuou. — Eu sei o que vi, Elle.

— Eu...

Respirei fundo e fechei os olhos, enquanto tirava um minuto para me recompor. Talvez Noah tivesse o direito de sentir ciúme. Eu não sentiria o mesmo se ele tivesse beijado Amanda? (Assim como eu sentia ciúme de Amanda de vez em quando, mesmo que a relação dos dois fosse puramente platônica.)

Mas não era de Amanda que estávamos falando, e sim de Levi. Nós tínhamos nos beijado uma vez, meses atrás. Respirei fundo outra vez, me esforçando para acalmar a raiva.

— Tudo que você precisava fazer era apertar a mão dele e agir como um adulto, Noah. Era tão difícil assim?

Observei seu pomo-de-adão subir e descer, e o ouvi engolir em seco. Ele olhou para o chão.

Talvez ele ainda estivesse com raiva, mas também estava transbordando arrependimento.

— Eu não vou brigar com você por causa disso — eu disse. — Não hoje, Noah. Eu... vou dar os parabéns pro Levi pela vitória. Vou ficar junto dos meus amigos. E nós vamos conversar quando eu voltar pra casa.

Não andei rápido demais, esperando que ele viesse atrás de mim. Continuei andando devagar, quase parando, até voltar para a pista. Ouvi os passos pesados de Noah indo na direção oposta.

Está bem. Se ia ser assim, então tudo bem.

Dei um abraço em Levi e baguncei seu cabelo já todo emaranhado, dizendo para ele cuidar bem do meu velho troféu. Em seguida, Lee me puxou de lado.

— Está tudo bem?

Eu não tinha certeza do que responder, mas sorri para ele, segurando-o pelos ombros.

— Bem? Lee, nós conseguimos fazer a corrida de kart! Por que as coisas não estariam bem? Nós conseguimos, Lee! Ele cedeu e sorrindo para mim, me envolvendo em um abraço e me balançando de um lado para outro.

— Pois é, nós conseguimos! E você merece todo o crédito, Shelly. O parque aquático foi ideia sua. Não sei como íamos conseguir sem o parque.

— Ei, vocês dois aí. Mario e Peach.

Viramos nossa cabeça na direção da voz e vimos Will se aproximando com um sorriso enorme. Ele nos cumprimentou com tapinhas nos ombros.

— Galera, aquilo foi incrível! Totalmente demais. A filmagem que fizemos ficou maravilhosa. Já conseguimos alguns milhares de acessos no Facebook Live.

— Uau!

— Vou mandar o vídeo pro e-mail de vocês, conforme o prometido.

— Obrigada, Will.

Ele suspirou, olhando para a pista. Alguns funcionários tinham aparecido para limpar as poças de gosma e o chantilly e recolher os blocos vermelhos que tinham sido arremessados. Um dos rapazes estava puxando os karts de volta para o depósito. A multidão estava lentamente se dispersando para que as atividades da pista de kart voltassem ao normal.

— Cara, o que me deixa mais feliz é que ninguém se machucou — Will suspirou, sorrindo enquanto se afastava.

Lee riu. Quando voltou a olhar para mim, passou o braço ao redor do meu ombro.

— Ei, tive uma ideia. Garanto que vai levantar seu astral. Não é uma coisa da lista de desejos, mas acho que você vai adorar. Que tal se a gente sair daqui? Rachel e Amanda podem nos encontrar na casa da praia mais tarde. E...

Ele suspirou, olhando na direção dos vestiários.

— E Noah também, se ele não estiver em algum lugar enchendo a cara pra tentar esquecer o quanto é idiota.

Torcia para ele estar errado, mas não duvidava nada que Noah estivesse fazendo isso agora.

Mas... era melhor deixá-lo fazer o que quisesse. Ele que ficasse se lamentando. Ele que superasse sozinho toda essa palhaçada. Ele que se olhasse no espelho e visse o quanto estava agindo como um idiota.

Assim, concordei com um aceno de cabeça.

— Gostei da ideia, Lee. Seja o que for, estou dentro.

21

— AONDE…?

Lee fez um gesto para que eu ficasse quieta. Minha confusão só aumentou, enquanto ele me levava para a plataforma de madeira que contornava a praia. O sol ainda estava brilhando, mas algumas nuvens haviam se formado; o tempo não estava mais tão úmido e abrasador, como o que enfrentamos no parque aquático. A brisa que vinha do mar era um alívio muito bem-vindo.

Os aromas da beira-mar me lembravam minha infância. O cheiro de cachorro-quente barato, algodão-doce e água salgada. Respirei fundo. Uma roda-gigante girava devagar mais adiante. Sinetas de bicicleta soavam enquanto crianças apostavam corrida umas com as outras. Dois ou três skatistas passavam ao redor dos pedestres, fazendo manobras arriscadas.

— Noah parecia estar bem irritado — Lee disse mansamente, com a voz tranquila e num tom casual, quase como se estivesse comentando sobre o tempo. Eu o encarei com um olhar bem sério, mas ele continuou agindo como se aquilo não tivesse tanta importância.

— Foi uma idiotice — murmurei. — Ele está agindo como um completo idiota.

— Três chances para adivinhar o motivo — ele disse, bufando um pouco. Continuei olhando séria até que ele finalmente cedeu. — Bem, obviamente, ele ficou bravo por causa do Levi.

Era muito óbvio: o jeito que os dois estavam se enfrentando na pista, Noah se recusando a apertar a mão de Levi...

Mas Lee disse em voz baixa:

— Acho que eu não o culparia por isso. Não fique brava demais com ele, Shelly.

— Como é? — eu disse, engasgando e parando de andar. Olhar para Lee com o queixo caído.

Ele suspirou. Ele retorceu um dos cantos da boca e deu de ombros, como se não restasse mais nada a fazer.

— Estou só falando. Eu entendo de onde vem isso. Noah disse que não tinha mais problemas com Levi, e ele realmente está se esforçando, Elle. Eu sei que está. Não é que ele não confia em você. É só que... Eu sei de onde vem isso.

— Você nem sabe por que ele ficou irritado — retruquei. Me esforcei para não encarar meu melhor amigo com um olhar enfurecido. Afinal de contas, ele tinha que ficar sempre do meu lado.

— Provavelmente eu também ficaria bravo se Rachel estivesse sempre andando com o ex-namorado.

— Está bem. Em primeiro lugar — esbravejei, contando nos dedos. — Levi não é meu ex. Segundo, se Noah realmente confiasse em mim, ele não teria ficado tão bravo. E...

— Já entendi — Lee disse gentilmente, erguendo as mãos para mim. — Mas o que estou dizendo é o seguinte... Eu sei que você não sente mais nada por Levi atualmente...

— Eu nem sei se algum dia senti alguma coisa — enfatizei.

— ... Mas eu vejo como ele age quando está perto de você. Só estou dizendo que não ficaria surpreso se ele ainda gostasse de você. Você ia agir do mesmo jeito se Noah tivesse beijado a Amanda e se ela gostasse dele.

— Uma coisa é uma coisa, outra coisa é outra coisa, Lee. Ela está dormindo na casa da praia com a gente. E o Levi só veio participar da corrida, assim como Rachel, Ashton, Jon Fletcher e Warren... Isso não significa nada. E Noah o viu na formatura! Ficou no FaceTime enquanto eu conversava com o Levi. Eles estavam totalmente tranquilos, um perto do outro. Não sei por que Noah resolveu perder a cabeça, assim, de repente.

Lee pensou na situação.

— Acho que ele nunca esteve efetivamente presente enquanto vocês dois estavam juntos conversando. A formatura foi uma exceção.

— Ele perguntou se eu sempre iria correr atrás do Levi.

Lee piscou os olhos. Dei um segundo para que ele assimilasse a notícia.

— Certo. Bem, isso passou dos limites. Mas vai ser difícil pra ele, Elle. Noah passou semanas pensando que você tinha terminado o namoro por causa do Levi, antes de vocês se entenderem. Não estou dizendo que o chilique que ele teve na pista foi certo. Mas não seja dura demais com ele.

Franzi os lábios. Deixei os ombros caírem e minha expressão ficou mais relaxada. Por mais que eu quisesse me apegar a essa frustração que sentia em relação ao comportamento de Noah e ao que ele tinha dito, o argumento de Lee até que era bom.

Ele não teria sido tão convincente se não estivesse falando daquele jeito sério. Era raro vê-lo ficar do lado de Noah em uma situação como essa. Assim como eu, Lee não hesitava em apontar as contradições de Noah.

— Além disso, acho que não vou aguentar ficar na casa da praia se vocês dois passarem o dia inteiro brigando e depois a noite inteira transando como dois malucos pra se reconciliar — Lee continuou, vendo que minha raiva perdia força. — Isso é uma coisa que ninguém naquela casa precisa ficar ouvindo, Shelly.

— Está bem — eu disse. — Mas só porque você pediu. E ele tem que pedir desculpas.

— Não olha pra mim! Não posso prometer que ele vai fazer isso.

— Hmmm.

Lee tirou o celular do bolso. *Três tentativas para adivinhar a quem ele estava enviando mensagem e sobre qual assunto*, pensei. Lee não tinha apoiado tanto meu relacionamento com Noah quando descobriu que estávamos namorando, mas ele amava nós dois e, em momentos como esse, eu ficava muito feliz por isso.

— Certo! — Ele bateu uma mão contra a outra, enlaçou o braço no meu e começamos a caminhar outra vez. — Agora que todo esse drama ficou pra trás, podemos simplesmente dizer o quanto esse dia foi maravilhoso? Você viu toda aquela gente na arquibancada? Aposto que o vídeo ficou incrível.

— Eu não acredito que você ficou tão pra trás.

— Eu estava bem perto de alcançar os outros naquela última volta, mas a Amanda entrou numa curva rápido demais, rodou e bateu em mim. Daí Rachel bateu na minha traseira. Foi um engavetamento de três karts que me custou segundos preciosos. — Ele deu um suspiro dramático e balançou a cabeça, mas quando voltou a olhar para mim estava com um sorriso enorme. — E olha, se soubesse que levantaríamos todo aquele dinheiro, eu teria divulgado ainda mais a corrida. Devíamos ter feito isso anos atrás.

— Nossa, como você é caridoso. — Olhei para ele com um sorriso malandro.

Ele riu.

— Sempre, Shelly, Sempre. E viu... — Ele parou de falar, bufando pelo nariz e rindo de repente. Seus olhos começaram a lacrimejar. — Será que podemos comentar sobre o quanto o Noah ficou ridículo naquela fantasia de Toad?

Eu me permiti abrir um sorriso e dar uma risadinha quando lembrei da cena. Warren era mais baixo do que Noah e tinha um tipo físico diferente. As calças brancas tinham ficado um palmo inteiro acima dos tornozelos de Noah, e o colete azul com detalhes em amarelo parecia ter ficado meio justo. Nem consegui admirar direito o peito nu dele; e quando finalmente ficamos cara a cara, eu já estava irritada demais. Sem contar aquele chapéu enorme em forma de cogumelo colado no capacete...

Lee gargalhava com tanta força que estava quase ficando sem ar, e eu sentia uma pontada na lateral do corpo enquanto tentava parar de rir.

— Como ele conseguiu parecer tão bravo, vestido daquele jeito? — perguntei, sem fôlego. — Como? Ninguém pode se vestir de Toad e parecer tão irritado ao mesmo tempo.

— Teria sido muito mais engraçado se ele continuasse com o capacete na cabeça enquanto estava bravo.

Só de imaginar aquilo, comecei a rir outra vez.

Tínhamos conseguido parar de rir e retomar a respiração quando Lee cobriu meus olhos de repente.

— Certo, Elle. Você sabe onde está?

— Hmm... na praia?

— Elle.

Bufei, mas resolvi seguir com a brincadeira. Desviei a atenção das mãos de Lee cobrindo meu rosto para os bips eletrônicos que vinham de algum lugar à minha frente. Um barulho de peças de madeira batendo umas nas outras como... uma mesa de pebolim. Alguma coisa que soava como o motor de um kart, junto com uma voz metálica que dizia: "Jogador Um ganhou!". O som de discos plásticos colidindo no aero-hóquei.

Soltei uma exclamação surpresa, afastando as mãos de Lee e abrindo os olhos para encarar o fliperama à minha frente. Virei-me para Lee e vi que os olhos dele cintilavam. Ele parecia estar tremendo. Tão empolgado que mal conseguia se conter. As luzes dos jogos piscavam pelo ambiente e crianças corriam de um lado para outro. Alguns pré-adolescentes tentavam pegar o prêmio daquelas máquinas que têm uma garra, e alguns pais e mães observavam a atividade dos filhos.

— Lee... O fliperama.

— Sim, Elle. O fliperama!

Prendendo a respiração, passamos pela porta e entramos. Foi como voltar no tempo. Nossas mães costumavam nos trazer aqui quando éramos bem pequenos. Mas também vínhamos sozinhos durante o verão, no fim do ensino fundamental — um dia até matamos a aula para jogar. (Fomos pegos e ficamos duas semanas inteiras de castigo, mas, na época, sentimos que tinha valido a pena.)

Eu nem me lembrava direito da última vez que estivemos aqui. Acho que, em algum momento, nós simplesmente decidimos que éramos grandes demais para continuar frequentando.

Mas me lembrava do nosso jogo favorito: a máquina Dance Dance Mania, instalada no centro do salão. O aço escovado estava salpicado de ferrugem e parecia até mesmo um pouco embaçado, mas as flechas piscantes azul e rosa tinham o mesmo brilho de sempre.

Sem dizer nada, Lee e eu nos aproximamos dela.

Deslizei os dedos pela barra de segurança que ficava na parte de trás da máquina. Vi que Lee sorria para mim, orgulhoso por compartilhar esse momento comigo.

— Quando fomos pra noite do minigolfe dos anos oitenta, nós passamos aqui em frente — ele explicou. — Eu tinha me esquecido completamente que esse lugar existia.

— Meu Deus — Foi tudo que consegui dizer. Porque... Ah, meu Deus, a máquina ainda estava aqui. Quantas horas nós passamos jogando DDM quando éramos crianças? Minha coordenação motora nunca foi das melhores, mas nesse jogo eu mandava bem. Lee e eu sabíamos todas as manhas dele.

Lee tateou os bolsos da bermuda procurando moedas de vinte e cinco centavos. Ele as estendeu para mim, aninhando-as na minha mão como se fossem diamantes. E elas realmente brilhavam sob todas aquelas luzes piscantes.

— Está pronta, jogadora número dois?

— Ah, você pode ter certeza.

Nós dois saltamos para a máquina, assumindo nossos velhos lugares. Lee colocou as moedas na máquina e o vídeo de demonstração na tela deu lugar a uma lista de músicas. Lee escolheu *All Summer Long* de Kid Rock.

— É essa — eu disse. — Essa é a nossa música.

Ele a selecionou e abriu o maior e mais diabólico sorriso imaginável quando selecionou o nível de dificuldade: Expert.

— Não acha que estamos meio enferrujados pra jogar no nível expert, Lee?

— Cóóó-cococó-cocó-cococóóóó — ele disse, agitando os braços ao lado do corpo como uma galinha. — Por acaso tem alguém com medo de encarar o desafio aqui?

Apertei os olhos, virando-me de frente para a tela outra vez.

— Cuidado pra não tropeçar nesses dois pés esquerdos, Lee. Tenho um jogo pra vencer.

O jogo ia começar.

TRÊS.

Medo? Eu ia mostrar para ele o que é sentir medo. Ia detonar esse jogo.

DOIS.

Não havia a menor chance de eu vencer. Aposto que Lee também iria se embananar todo. Estávamos em um fliperama, cercados por meninos e meninas com metade da nossa idade, prestes a fazer papel de bobo, tentando jogar no nível expert do DDM.

UM.

Respirei fundo e fechei as mãos com força. A mistura de ansiedade e diversão puramente infantil que borbulhava dentro de mim era inebriante.

COMEÇAR!

As flechas começaram a passar pela tela e minhas pernas entraram em ação com movimentos bruscos. Eu ouvia Lee se debatendo ao meu lado; nossos pés batiam freneticamente conforme nos esforçávamos ao máximo para acompanhar o ritmo do jogo. Não me atrevi a olhar na direção dele. Estava completamente focada na tela e sabia que ele também.

Aquela versão da música era diferente da que eu estava acostumada. Era mais eletrônica e exageradamente acelerada.

Terminou rápido demais.

Eu estava totalmente ofegante enquanto tentava recuperar o fôlego. Eu definitivamente estava sentindo uma pontada na lateral do corpo agora. Deixei o corpo cair sobre a barra de metal e Lee desabou sobre o piso da máquina, com a mão na barriga, ofegante.

A tela aumentou nossa pontuação: 54%.

NÃO TÃO RUIM.

— "Não tão ruim"? — Minha respiração estava pesada. Cara, quando foi que eu fiquei tão fora de forma a ponto de não conseguir acompanhar aquela máquina num jogo de dança para crianças? Eu tinha passado meses na equipe de atletismo! E Lee jogava no time de futebol americano! — "Não tão ruim"?

— Shelly. — Lee resfolegava. — Acho que não fomos muito bem.

— Antigamente, nosso nome ficava no primeiro lugar, no segundo e no terceiro. Vamos lá, levanta esse traseiro gordo daí. Temos mais duas músicas antes que os créditos acabem. "Não tão ruim", ha ha. Nós vamos arrebentar esse placar.

— Essa máquina que vai arrebentar comigo — Lee murmurou, mas mesmo assim ele se levantou e agitou o corpo. — Eu não me lembrava que isso era um exercício tão intenso, Shelly.

— Acho que isso explica por que a gente comia uns três cachorros--quentes por dia naquela época.

Doze dólares e nove músicas depois, estávamos encharcados de suor, mas finalmente, finalmente, havíamos voltado à lista das maiores pontuações.

Até mesmo a tela do jogo estava orgulhosa de nós.

UAU! 92%!

Um vídeo de celebração passou pela tela e eu finalmente me sentei.

— Essa música... — Lee disse. Ele balançou a cabeça e abaixou-se, flexionando os joelhos para recuperar o fôlego. — Essa música vai ficar gravada na minha cabeça por umas semanas.

— Ei, quem sabe ela pode fazer companhia pro seu outro neurônio o resto do verão.

Lee resmungou alguma coisa, tentando me acertar com um tabefe desajeitado.

— Não me faça rir. Não tenho energia pra rir agora. Cara... Como a gente conseguia passar o dia inteiro nessa máquina quando éramos crianças?

— Deixa de moleza, seu velho. — Peguei meu celular no lugar onde o havia deixado, ao lado da carteira e do boné de Lee e dos meus óculos de sol, no chão da máquina, para tirar uma foto da pontuação e do nosso nome na lista dos maiores vencedores.

Foi preciso uma segunda rodada de músicas para que conseguíssemos voltar ao pique de antigamente. A memória muscular do DDM devia estar escondida em algum lugar do corpo, porque Lee e eu conseguimos reencontrar nosso ritmo. Chegamos até a fazer algumas acrobacias conforme íamos avançando pelas músicas. Nada tão espetacular quanto costumávamos fazer, é claro, mas também não passamos vergonha.

Noventa e dois por cento no nível expert.

Estava de bom tamanho.

— Eu sei quem vocês são, garotos — disse uma voz. Nós dois viramos para trás e vimos um senhor de idade ali perto, com um boné vermelho na cabeça e uma camisa polo vermelha com o nome do fliperama bordado numa caligrafia floreada no bolso. — Vocês se lembram de mim?

Nós dois ficamos olhando para ele, até que Lee disse:

— Espera... Harvey? Não acredito! Nós quase não te reconhecemos! Somos nós, Elle e Lee. A gente vinha aqui o tempo todo!

Ele apertou os olhos e nos encarou.

— Não foi você que ficou com o braço entalado na máquina da garra?

Lee enrubesceu, mas estava sorrindo. Eu me levantei, enquanto ele confirmava orgulhosamente:

— Sim, fui eu mesmo!

— Voltaram pra jogar mais nessa coisa, hein? — Harvey deu palmadinhas afetuosas na lateral da carcaça da Dance Dance Mania.

— Não sei, talvez. — Lee riu, dizendo exatamente o que eu estava pensando. — Nós vamos voltar bastante aqui durante o verão, pra dominar a lista dos recordes da máquina.

O rosto enrugado de Harvey se abriu num sorriso entristecido.

— Bem, boa sorte a vocês, então. Essa belezinha aqui vai ser removida em algumas semanas. A data da aposentadoria dela está marcada para seis de julho.

Aquelas palavras arrancaram o ar dos meus pulmões com uma força bem maior do que a máquina de dança tinha feito.

— Como assim? — perguntei. — Por quê? Essa máquina está aqui há anos! A gente dança nessa coisa desde que aprendemos a andar, praticamente! — Exceto esses últimos anos.... — Vocês não podem tirá-la daqui!

Ele soltou um longo suspiro, percebi que compreendia o que eu estava sentindo.

— Não há muito que eu possa fazer. Essa máquina está começando a cair aos pedaços. As moedas que colocam nela já não são suficientes pra pagar os consertos que ela precisa.

Ele apontou para o canto da tela. Havia uma mancha preta que eu não tinha percebido. Em seguida, vi que os painéis laterais da estrutura estavam presos com fita adesiva. A luz de uma das setas do lado de Lee estava completamente apagada, e duas do meu lado piscavam como se estivessem com mau contato. Lee estava começando a se dar conta daquilo também. A barra de metal atrás de nós estava um pouco solta e rangia quando Lee mexia nela. Aposto que, com um pouco de força, daria para arrancá-la totalmente.

Mas isso não era motivo para aposentá-la!

A DDM sempre tinha sido a atração principal do fliperama para nós. Os últimos quarenta e poucos minutos com Lee tinham sido de pura alegria, e serviram para tirar da minha cabeça todo o estresse sobre o futuro, a faculdade, a briga com Noah e o que ele tinha feito com Levi.

A alegria sumiu do rosto de Lee, havia muito mais coisas do que só decepção nele.

— Desculpem, garotos — Harvey disse, dando de ombros.

Me esforcei para abrir um sorriso educado e falar com um tom otimista.

— Está bem. Acho que vamos ter que voltar aqui antes que você se livre dela, então.

Quando Harvey se afastou, Lee resmungou alguma coisa e deu um chute na máquina. A tela se apagou e voltou a se acender em seguida, e começou a mostrar o vídeo de demonstração outra vez. Lee desceu da plataforma bufando, e se apoiou na barra de segurança.

Eu conhecia muito bem aquele olhar. Já o tinha visto várias vezes nesse verão. Seus olhos estavam úmidos e seu queixo, repuxado. Os lábios estremeciam um pouco também.

— Não acredito — ele disse, praticamente mordendo as palavras. — Primeiro a casa da praia. Depois, você e Harvard. E agora a máquina de dança? Será que as pessoas têm prazer em destruir tudo aquilo que é sagrado pra mim?

O melodrama era um dos maiores talentos de Lee, mas não achei que ele estivesse sendo melodramático agora. Nem um pouco.

Coloquei a mão nas costas dele e me encostei ao seu lado.

— Nem me fale.

Não importa que tenhamos esquecido do fliperama e da Dance Dance Mania. O importante era termos estado ali e revivido uma hora mágica da nossa infância para, em seguida, descobrirmos que ela estava caindo aos pedaços e seria transformada em sucata.

E, para falar a verdade, essa era uma metáfora muito boa para tudo que estava acontecendo. Aquilo doía. Não era só por causa da máquina, até porque havia outras DDMs e outros fliperamas.

Aquilo tinha a ver conosco.

Com o futuro.

E com o fato de que esse era o verão das últimas vezes.

Lee choramingou ao meu lado e eu quis poder fazer alguma coisa. Uma parte enorme da melancolia que pairava sobre nós, por mais distante que estivesse, durante todo o verão, era por minha causa. Por causa da minha decisão de não ir para Berkeley. Eu queria poder arrancar essa mágoa que ele estava sentindo.

Eu queria...

A ideia me atingiu como um raio. Sufoquei um gemido e disse a Lee:

— Fique aqui. Eu já volto — E saí correndo para encontrar Harvey, que estava trocando as fichas de um garoto por uma luva de beisebol.

Pouco mais de um minuto depois, eu estava ao lado de Lee outra vez, que continuava olhando para a Dance Dance Mania com uma expressão desamparada. Ele me olhou com curiosidade quando peguei sua carteira no chão e revirei o que havia dentro. Recibos, dinheiros e...

Tirei uma camisinha de dentro.

— Sério mesmo, Lee? Que elegante.

— Guarde isso! — ele sibilou. — Tem crianças perto.

Enfiei a embalagem de volta na carteira e o ouvi murmurar:

— Não faz mal estar preparado, Shelly. Aposto que Noah também tem uma na carteira.

— Não vou confirmar nem negar isso.

Mas era absolutamente óbvio que eu podia confirmar aquela informação.

Tirei a folha de papel que estava procurando. Estávamos levando a lista de desejos de um lado para outro o verão inteiro, dobrando-a e redobrando-a centenas de vezes. Ela já não estava em uma condição muito boa quando a encontramos, mas até o final verão ela estaria se despedaçando.

— O que você está fazendo? — ele perguntou, se endireitando. Eu me sentei debaixo a barra de segurança. Lee se sentou ao meu lado e ficava batendo a cabeça nela e murmurando "Ai".

27. Fazer um passeio de balão (SEM OS NOSSOS PAIS!)
28. Transformar Noah em um sorvete humano.
29. Estudarmos juntos em Berkeley!
30. Uma última dança na nossa DDM no fliperama.

— Temos um novo desejo na lista — eu disse. — Uma última dança nessa belezinha aqui. No dia cinco de julho.

— Hmmm — ele murmurou, em sinal de aprovação. Depois disse: — Tem certeza de que vai conseguir encontrar tempo pra fazer isso?

Olhei para o desejo vinte e três, a partida de minigolfe que eu tinha perdido na noite anterior. Lee o havia riscado com um lápis e um traço não muito forte. Como se tivesse sido realizado pela metade ou não como deveria.

— Absoluta — eu disse, levantando seu queixo. — Agora, para de me olhar com essa cara de enterro, está bem? Eu sei que andei sobrecarregada nas últimas semanas: trabalhar no Dunes, cuidar do Brad, sair com o Noah, realizar os desejos da lista mas isso é importante pra mim também, Lee. E eu prometo: vou estar aqui pra nossa última dança, não importa o que aconteça. Não perderia isso por nada nesse mundo.

Lee abriu um sorriso carinhoso e apoiou a cabeça no meu ombro.

— Você é meio cafona às vezes, Elle. Mas eu amo você.

— Também amo você, amigo.

22

JÁ ESTAVA ESCURO QUANDO LEE E EU VOLTAMOS PARA A CASA DA praia. Os próximos dois ou três dias já estavam bem esquematizados. A corrida talvez fosse o desejo mais complexo da lista (e aquele que teríamos mais trabalho para realizar), mas não chegava nem perto de ser o último. Também tínhamos planejado nosso fim de semana em Berkeley.

Dentro da casa, a luz da sala de jogos estava acesa, e ouvimos gargalhadas que vinham daquela direção.

— Quem está aí? — cantarolou Amanda do outro lado do corredor.

— Tico e Teco chegaram — Rachel respondeu, seguida por mais uma risada.

— Ei, isso me ofende! — Lee e eu dissemos ao mesmo tempo, o que só serviu para fazer ela rir ainda mais.

Encontramos as duas assistindo a uma das várias gravações caseiras que estavam guardadas ali. Havia uma caixa de chocolates quase vazia entre elas...

— Ei, onde vocês conseguiram comprar esse vinho? — perguntei. Um toque de inveja tingiu a minha voz vendo as duas juntas ali, se divertindo como se estivessem numa espécie de noite das meninas. Eu sabia que seria bem-vinda para participar se estivesse na casa, mas mesmo assim...

— Fui encontrar meus pais — Amanda disse. — Peguei mais algumas roupas e roubei uma garrafa de vinho. Duvido que eles vão sentir falta. Assim como não sentem falta da única filha, porque estão ocupados demais brigando.

Troquei um olhar com Lee, sem saber ao certo como devia reagir.

Amanda voltou a encher as duas taças com vinho.

— Um brinde aos pais que só se preocupam com seus próprios problemas, e também ao seu minibar!

Rachel riu outra vez, dando um tapinha no joelho de Amanda como se ela tivesse dito algo hilário.

— Onde vocês dois estavam? — Rachel perguntou.

— Realizando mais algum desejo da lista? — Amanda quis saber.

Lee e eu nos olhamos e confirmamos com um aceno de cabeça. Não explicamos que a nossa máquina preferida do fliperama seria aposentada em breve e o quanto aquilo era importante para nós. Embora eu achasse que elas levariam esse assunto mais a sério agora que estavam meio bêbadas do que fariam em qualquer outro momento.

— Nós deixamos um pouco de comida pra vocês — Amanda disse. — Macarrão instantâneo com queijo.

— Nós comemos hambúrguer no caminho pra cá — Lee disse. Depois olhou para mim. — Vou esquentar um pouco do macarrão pra mim. Você vai querer um pouco?

Eu sorri.

— Não, estou satisfeita. Então... Noah veio jantar com vocês?

As duas fizeram que não com a cabeça. Amanda disse:

— Eu não o vi. Tentei ligar pra ele, mas Noah mandou a ligação direto pra caixa postal. Patético.

Rachel falou, revirando os olhos:

— Toad, o patético.

As duas se dissolveram em risadinhas outra vez.

— Mas ele não parece tão patético aqui. — Amanda apontou para a tela que estava passando a gravação caseira. Dava para ver que era um Quatro de Julho pelos fogos de artifício e pelas bandeiras. Na tela, Noah estava em pé, e Brad, que devia ter uns dois ou três anos na época, estava sentado sobre seu ombro. Amanda virou o rosto e olhou para mim por cima do encosto do sofá. — Foi por causa do Levi?

Eu prendi a respiração e soltei uma risada estridente.

— Ah, meu Deus. Você está falando sério?

— Provavelmente foi por causa do Levi — Rachel disse com uma expressão séria, tomando um gole do seu vinho.

— Você também, Rachel? Isso é loucura. Noah não tem motivo nenhum pra sentir ciúme do Levi.

As duas fizeram uma careta e depois voltaram a me encarar como se estivessem tentando não fazer caretas. Rachel ajudou bastante lembrando de um detalhe:

— Mas você o beijou.

— Ele te olha de um jeito meio, sei lá... — Amanda emendou, com uma expressão compreensiva.

— Como... como assim? Do que você está falando?

— Você sabe... — Amanda começou a balançar ligeiramente a cabeça e a movimentar os olhos de um lado para o outro, enquanto olhava para o teto e pestanejava várias vezes, com os lábios ligeiramente franzidos. Era uma expressão sonhadora e desejosa.

Eu bufei.

— Olha, não faço a menor ideia do que você está falando e eu nunca vi Levi com essa cara.

— Achei bem parecido — Rachel murmurou dentro do copo de vinho.

— Está bem! — Sorri para as duas, sabendo que meus olhos contavam uma história bem diferente. Algo parecido como vão para o inferno vocês duas, não tenho tempo para isso. — Bem, vocês estão bêbadas e claramente não sabem do que estão falando. E eu preciso encontrar meu namorado e passar um sermão nele.

— Não, fica aqui! Vem assistir às gravações caseiras com a gente. Humm... — Rachel olhou para a garrafa de vinho, que não demoraria muito a ficar vazia. — Acho que você pode ficar com o que sobrou do vinho.

— Mas nada de chocolates — decidiu Amanda.

— Estou bem assim, obrigada. É melhor eu ir procurar Noah.

— Boa sorte — disseram as duas para mim. Parei no meu quarto para pegar uma jaqueta e depois passei por Lee que estava voltando da cozinha, devorando um prato abarrotado de macarrão com queijo.

— Vou procurar o Noah.

— Tem certeza de que não quer ficar com a gente e curtir a noite?

Ele provavelmente vai voltar rastejando pra cá, mais cedo ou mais tarde, você sabe.

Fiz um gesto negativo com a cabeça, mexendo na jaqueta.

— Não, não. Eu prefiro resolver isso logo, sabe como é?

— Faz alguma ideia de onde ele pode estar?

Novamente fiz que não com a cabeça.

— Eu estava pensando em dar uma olhada na praia e depois...

Antes de terminar de dizer, nós dois ouvimos o barulho do motor da moto de Noah roncando lá fora. Logo depois, ele desligou o motor.

— Mistério resolvido — Lee disse em voz baixa. Ele enfiou mais macarrão na boca, colocou o garfo sobre o prato para dar um tapinha no meu ombro e foi até a sala de jogos. Me preparei para o que estava prestes a enfrentar, indo na direção oposta. Abri a porta da casa e encontrei Noah parado no meio da varanda, revirando o chaveiro e encarando o piso com uma cara irritada, movendo os lábios lentamente, como se estivesse fazendo um discurso motivacional para si mesmo.

Ele ergueu os olhos, parecendo surpreso ao me ver ali.

— Ah.

— Estava esperando outra pessoa?

— Eu... achei que você ainda estaria brava comigo.

Dei de ombros. Talvez eu estivesse, mas só um pouco. O bastante para não perdoá-lo tão rápido.

Noah deu um suspiro pesado. O cabelo caiu sobre seus olhos azuis, um azul tão intenso que chegava a ser impactante naquela escuridão. E ele estava usando a camiseta com a qual o tinha visto mais cedo, por baixo da jaqueta de couro de sempre.

— Podemos caminhar um pouco?

Fiz que sim com a cabeça, vestindo minha jaqueta e fechando a porta atrás de mim. Noah me ofereceu a mão e, por um minuto, considerei não segurá-la e sair andando à frente dele só para mostrar a seriedade da questão, mas...

Minha mão deslizou sobre a dele e se encaixou perfeitamente. Nossos dedos se entrelaçaram como se fosse exatamente assim que devessem ficar. Dava para sentir um pouco daquela fragrância cítrica que eu associaria eternamente à Noah. Era reconfortante, mesmo que, tecnicamente, ainda estivéssemos brigados.

Estávamos numa área mais afastada da praia, um lugar que era apenas para os residentes. Tiramos os sapatos e as meias, deixando-os para trás conforme andávamos pela orla, a água do mar subindo até a altura do tornozelo.

— Esse lugar está tão quieto... Nunca o tinha visto tão quieto quanto agora.

Senti Noah dar de ombros ao meu lado.

— Como minha mãe disse, essa área se valorizou. Acho que as pessoas estão vendendo suas casas.

Continuamos caminhando em silêncio. Havia mil coisas que eu podia e queria dizer a ele, mas eu sabia que Noah tinha algo em mente, algo pronto para ser dito. Ele estava tão quieto que chegava a ser irritante; eu conseguia até mesmo ver a tensão em seus ombros. Sua respiração estava um pouco compassada demais: lenta e regular, inspirando por três segundos e expirando por três, inspirando por três segundos...

Além disso, toda essa briga idiota tinha acontecido por culpa dele. Eu não ia dar a satisfação de perdoá-lo antes que ele se desculpasse.

Depois de algum tempo, Noah me fez parar, ficou na minha frente e virou-se para me olhar.

— Me desculpa. Eu sei que pareci um idiota hoje à tarde, quer dizer, provavelmente fui mesmo um idiota — ele emendou, apressado. — Mas eu não tive a intenção de estragar o dia da corrida. Desculpa.

— Não estou brava por você ter estragado o dia da corrida — eu disse.

— Sim, eu... eu sei. — Ele abriu a boca, mas não disse nada. — Mesmo assim, eu quero me desculpar por isso também. A culpa não foi só minha. Ele estava pilotando de um jeito bem agressivo também.

Ele continuou falando, vendo que eu erguia as sobrancelhas.

— Eu sei que isso não é desculpa. Estou só dizendo que nem tudo que aconteceu é culpa minha. Mas você tinha razão. Eu devia ter agido como adulto, e... e... simplesmente apertado a mão dele.

— E você não acha que talvez não devesse ter feito aquele comentário insensível sobre eu sempre correr atrás do Levi?

Noah pegou na minha outra mão e olhou para elas juntas, concordando com um sinal de cabeça.

— Sim.

— Eu sei que você acha que terminei o namoro pra ficar com o Levi no outono do ano passado, mas isso não é verdade. Ele não é o meu plano B, caso o nosso namoro não dê certo, Noah. Ele é meu amigo. Só isso.

— Isso é o que você acha.

— Meu Deus, Noah... — Comecei a me afastar, mas ele me segurou, erguendo uma das mãos para acariciar meu rosto. Eu me esquivei. — Está bem, me escuta. Apenas pra não alongarmos ainda mais essa discussão, vamos supor que você tenha razão e que ele ainda sinta algo por mim. Apenas supor. Eu não sinto a mesma coisa por ele. E o Levi sabe disso. Ele sabe que eu estou apaixonada por você. E ele não é o tipo de cara que vai tentar alguma coisa comigo, enquanto você e eu estivermos juntos. Não estou dizendo que você é obrigado a gostar dele, mas não vou deixar de ser amiga dele.

— Não estou pedindo que você faça isso.

— Você diz que confia em mim, Noah. Nós tivemos várias brigas sobre esse negócio de confiança no ano passado e eu não quero passar por tudo isso de novo. Por isso, nesse momento, eu preciso que você confie no Levi.

Ele fechou a cara.

— Eu nem conheço ele direito, Elle.

— Então, seja educado com ele — respondi. Tentei me lembrar que, se eu estivesse no lugar de Noah, eu também teria dificuldade em confiar em alguém que fosse relativamente estranho. Para mim, era fácil dizer que ele podia confiar em Levi, mas era algo completamente diferente esperar que Noah assimilasse isso.

— Vou tentar — ele prometeu. — E viu... me desculpa.

— Acho bom mesmo. Seu brutamontes. — Empurrei o peito dele gentilmente, ele segurou minha mão e me puxou para os seus braços. Seus lábios encostaram na minha testa, desceram pela minha bochecha, passaram pelo meu queixo e chegaram até a curva do meu pescoço. Ele me beijou bem naquele ponto, me segurando com força. Eu o envolvi com meus braços em resposta, erguendo os dedos até sua nuca para brincar com seu cabelo. Noah suspirou.

Eu o amava tanto que até chegava a doer, às vezes. Foi muito difícil ficar longe dele no ano passado. A experiência de morarmos juntos nesse verão não estava sendo um mar de rosas vinte e quatro horas por dia, mas era mais fácil do que morar em estados diferentes. Eu sabia o quanto seria maravilhoso estar em Harvard com ele no ano seguinte.

Mas, de vez em quando, assim como hoje, estar num relacionamento era difícil.

No entanto, estar nos braços dele assim, fazia tudo valer a pena.

— Eu amo você — murmurei no ombro dele. — Mas às vezes você é difícil, Noah.

— Você nunca vai me deixar esquecer isso, não é?

— Lógico que não. Onde você se enfiou pelo resto do dia, hein?

— Sabe aquele lugar onde eu te levei no seu aniversário, no ano passado? A colina onde fomos ver os fogos de artifício? Então. Eu precisava de um lugar tranquilo.

Ah, fazia sentido. Eu devia ter pensado que ele iria para lá.

— Que bom que você resolveu voltar — eu disse.

Ele deu outro beijo no meu pescoço e eu o abracei com mais força. As ondas arrebentavam tranquilamente ao redor dos nossos pés e o resto do mundo estava em silêncio; só ouvíamos o som da nossa respiração. Talvez não fôssemos perfeitos, mas, por enquanto, era tudo o que eu precisava.

23

NO DIA SEGUINTE, TRABALHEI NO TURNO DO CAFÉ DA MANHÃ E NO do almoço. Teria feito o turno do jantar também, mas tinha que buscar Brad na colônia de férias. Foi um dia cansativo: tinha deixado cair um sundae inteirinho no chão e uma mulher tinha gritado comigo por ter trazido uma Coca Diet em vez de uma normal, embora eu tivesse certeza de que ela tinha pedido uma Diet. E, agora, faltando apenas vinte e cinco minutos para terminar meu turno, um grupo de rapazes universitários bem barulhentos estava entrando no restaurante.

A maioria estava com o cabelo molhado e salpicado de areia. Vi uma caminhonete no estacionamento cheia de pranchas de surfe na caçamba.

— Quer que eu atenda esse pessoal? — Melvin perguntou, vendo que eu revirava os olhos. Tive que reconhecer que ele era corajoso. Com seus óculos redondos, seu cabelo cacheado, o rosto meigo e o aparelho nos dentes, aqueles surfistas o comeriam vivo. E, apesar de olhar para eles com certo nervosismo, ele estufou o peito, pronto para atendê-los caso eu pedisse.

Fiz que não com a cabeça.

— Não se preocupe. Eu cuido disso.

Fui até a mesa deles com uma jarra de água nas mãos e me forcei a abrir um sorriso.

— Oi. Meu nome é Elle e vou atendê-los hoje. Querem um pouco de água?

Eles mal me deram atenção, ainda absortos demais em um debate acalorado sobre quem tinha pegado as melhores ondas do dia. Um dos caras grunhiu alguma coisa e fez um gesto na minha direção, sem sequer se importar em olhar para mim.

— Claro, gata.

Uau, que encantador.

Servi a água a cada um deles e limpei a garganta.

— Bem, a sopa do dia é de alho-poró com batata. Nossos pratos especiais são bolinho de lagosta com abacate, um dos meus favoritos, e hambúrguer de grão-de-bico e queijo halloumi com...

— E a sobremesa? — perguntou um dos rapazes, me encarando com um sorriso safado.

— Ah... claro. A sobremesa do dia é sundae com cobertura de chocolate quente e cerejas ou sorbet de banana.

— E você? — perguntou o primeiro rapaz. — Você está no cardápio, gata?

Eu o encarei com um sorriso irônico.

— Infelizmente, não temos nenhuma garçonete solteira aqui, mas mesmo assim sua cantada não teria o menor efeito.

Dois dos rapazes riram do seu amigo, mas ele era persistente.

— Ah, deixa disso. Que tal me passar o número do seu WhatsApp?

— Que tal eu chamar minha gerente pra colocar vocês fora daqui? — eu ofereci, lançando um olhar desafiador.

— Para com isso, cara — resmungou o rapaz que estava no canto, dando um cutucão no braço do amigo. — Estou morrendo de fome.

— Vou dar um minuto pra vocês olharem o cardápio e já volto.

— Eu vou olhar outra coisa — ele disse quando dei meia-volta, e beliscou minha bunda.

Virei na direção da mesa e despejei o que restava de água na jarra em cima dele.

— Ahhh, me desculpa, gato — eu disse, numa voz carregada de ironia e bem melosa. Os amigos dele não conseguiram conter as risadas enquanto ele tomava ar, cuspindo e enxugando o rosto.

— Sua vaca.

— Sou mesmo! — eu disse, com a voz bem alegre. — Agora, por favor, retirem-se daqui, antes que eu peça pro nosso cozinheiro vir até aqui pra colocar vocês pra fora. Ele sabe usar um martelo de bater bife como ninguém.

Contrariado, o grupo se levantou resmungando da mesa. O cara que perguntou se eu estava no cardápio rosnou um "desculpa" sem muita empolgação, e outro deu um empurrão no rapaz que me beliscou, dizendo:

— Você é um cuzão mesmo. Aquele bolinho de lagosta parecia ser uma delícia.

Eu abri um sorriso enorme para eles, seguindo-os até a porta e acenando.

— Não voltem sempre!

Virando-me de volta para o salão, vi May pegando um pedido que a cozinha acabava de entregar. Ela ergueu sua sobrancelha bem maquiada para mim e eu estremeci.

— Desculpa. Já vou limpar aquilo.

— Você cuidou daqueles idiotas como uma profissional — ela disse. — Se você quiser, pode ir embora. Você não tem que buscar seu irmão mais novo? Melvin! Toalhas de papel na seção cinco, por favor!

Fui até os fundos para pegar minha mochila. Nem me incomodei em tirar o uniforme, eu faria isso quando chegasse em casa. Foi ótimo May ter deixado eu sair alguns minutos mais cedo e não ter perdido tempo trocando de roupa, pois o trânsito estava bem complicado. Só uma faixa da rodovia estava liberada e eu tive que andar bem devagar, resmungando entre os dentes e observando o tempo passar no relógio do painel do carro.

Quando cheguei à colônia de férias onde Brad estava treinando com o time de beisebol, havia alguns retardatários espalhados pelo lugar. O estacionamento estava quase vazio. Duas mães estavam esperando ao lado dos respectivos carros, com um cigarro na mão, enquanto os filhos brincavam de pega-pega. Saltei do carro, procurando entre as crianças que ainda estavam ali, mas não vi nenhum sinal do Brad.

O medo se fechou como um punho ao redor do meu coração. Corri até o prédio baixo de tijolos do lado do campo. O refeitório estava passando por uma faxina, dois treinadores que estavam conversando a respeito de alguns papéis e outros documentos nem notaram minha presença. E nada do Brad.

Merda. Merda, merda, merda.

Tudo bem, Elle. Não precisa entrar em pânico. Está tudo bem.

Minhas pernas tremiam, enquanto eu voltava para o carro, mal conseguindo clicar na tela do celular no tempo em que buscava o contato do meu pai. A ligação tocou duas vezes antes de cair na caixa postal e eu desliguei.

Uma mensagem de texto chegou segundos depois.

Estou em reunião. O que houve?

Merda. Se meu pai não veio buscá-lo...

Não, eu ainda não precisava entrar em pânico. Ignorei a mensagem do meu pai e enfiei as chaves na ignição do carro. O carro morreu duas vezes antes que eu conseguisse sair do estacionamento. E se Brad tivesse voltado para casa de carona com algum amigo? Talvez um dos pais que veio buscar os filhos tenha visto que ele estava me esperando e o tenha levado para casa.

O medo crescia conforme eu chegava perto de casa, Brad nunca tinha desaparecido desse jeito. Tudo bem que ele já tinha idade para cuidar de si mesmo, mas ainda era uma criança. Era o meu irmão mais novo. Era minha responsabilidade. E se ele tivesse sumido...

Estacionei o carro sem o menor cuidado, desci de qualquer jeito e corri até a entrada. A porta estava destrancada. Senti meu sangue gelar quando...

— Ah, graças a Deus! — eu disse, arfando e puxando Brad para um abraço da banqueta na cozinha, onde estava comendo nachos. Ele cheirava a suor e grama, e eu enfiei o nariz entre seu cabelo. — Graças a Deus! Eu não achava você em lugar nenhum. A mãe de algum amigo te trouxe pra casa? Você sabe que tem que esperar até eu chegar ou ligar se acontecer alguma coisa. Você faz ideia do quanto eu fiquei assustada?

— Eu estou bem aqui, Elle — ele disse, desvencilhando-se do meu abraço e olhando para mim com uma expressão confusa. — O que você está fazendo aqui?

— O que eu... Como assim? Eu fui buscar você! O que você quer dizer com "o que eu estou fazendo aqui"?

— Ah!

Dei meia-volta e vi uma pessoa completamente estranha sob o vão da porta. Era uma mulher, usava uma blusa preta sem mangas e uma saia azul longa e justa, com brincos azuis cintilantes na orelha. O cabelo, cortado na altura do ombro, era encaracolado nas pontas, sem um fio fora do lugar. Parecia tinha saído direto de algum escritório.

Eu não precisava ser nenhum gênio para saber quem ela era.

— Elle! — ela exclamou com um grande sorriso se estendendo pelo rosto. — Não estávamos esperando você.

Bufei. Ela estava falando sério?

— Você não estava me esperando? — repeti. — Ah, me desculpa por vir aqui, pra casa onde eu moro. Quem diabos é você?

Eu sabia exatamente quem ela era, mas aquela cena toda de "não estávamos esperando você" me deixou tão irada que não fiz o menor esforço para esconder minha indignação.

Ela deu uma risadinha.

— É claro, que bobagem a minha. Eu ouvi coisas a seu respeito parece que já te conheço! Meu nome é Linda. Sou a namorada do seu...

— Sim, eu sei.

Eu não queria muito ouvir ela terminar aquela frase.

Continuei.

— O que eu não sei é o que você está fazendo aqui.

— Ela foi me buscar na colônia — Brad disse, como se aquilo fosse óbvio; dizendo daquela forma parecia mesmo óbvio. Só o motivo que não era tão óbvio assim.

Olhei para ele com uma cara feia.

— Não. Quem estava incumbida de buscar você era eu.

— Você anda muito ocupada ultimamente — Linda disse gentilmente, e... meu Deus, se ela não parasse de saracotear pela cozinha daquele jeito, eu ia gritar. — Seu pai vive falando de todas as coisas que você tem que fazer, então me ofereci pra ir buscar Brad na colônia de férias em alguns dias. Ele não te contou?

Pensei na sequência de mensagens que meu pai tinha me mandado ontem e no fato de não ter olhado porque estava preocupada demais com outros assuntos. Fiquei quieta.

— Já que você está aqui, quer comer alguma coisa?

— O quê?

— Nachos — ela disse, apontando para o prato de Brad. — Quer alguns?

— Não, Linda. Não quero nachos.

Ela deu de ombros e continuou a limpar a pia, abrindo a torneira.

— Pode deixar que eu lavo os pratos — eu disse.

— Não é nenhum incômodo. Além disso, eu mesma sujei a louça! Desculpa pela confusão sobre quem ia buscar Brad hoje. Nós não queríamos que você ficasse preocupada.

Nós. Não, não existia essa coisa de "nós". O único "nós" éramos eu, Brad e o nosso pai. E ele não incluía essa... essa... seja lá o que ela fosse.

— Estou conseguindo cuidar da minha vida muito bem sem sua ajuda, Linda.

— Bem, eu sei disso, Elle. — Ela parou de ensaboar os pratos para me encarar com um sorriso desconcertado. *Ótimo*, pensei, amarga. Queria mesmo que ela se sentisse desconfortável. Essa era a minha casa, não a dela. A intrusa era ela, não eu. — Seu pai sempre fala sobre todas as suas responsabilidades e como consegue dar conta de tudo, mas, como eu estava por perto e podia ajudar, pensamos que você poderia passar mais tempo com seus amigos. Cumprir os desejos daquela lista tão famosa. O Brad estava me mostrando os vídeos do dia da corrida. Foi incrível. Você e Lee devem ter uma imaginação muito fértil pra pensar em algo assim. E todo aquele dinheiro que vocês conseguiram levantar pra caridade também.

O que você sabe sobre a lista de desejos? Não fale sobre mim e meu melhor amigo como se já nos conhecesse. Não preciso da sua ajuda e nem de nenhum favor seu.

Mas mordi a língua, engolindo cada uma daquelas respostas ácidas.

Brad me encarava com os olhos brilhando.

— Eu queria muito ter visto a corrida ao vivo, Elle. O Levi e o Noah pilotaram feito dois malucos! E quando o balão estourou no Lee com toda aquela meleca? — Ele explodiu numa risada.

Eu amoleci um pouco.

— Seria ótimo se você tivesse ido, mocinho.

(Meu pai e eu decidimos que Brad não poderia ir de jeito nenhum. Eu não ia conseguir cuidar dele o dia inteiro e ele com certeza ia querer participar. Como ninguém abaixo de quatorze anos podia correr, foi fácil dissuadi-lo antes que ele perguntasse qualquer coisa.)

— Posso voltar com vocês à casa da praia nesse fim de semana, Elle?

— Talvez. Vou conversar com a turma. Mas eu garanto que você vai poder voltar logo. Ah, e o Quatro de Julho já está aí! Você vai passar o feriado com a gente. Vamos fazer uma festa enorme, já que é o último ano da casa da praia. O pai disse até que você pode trazer um ou dois amigos, se quiser. Vai ser legal, não vai? Estar em uma festa de gente grande com pessoas que já estão na faculdade?

Brad revirou os olhos.

— Você ainda não está na faculdade, Elle.

Mas ele parecia totalmente encantado com a ideia.

Olhei para Linda, me perguntando se meu pai a teria convidado também. Se ele tivesse, eu não ia falar nada. Só torcer para ela não ficar muito perto de mim.

Ela percebeu que eu estava olhando e, em vez de mencionar o Quatro de Julho, disse:

— Eu lamento muito que nossa primeira conversa tenha acontecido desse jeito, Elle, mas é um prazer poder finalmente conhecê-la. O que você acha de, quando você tiver uma noite livre, nós quatro sairmos pra jantar e nos conhecermos melhor?

— Não sei... Como você mesma disse, eu sou uma pessoa ocupada.

QUANDO ESTACIONEI DIANTE DA CASA DA PRAIA, DEPOIS DE PASSAR mais de uma hora dirigindo para tentar clarear as ideias, meu celular apitou.

Não esquece! Hoje é a noite do número nove. A gente se encontra no shopping, a mensagem de Lee dizia.

Desejo número nove: fazer parte de uma flash mob.

Lee ficou sabendo de uma que aconteceria naquela noite. Quem se inscrevesse recebia um e-mail com o vídeo da coreografia, que não era difícil de aprender. Com todo o esforço que tínhamos feito para organizar o dia da corrida e programar as outras atividades nas brechas do meu cronograma maluco, era um alívio participar de algo que estava sendo organizado por outras pessoas.

Suspirei. A roupa reservada para a flash mob estava guardada na minha mochila, e eu não tinha nem tirado meu uniforme ainda. Fiquei tão ocupada com o sumiço do Brad e a presença da Linda que acabei me esquecendo do compromisso com Lee. Peguei minha mochila e entrei na casa. Eu ia trocar rapidamente de roupa e depois voltar para a cidade e dali para o shopping.

Dentro da casa, a iluminação estava suave e uma luz alaranjada vinha da cozinha.

Fui até lá e encontrei várias velas decorativas acesas, havia mais na mesa do lado de fora, onde uma tigela de salada tinha sido colocada. E então Noah se ergueu diante do fogão, tirando uma caçarola.

— Ei! Você chegou. — Ele sorriu para mim, covinha à mostra e olhos brilhando.

— O que é... — Olhei para as velas, para a comida... — O que é tudo isso?

— Eu queria me desculpar por ontem. E você está tão ocupada que achei que seria uma boa ideia você ficar em casa hoje.

— Você fez tudo isso sozinho?

— É claro — ele declarou, estufando o peito. Mas, em seguida, abriu aquele sorriso torto e disse: — Não. A Amanda me ajudou a preparar essa caçarola.

— Onde ela está?

Por mais que meus sentimentos fossem relativamente confusos em relação a Amanda, eu me sentiria horrível se ela ficasse trancada no meu antigo quarto a noite inteira só para não atrapalhar o nosso jantar romântico.

— Ela voltou ao hotel pra jantar com os pais. Parece que eles tinham que conversar com ela sobre alguma coisa. Acho que ela vai dormir lá. — Ele colocou a travessa na mesa e atirou as luvas de cozinha no balcão antes de se aproximar de mim, colocando as mãos no meu quadril e se curvando para me beijar.

— Noah, isso... — Embora eu tentasse me conter, as lágrimas começaram a brotar dos meus olhos e tive que engolir em seco para manter a voz firme. — Isso é incrível. É lindo, mas...

Eu me afastei, sentindo que meus ombros se encurvavam e a cabeça baixava. Minhas mãos estavam irrequietas.

Os olhos de Noah me examinaram, e ele percebeu a expressão de culpa, o semblante sério, o suspiro que eu mal conseguia conter. Embora estivesse determinada a olhar fixamente para o chão e ignorar o aroma delicioso da caçarola e o brilho romântico das velas, eu percebi, pelo canto do olho, que o sorriso empolgado de Noah estava se desfazendo.

— Elle? O que está acontecendo?

O que está acontecendo?

Essa era uma pergunta bem capciosa. Depois de dois turnos exaustivos de trabalho, incluindo um paspalho que tinha passado a mão em mim, do pânico por Brad ter desaparecido e de toda a situação com Linda... Agora Noah havia preparado um jantar romântico para passarmos a noite juntos e eu só podia dizer...

— Desculpa. — Um suspiro lamentoso escapou de mim enquanto eu recuava outro passo. — Noah, me desculpa. Tudo isso é maravilhoso, e é exatamente o que eu precisava hoje... mas... não posso ficar. Preciso ir pra outro lugar.

Ele percebeu o que estava acontecendo e soltou um ruído estridente e frustrado.

— Por favor, só me diga que não é mais um dos desejos daquela lista.

— Me desculpa! — exclamei. Eu me sentia horrível, especialmente depois de tudo que ele tinha feito. — Eu prometi pro Lee, e... e eu já deixei ele na mão uma vez essa semana. Estou me esforçando muito pra evitar que isso se torne um hábito.

Eu já estava passando pela porta.

— Você vai embora mesmo? Sério? — ele perguntou, boquiaberto e incrédulo.

— Eu não tenho escolha! Eu prometi pro Lee. A gente não consegue simplesmente reagendar. Eu vou passar o ano que vem inteiro com você. Preciso dar mais atenção a ele. Desculpa, Noah, mas eu tenho que ir.

Ele me seguiu até o quarto. Tirei as roupas da flash mob da mochila e comecei a me trocar. Noah bufou outra vez.

— Quer dizer, então, que só porque você escolheu ir pra Harvard em vez de Berkeley, nós não podemos passar um tempo juntos esse verão.

— Não foi isso que eu disse. Não exagera.

— Você vive dizendo que esse verão vai ser todo seu e do Lee. O verão que vocês vão realizar todos os desejos da lista. Eu não achei que teria que implorar pra passar uma noite com a minha namorada.

Ele tinha pegado minha camiseta, mas eu a arranquei da mão dele.

— É claro que não precisa, Noah. Mas essa noite é diferente.

— Quando, então? Amanhã?

Amanhã, Lee, eu e os rapazes da turma tínhamos planejado ir ao cinema.

Ele percebeu que eu estava vacilando.

— Depois de amanhã?

— Vou trabalhar no turno da noite.

— Que tal dezoito de agosto? Daqui a dois anos? Dá certo pra você, Elle?

Acabei colocando a camiseta de trás para frente. Tirei só os braços da manga e a girei para o lado certo.

— Noah, por favor. Você não precisa agir assim. Me desculpa por ter estragado seu jantar surpresa e já ter planos dos quais não posso faltar agora, está bem? Eu realmente tenho que ir.

— Tudo bem! — ele esbravejou. — Divirta-se com o Lee.

Eu detestava o fato de deixá-lo irritado. Detestava não poder ficar, porque eu realmente queria, mas ao mesmo tempo eu não podia furar com o Lee. Não de novo. Detestava ir embora no meio de uma briga e detestava mais ainda o fato de estarmos brigando de novo.

Assim, eu disse:

— Amo você.

Noah me dispensou com um resmungo quando saiu do quarto, mas em seguida emendou:

— Eu também.

Era o máximo que eu ia conseguir dele hoje, então não reclamei.

Acho que era melhor eu dormir no meu antigo quarto hoje e só conversar com ele amanhã.

Passei por Rachel quando estava saindo da casa. Ela não parecia muito feliz também. Hoje a bruxa estava solta.

— Lista de desejos? — ela me perguntou, já sabendo a resposta.

— Aham. A gente se fala depois!

Ela bufou, falando entre os dentes.

— Divirta-se, então.

Talvez o meu relacionamento não era o único que estava sendo colocado em segundo lugar por causa da lista de desejos.

Quando fechei a porta, ouvi Rachel perguntar a Noah:

— Pra que tudo isso?

E ele resmungando em resposta:

— Pra nada.

— VOCÊ ESTÁ COM UMA CARA DE BUNDA HOJE, HEIN, SHELLY? — LEE disse. — Vamos lá! Flash mob! Isso aqui devia ser legal!

— Desculpa. Eu garanto que estou me divertindo. E vou sorrir quando começar.

Havíamos nos empoleirado em um banco diante do chafariz no shopping center, perto da praça de alimentação. Faltavam oito minutos para a flash mob começar. Até o momento, estávamos jogando Aqueles Caras Estão Só Fazendo Compras ou Vão Participar da Flash Mob? — no qual eu, aparentemente, não estava tão envolvida assim.

Lee se aproximou de mim.

— O que houve?

Eu estava muito perto de contar tudo a ele. Aquele tinha sido um dia horrível, tão ruim que estava a três segundos de me derramar em lágrimas. E eu sabia que isso ia acontecer se contasse a ele.

Exceto quando comecei a namorar Noah, eu não costumava esconder nada de Lee ou mentir para ele. (A candidatura a Harvard não contava, já que não imaginava que seria aceita — era o que eu vivia dizendo a mim mesma.)

Seria tão fácil contar a ele.

Mas eu não podia fazer isso. Eu sabia exatamente o que ele pensaria: que eu não queria estar aqui, que não queria realizar os desejos da lista, que mais uma vez eu preferia ficar com Noah ao invés dele, que a nossa amizade era um fardo e atrapalhava meu relacionamento com o irmão dele.

Sabia que essa seria a reação dele. Por isso, fiquei de boca fechada.

— Hoje foi um dia daqueles, sabe? — eu me contentei em dizer.

Ele riu, soltando a respiração.

— Nem me fale. Eu esqueci de contar pra Rachel sobre hoje, ela estava pensando que iríamos jantar com os pais dela... A culpa foi minha, óbvio. Mas ela não achou ruim. Ela entende a importância desse verão pra nós.

Pelo menos uma pessoa entende.

Decidi não mencionar o quanto Rachel parecia estar irritada no começo da noite.

Lee começou a falar outra vez sobre o dia da corrida (quantas visualizações o vídeo tinha, como tudo aquilo tinha sido incrível), o que faltava da lista de desejos, se teríamos tempo de ir ao fliperama novamente nos próximos dias. Eu escutava e respondia, me esforçando ao máximo para afastar a briga com Noah da minha cabeça.

Não se tratava de ter que escolher um dos irmãos Flynn e deixar o outro de lado. Nunca foi assim.

Mas, pensando bem, Lee era praticamente uma parte de mim. Perdê-lo era a mesma coisa que perder um braço ou uma perna. Uma parte da minha alma. Eu já sabia como era viver longe de Noah, e foi uma luta bem difícil. Mas eu ficava apavorada só de pensar em me afastar de Lee.

Assim, embora não fosse uma questão de escolher ou um ou outro, em algum momento, talvez fosse, pelo menos um pouco. E, nesse verão, seria Lee.

24

SE EU ACHAVA QUE AS COISAS ESTAVAM RUINS HÁ DOIS DIAS, AGORA elas estavam piores. Noah e eu mal estávamos nos falando. No dia anterior, ele tinha saído para mostrar a cidade para Amanda — um programa de última hora, com um motivo óbvio por trás do seu súbito interesse pelo turismo local — e, quando ele veio se deitar, fingi já estar dormindo.

Provavelmente isso era algo bem infantil, mas eu não tinha a menor disposição para me importar. Eu não tinha mais condições de encarar uma conversa que acabaria se transformando em uma discussão acalorada. Isso se não terminasse num bate-boca de fazer tremer as paredes.

Depois de acordar cedo e realizar mais um desejo da lista com Lee (o número doze: fazer rapel), fui trabalhar nos turnos do almoço e do jantar.

Meu pai vinha tentando falar comigo nesses dois últimos dias.

Eu mandei uma mensagem curta dizendo que estava ocupada, que tinha coisas para fazer e que, se ele precisasse de alguém para cuidar de Brad, talvez Linda pudesse ajudar. A preciosa Linda. A estúpida Linda. A Linda sinta-se-em-casa-na-minha-cozinha.

Lee sabia que alguma coisa estava errada. Ele me conhecia bem.

Estranhamente, a única pessoa com quem eu tinha vontade de conversar sobre Linda era Amanda. Ela nunca tinha me julgado, desde a primeira vez que falei sobre ela e, de certo modo, parecia menos assustador conversar com ela sobre isso do que com Lee ou Noah. Até porque Noah e eu não estávamos conversando no momento...

Assim, como não queria magoar Lee ao explicar que a causa tensão entre mim e Noah era ele e a lista de desejos, e como não queria falar sobre Linda, eu continuava despistando-o.

— Nada demais. Estou só meio cansada de tudo que está acontecendo. O trabalho está bem puxado, sabe como é?

E essa parte nem era mentira.

As coisas estavam bem puxadas no trabalho, especialmente nesse dia. Houve uma competição de surfe na praia e o restaurante estava lotado. Não teve nem aquele período típico de calmaria entre o almoço e o jantar.

Os idiotas do começo da semana até chegaram a aparecer de novo, mas May não demorou a dizer a eles, de maneira educada e bem firme, para procurarem outro restaurante. Eles começaram a retrucar, até que acenei para um deles, bem entusiasmada, segurando uma bandeja de coquetéis coloridos sem álcool que estava levando para a mesa trinta. Naquele momento eles desistiram da argumentação e foram embora.

Essa foi a melhor parte do dia.

Eu tinha deixado um pedido inteiro cair no chão antes de sequer sair da cozinha e confundido pelo menos três pedidos. Tinha esquecido de cobrar a mesa vinte e quatro e, depois de um longo tempo, o pai veio até mim, segurando o cartão de crédito, e exigiu falar com a gerente para saber por que eu estava fazendo-o esperar tanto tempo. Umas crianças, antes de ir embora, tinham deixado a mesa uma bagunça: bebidas derramadas, ketchup por toda a mesa, metade de um hambúrguer esmagado no assento e batatas fritas boiando em meia taça de milk-shake.

Em algum momento, minha calça tinha rasgado. Eu não sabia nem mesmo quando isso tinha acontecido, o que eu sabia era que a perna direita estava rasgada da coxa até a altura da canela e que o tecido ficava batendo de um lado para outro, mesmo depois de enfiar as pontas dentro da meia. Quando fiz uma pausa para ir ao banheiro, vi que meu rosto estava manchado de tinta de caneta. Nem me incomodei em esfregar a cara para limpar.

Eu tinha acabado de anotar o pedido de um grupo grande, umas doze pessoas no total, e dado a eles o que eu esperava ser um sorriso, quando, ao me afastar da mesa, tombei para frente. Meus braços se agitaram, derrubaram o prato de uma mesa próxima e quase estrangulei uma pobre garota quando tentei me equilibrar agarrando a gola da camiseta dela.

Quando consegui me levantar, descobri que meus cadarços estavam amarrados um no outro. Algum moleque catarrento da mesa que tinha acabado de atender, que não podia ter mais de quatro ou cinco anos, ria histericamente.

A mãe do garoto parecia estar morta de vergonha e se alternou entre pedir desculpas para mim e ralhar com o filho.

— Está tudo bem — eu disse, me abaixando para desatar os cadarços. Droga, esse moleque conseguiu dar um nó bem apertado... Depois de finalmente soltá-los, voltei para o bar e passei as papeletas com os pedidos para o cozinheiro.

Uma mão encostou levemente no meu ombro.

— Está tudo bem com você, Elle?

Olhei para May. Ela tinha uma expressão tão preocupada que eu quase chorei. Eu não ia conseguir falar, então fiz que sim com a cabeça.

Ela não parecia ter se convencido.

— Por que não faz uma pausa? Kaylie acabou de chegar. Ela pode cuidar das suas mesas por enquanto.

— M-mas...

— Ei, nada de discutir com a chefe. Vai fazer uma pausa. Isto é uma ordem, entendeu?

Eu funguei e respondi com o sorriso mais patético do mundo, arrastando os pés para fora do restaurante. Só precisava de um pouco de ar fresco, só isso. Um pouquinho de ar e eu ficaria bem. Só estava cansada. Atarantada demais.

Eu estava só...

Desmoronando.

— Elle?

Levei um susto quando ouvi meu nome vindo de uma voz familiar. E levei outro susto quando a porta de um carro se abriu e bateu no meu quadril.

— Ei!

— Ah, merda, me desculpa. Não percebi que você estava tão perto. — Levi se esgueirou para fora do carro e abriu um sorriso. — Temos que parar de trombar um com o outro desse jeito.

Na primeira vez que conversamos, ele também tinha me acertado abrindo a porta de um carro. Tentei sorrir com aquela piada, mas tudo que consegui foi um espasmo muscular em algum lugar da bochecha. O sorriso dele se desfez.

— Ei, o que está havendo? Nossa, você parece estar acabada, Elle. Opa... quer dizer... não foi bem isso que eu quis dizer, mas... ah, deixa pra lá. Você está bem?

Com Lee, eu não podia conversar sem magoá-lo. Com Noah, eu nem estava conversando. Com meu pai, eu não podia falar sobre Linda sem soar como uma menininha birrenta. Com Rachel e Amanda, eu não podia falar porque elas contariam tudo para Lee e Noah, e aí sim eu estaria bem encrencada, porque eles saberiam o motivo de eu não estar conversando com eles direito... e, inclusive, que eu estava escondendo algo.

Mas com Levi...

Levi me encarava com uma tristeza enorme no rosto, sua testa estava franzida e sua boca, retorcida para baixo, mas os olhos eram calorosos e amigáveis. Parecia estar apenas querendo ajudar.

— Elle? — ele perguntou outra vez.

E eu explodi em lágrimas.

CONTEI TUDO A ELE. ATÉ MESMO SOBRE A BRIGA QUE TIVE COM NOAH no dia da corrida, como ele achava que Levi ainda gostava de mim e todo o resto. Contei sobre Linda; que, se eu não estivesse tão ocupada trabalhando, talvez ela não precisasse ficar tão perto da minha família, mas, ao mesmo tempo, se eu não tivesse esse emprego, não poderia realizar os desejos da lista. E, por falar na lista, já aproveitei para contar sobre a noite do minigolfe dos anos 1980 que tinha esquecido e sobre o jantar surpresa de Noah na noite anterior...

— Ele acha que, só porque preparou o jantar e acendeu um punhado de velas, tudo está bem outra vez?

Fiz que não com a cabeça.

— Não, não é assim. Ele já se desculpou. Noah estava só tentando ser gentil e passar um tempo comigo. Mas aí eu saí de lá pra fazer a flash mob, algo que eu queria muito fazer, mas... Tenho a sensação de que sempre fico presa entre os dois, e na última vez que isso aconteceu, quase perdi o Lee, e o Noah acabou saindo pra fazer umas idiotices porque achou que tinha, sei lá, estragado tudo ou coisa do tipo.

— Não quero ofender, Elle, mas o seu namorado parece ser um cara bem esquisito às vezes.

Eu resmunguei. Sim, mas ele é o meu cara esquisito.

— Não que eu seja uma pessoa perfeita, também — eu disse, torcendo o nariz. — Se ele não fosse assim, não seria o Noah, e eu não o amaria do jeito que amo.

— Hmmm.

Estávamos sentados em uma pilha de pedras entre o estacionamento e a praia. Eu estava com o queixo encostado no joelho e os braços ao redor da canela. Levi estava com o corpo inclinado para trás, as mãos plantadas perto do quadril.

— O problema é que, entre tudo isso, e também a Linda e toda a correria do trabalho, tem dias que eu quase não consigo respirar. Sabe como é? Não me entenda mal, eu adoro fazer as coisas da lista dos desejos. A ideia foi minha! E estou me divertindo muito com tudo isso. E fico feliz em ajudar a cuidar do Brad. E também fui eu que quis trabalhar. Gosto do que faço aqui. Exceto um ou outro dia, como é o caso hoje... — eu suspirei, inalando e soltando o ar pelo nariz, apontando para o estado em que eu me encontrava — ... e um ou outro cliente que tenta passar a mão na minha bunda. Mas tudo isso, junto, está sendo demais.

— Você não precisa fazer tudo isso — ele disse gentilmente.

— Ah, preciso sim. Preciso de dinheiro pra faculdade e pra bancar os desejos da lista. O Lee não entende isso porque ele sempre teve dinheiro, nunca foi um problema pra ele. Se precisar de cem dólares, ele só precisa pedir aos pais. E assim... Eu sei que, se eu pedisse, eles também me dariam. Mas a questão não é essa.

— Eu sei.

— E tem a Linda também... Você sabe, eu fico feliz pelo meu pai. Não é como se eu fizesse questão de ficar irritada com isso. Se a Linda faz meu pai feliz, então ótimo. Mas não preciso que ela invada minha vida e assuma responsabilidades quando tenho as coisas sob controle. No começo do verão, o Noah estava falando sobre irmos morar juntos agora que vou pra Boston. Bem, nós estamos morando juntos, e olha o que está acontecendo! Não estamos nem conversando mais. O que isso diz sobre nós?

Suspirei, sentindo mais lágrimas brotarem dos meus olhos, quando achei que já tinha chorado tudo o que podia. Esfreguei o rosto nos joelhos.

— Tudo está se despedaçando — eu disse, abafando as palavras na perna. — Tudo está mudando. E eu odeio isso.

Levi colocou o braço ao redor do meu ombro e me puxou para junto de si, e eu deixei que ele fizesse isso. Apertei ainda mais os joelhos contra o rosto e deixei que ele me abraçasse e deslizasse a mão pelas minhas costas, subindo e descendo suavemente.

— O que você veio fazer aqui? — perguntei, quando finalmente consegui controlar as lágrimas. Encontrei um guardanapo no bolso do meu avental e enxuguei o nariz antes de olhar para ele.

Levi enrubesceu um pouco e deu de ombros, com o braço ainda ao redor de mim.

— Vim ver você.

— Por quê?

— Você sempre aparece no meu trabalho — ele comentou com uma breve risada. Em seguida, voltou a falar mais sério: — Nós não conversamos muito desde aquele dia no parque aquático. Queria saber de você, ver se estava bem. O Noah, obviamente, está bravo comigo e agora acho que sei o motivo. Eu não devia ter mordido a isca e ter sido tão competitivo na pista. Queria me desculpar por isso também.

— Obrigada — eu disse. Ele não tinha realmente que se desculpar, mas gostei daquilo mesmo assim. Além disso, ele não era totalmente inocente. — Você veio aqui só pra ver como eu estava mesmo? E não pelos bolinhos de lagosta?

— Você sabe que eu vim pelos bolinhos de lagosta — ele disse com uma expressão serena. Eu havia dado um a ele logo depois que comecei a trabalhar ali, quando parei na loja de conveniência no caminho para buscar Brad, depois ele me mandou várias mensagens dizendo o quanto tinha adorado e precisava de outro. Ele tinha até pedido o bolinho de lagosta no dia em que veio com a mãe e a irmã, mesmo que não fosse um dos pratos especiais do dia.

— Além disso, acho que Noah não ficaria muito feliz se eu aparecesse na casa da praia — ele argumentou.

Eu bufei.

— Noah que se dane.

— Credo. Palavras fortes pra uma pessoa que está apaixonada, Elle.

— Desculpa — suspirei, esfregando o rosto. — Eu realmente o amo. Muito. Quis dizer que ele pode ir se danar porque você e eu somos amigos, e ele não pode simplesmente te proibir de aparecer na casa da praia. A Amanda está passando uns dias com a gente, e se eu não tive problemas com isso, então...

— Sim — Levi murmurou, mas em seguida disse a mesma coisa que todo mundo dizia: — Mas ele não beijou a Amanda.

Eu olhei para ele. Suas bochechas estavam rosadas novamente e ele tirou o braço ao redor de mim, desviando o olhar.

Senti o constrangimento praticamente emanar dele e detestei aquilo. Eu jamais devia ter beijado Levi no dia de Ação de Graças. Não foi justo da minha parte.

Mas, como eu disse: não sou perfeita.

Querendo aliviar um pouco aquele clima pesado, eu o cutuquei na lateral do corpo.

— Ei, escuta. Obrigada por ter vindo me ver e por me aguentar enquanto eu descarregava essas bobagens em você. Você sabe que pode me contar as suas próprias bobagens sempre que precisar.

— Sim, eu sei. — Ele sorriu para mim. Havia algo distante naquela expressão, e presumi que tinha um pouco a ver com o constrangimento que ainda estava no ar. Éramos próximos, mas eu não o conhecia tão bem quanto conhecia Lee; ele nem sempre era tão fácil de decifrar.

— Por falar em ir à casa da praia, você vem pro Quatro de Julho, não é?

Levi suspirou.

— Eu...

— Ah, por favor? Por favor, por favor, por favor? A turma inteira confirmou presença! Todo mundo vai estar lá e não vai ser tão legal sem você. Por favor, Levi!

Ele deu um suspiro enorme e dramático, revirando os olhos e, em seguida, abriu um sorriso.

— É claro que vou estar lá. Faço qualquer coisa por você, Elle.

25

NAQUELA NOITE, DEPOIS QUE AJUDEI A LIMPAR E FECHAR O RESTAURANTE, sentei outra vez nas pedras e fiquei ali por algum tempo, no mesmo lugar onde, horas antes, tinha tirado uma folga desaforadamente longa e aberto meu coração para Levi.

Dei uma olhada no celular, eu não tinha nem pegado nele até aquele momento.

Havia algumas mensagens de Lee, mas nada muito importante ou urgente.

Duas ou três do meu pai: que tal a gente sair pra jantar com a Linda na semana que vem? Você se importaria se ela fosse à casa da praia passar o Quatro de Julho conosco? Ele realmente achava que eu ia gostar da Linda se a conhecesse melhor, mas entendia que eu estava bastante atarefada agora e que isso poderia ser meio esquisito para mim.

Duas de Levi. Um meme sobre confeitaria, seguido por: que bom que conseguimos conversar hoje cedo! Espero que você tenha melhorado. Bjos.

E nenhuma de Noah. Mas fiquei surpresa ao ver que tinha uma de Amanda, toda em maiúsculas.

SERÁ QUE VOCÊ E O PASPALHO DO SEU NAMORADO PODEM, POR FAVOR, FAZER AS PAZES? NÃO SUPORTO FICAR OLHANDO PARA AQUELA CARA EMBURRADA DELE. ALÉM DISSO, EU VOLTO PRA CASA DA PRAIA

AMANHÃ E VOU LEVAR MAIS VINHO. VAMOS BOTAR OS GAROTOS PRA FORA E FAZER UMA NOITE DAS MENINAS?

E, logo depois: desculpa escrever em maiúsculas, mas o Noah e a cara emburrada dele e toda essa choradeira estão me deixando louca. Tipo, por que é tão difícil pra ele simplesmente CONVERSAR COM VOCÊ????? Por falar nisso, você devia CONVERSAR COM ELE TAMBÉM. Amo vc, amiga! Bjbjbjbj.

Soltei uma risadinha. Havia definitivamente um toque de ironia no fato de que Amanda, um dos pivôs do meu término com Noah no ano passado, agora estava ajudando a consertar nosso relacionamento e cuidando de nós. Ela era realmente um amorzinho.

E... eu precisava mesmo conversar com Noah e resolver aquela situação.

Eu estava dando partida no carro quando um farol apareceu na curva da estrada, e o barulho familiar da moto de Noah se aproximou. Pisquei os olhos, assustada, e desliguei o motor. Saí do carro quando Noah estacionou a moto, ele desmontou dela e jogou o capacete para o lado.

— Noah...

Antes que eu terminasse de dizer o nome dele, Noah encurtou a distância entre nós com poucos passos, colocou os braços ao redor do meu corpo e me puxou para um beijo abrasador, que fez meu corpo inteiro pegar fogo. Toda a tensão e irritação que vinham me consumindo nos últimos dois ou três dias se desfizeram naquelas chamas e se espalharam como brasas ao vento. Eu me esqueci de tudo o que me incomodava quando a boca de Noah encostou na minha.

Depois de finalmente pararmos para respirar, afrouxei os dedos da jaqueta dele.

— Oi — sussurrei.

Ele riu. O som reverberou pelo seu peito e nas minhas mãos.

— Oi.

— Não é agora que você pede desculpas e eu peço desculpas, e nós dois tentamos não fazer isso de novo?

Ele abriu um sorriso malandro, com a boca ainda encostada na minha pele.

— É, sim. Quer que eu coloque alguma música pra tocar? E te dê rosas?

— Está me dizendo que você não trouxe um rádio portátil, John Cusack?

— Quem é John Cusack?

Eu ri, esfregando meus lábios nos dele. Depois de algum tempo, Noah se afastou um pouco, ainda segurando meu rosto com uma das mãos e alisando alguns fios soltos que tinham se soltado do meu rabo de cavalo.

— Eu sei que a lista de desejos é importante — ele disse. — Sei que esse verão é importante pra você e pro Lee, assim como o fato de que você não vai mais pra Berkeley. Eu juro que sei. Mas é que, apesar de tudo isso, estou sentindo sua falta, sabe?

— Isso é uma pergunta ou uma afirmação? — Eu não consegui resistir a dar uma cutucada. Ele era fácil demais de provocar, e esse era um hábito familiar demais para que eu simplesmente deixasse de fazê-lo, mesmo durante uma conversa mais séria como essa.

Ele soltou um gemido exasperado, se aproximando de mim e encostando sua testa na minha, de olhos fechados.

— Eu entendo, mas é difícil ver você dedicar tanto tempo pro Lee quando eu quero ficar com você. Eu sei que isso parece idiota, porque eu te vejo todo dia e nós dormimos na mesma cama, e nunca estamos muito longe, mas parece que faz um tempão desde a última vez que estivemos a sós, sabe como é? Sem um bando de gente ao nosso redor, ou sem que você precise sair correndo pra cuidar do seu irmão, fazer suas coisas com o Lee ou trabalhar. E não estou dizendo que você não devia fazer tudo isso, mas... Eu sinto sua falta.

— Eu também sinto — eu disse. Sabia exatamente o que ele queria dizer.

— E, pra mim, é difícil ver você exausta desse jeito, tentando fazer todo mundo feliz.

— Eu não estou...

Bem, talvez eu estivesse. Um pouco. Só um pouquinho.

Eu sorri, deslizando minha mão pelo peito dele outra vez.

— Estou louco pro ano que vem chegar logo — ele suspirou. — Sei que nós dois vamos estar ocupados com as aulas e tal. E que você vai ter novos amigos pra sair, e talvez encontre um emprego também, mas, pelo menos, não vai ser essa loucura.

— Sim. Nada de flash mobs nem corridas de kart.

— E, como eu disse, nós podíamos, talvez, pensar em morar juntos. Eu sei que não tem sido a coisa mais fácil do mundo, mas acho que não é tão ruim assim, não é?

— Mesmo eu tendo roubado seu lado da cama?

Noah riu.

— Sim.

— É... acho que não é tão ruim assim.

— Senti sua falta, Elle — ele suspirou outra vez, beijando meu nariz e arrancando uma risadinha de mim. — Odeio brigar com você desse jeito.

— Eu também.

— Mas eu vou brigar por você — ele disse.

Fiquei emocionada, a intensidade daquele olhar e a sinceridade que havia por trás daquelas palavras ditas em voz baixa fez meu coração acelerar. Mesmo assim, eu ainda soltei uma risada mais brusca e encostei o rosto no peito dele.

— E você diz que eu sou a romântica cafona.

— Achei que você gostasse que eu agisse desse jeito romântico.

— Eu gosto de você — eu disse, pura e simplesmente. — Então, que tal se a gente voltar pra casa e eu te mostrar exatamente o quanto gosto de você?

— Bem, isso é algo que eu não vou deixar passar — ele disse, me beijando mais uma vez.

NO DIA SEGUINTE EU SÓ TRABALHARIA NO TURNO DO JANTAR. NOAH tinha prometido a Amanda que a encontraria para tomar o café da manhã juntos, mas ele ficou mais tempo do que deveria na cama, me beijando e dando uns amassos. Voltei a dormir depois que ele saiu, sentindo o estresse desses dois últimos dias subitamente retornar. A julgar pela luz ofuscante do sol que iluminava o quarto, mesmo com as persianas fechadas, já devia ser quase a hora do almoço quando eu finalmente acordei e me arrastei para fora da cama.

Nem me importei em lavar o rosto ou escovar os dentes antes de ir até a sala de estar. Lee estava deitado no sofá, se divertindo com um jogo.

— Olha só quem ressuscitou — ele disse. — Adorei seu cabelo.

Alisei meu cabelo com a mão, sentindo o quanto estava emaranhado e bagunçado, algumas mechas estavam bem armadas. Que imagem linda Noah deve ter visto quando acordou...

Ignorando o comentário de Lee, fui preparar um café e dei uma olhada ao redor. Parecia que fazia alguns dias que eu não parava naquela casa; não sabia quando ela tinha se transformado naquele depósito de lixo. Havia caixas de pizza empilhadas ao lado da janela. Canecas e copos vazios largados por todos os cantos. Roupas, que só podiam estar sujas, cobriam o chão.

Aquilo me surpreendeu. Era Rachel quem nos obrigava a manter as coisas organizadas. Será que ela não tinha aparecido aqui nos últimos dias também? Ou será que decidiu simplesmente desistir?

Ou, o que era muito provável, Lee tinha conseguido transformar a casa naquele desastre em uma única manhã?

— Você vai dar um jeito nessa bagunça? — eu perguntei.

— Sim, mamãe. Mas estou meio ocupado agora.

— Estou falando sério, Lee. Achei que seus pais tinham dito que alguns compradores viriam até hoje à tarde. E que um deles vinha tirar medida pra trocar o piso.

— Ele pode abrir caminho no meio da bagunça pra medir.

— Lee!

— Está bem, está bem — ele resmungou, pausando o jogo e largando o controle. Ele observou o estado geral da sala por alguns segundos antes de começar a recolher o lixo. — Saiba que o tal comprador cancelou a visita hoje de manhã. Só pra constar.

— O quê? Mas... essa deve ser, tipo, a oitava vez que alguém cancela uma visita.

— Acho que eles mudam de ideia com muita facilidade.

— Lee, por acaso você... Tem certeza de que...

— Cuidado, Shelly. Você sabe que, se terminar essa pergunta, vai receber uma resposta totalmente sincera.

Eu suspirei, jogando as mãos para cima e voltando a me ocupar com o café.

— Sabe de uma coisa? Você tem razão. É melhor eu não me envolver nisso pra não ter que mentir depois.

— Boa escolha — ele disse, abrindo um sorriso. — Então, que horas você quer sair amanhã?

— O quê?

— Amanhã — ele repetiu, parando o que estava fazendo para me olhar. Seu rosto parecia ter se congelado numa expressão de entusiasmo, mas aos poucos ia se enrijecendo. O tom esperançoso que ele tinha na voz vacilou um pouco quando ele riu e disse: — Você sabe. Amanhã. Nossa viagem pra Berkeley!

Ah, merda.

— Elle?

Eu era a maior idiota do mundo. Não dava para acreditar que tinha esquecido da viagem desse fim de semana. Nós já tínhamos planejado aquilo há séculos, e eu aqui pensando que tinha um sábado livre da lista de desejos. Eu nem perguntei nada, porque presumi que Lee tinha planejado fazer alguma coisa com Rachel ou coisa parecida.

Errado.

Ele tinha planejado fazer alguma coisa comigo. Um plano enorme. Gigantesco.

Simplesmente o plano mais monumental de todo o verão.

— Está falando sério? — ele exclamou, me decifrando com muita facilidade.

— Me desculpa! Não sei como esqueci disso. Realmente não sei, Lee. E eu fiz planos pra sair com o Noah... Nós fizemos uma reserva em um restaurante chique que a sua mãe recomendou, e vamos até aquela loja de chocolates onde ele me levou no meu aniversário no ano passado...

— É claro que você já fez planos com o Noah — ele disse, seco. Largou um monte de coisas na lata do lixo e tirou um cesto de roupas sujas debaixo de algumas almofadas, e começou a recolher as roupas que estavam espalhadas, uma peça de cada vez.

Engoli em seco, vendo a expressão carrancuda dele. Ele estava irritado, claro, mas era pior do que isso: ele estava furioso. Eu não ia aguentar se ele começasse a chorar.

Achei que ter esquecido da noite do minigolfe já tinha sido uma canalhice, mas dessa vez eu merecia um prêmio por ter me esquecido da viagem.

— Sabe... — ele disse, ácido — ... Você vai passar literalmente o tempo todo com o Noah no ano que vem. Vocês podiam ficar juntos qualquer outro dia, menos amanhã. Isso é... olha, é uma palhaçada, sabia, Elle? Você ficou brava comigo por tentar entrar na Brown por causa da Rachel, mas fez exatamente a mesma coisa, só que pior. Porque você manteve sua candidatura a Harvard em segredo.

— Lee...

— Eu sinceramente achava que essa discussão já tinha acabado depois que descobri que você estava namorando o Noah e não tinha me contado nada. Mas não: você foi lá e fez a mesma coisa. E agora está fazendo de novo.

Finalmente, pensei. A raiva que ele vinha fermentando desde que eu tinha falado sobre Harvard, e que estava se esforçando tanto para sufocar e ignorar em favor de um verão incrível e divertido, finalmente estava ali.

— Desculpa — eu disse novamente. — Lee, eu lamento, mas... mas eu... olha, não é assim. Não estou escondendo nada de você. Eu só esqueci desse fim de semana... e do minigolfe. Eu errei, está bem? Mas nós conversamos sobre a faculdade. Você disse que...

— Eu sei o que eu disse! — ele explodiu, jogando o cesto de roupa suja no chão. As roupas se esparramaram ao redor dele. — Estou superorgulhoso de você, Elle, mas eu também tenho o direito de ficar bravo, está bem? Me desculpa por me sentir magoado só porque os nossos planos da faculdade foram pro lixo quando você decidiu morar em Boston com seu namorado.

Ele suspirou, pressionando o dedo entre as sobrancelhas. Minhas mãos estavam tremendo, mas tudo que eu podia fazer era esperar e ouvi-lo, enquanto ele colocava tudo aquilo para fora.

— Eu sei que você está tentando compensar isso com a lista de desejos, Shelly, e eu realmente reconheço seu esforço, mas... Olha, eu detesto isso porque parece um último esforço pra tentar salvar nossa amizade, está bem?

— Ei, ei, espera aí. Desde quando nossa amizade precisa ser salva?

— Desde que você colocou na cabeça que esse seria o melhor verão de todos os tempos!

— Eu só achei que isso te deixaria feliz e compensaria o fato de eu não ir pra Berkeley!

— Sabe o que compensaria o fato de você não ir pra Berkeley? Se você fosse até lá comigo nesse fim de semana!

— Eu já tinha feito planos com o Noah. Ainda não estou acreditando que esqueci de amanhã, mas é um erro que pode acontecer com qualquer pessoa. Noah e eu precisamos muito de um tempo pra nós esse fim de semana, sabe? As coisas têm sido meio tensas com tudo o que está acontecendo. Você entende, não é? Que tal no domingo? Podemos ir no domingo em vez de amanhã.

Eu iria trabalhar no domingo, mas podia tentar trocar meu horário com alguém. E tinha várias coisas para fazer, mas isso podia esperar. Além disso, tínhamos combinado de ir ao fliperama outra vez e eu precisava cuidar do Brad para que meu pai pudesse sair para jantar com a Linda, mas podia dar certo. Noah podia cuidar do Brad até que voltássemos de Berkeley. Brad ia adorar.

Mas Lee me trouxe de volta à realidade.

— Já tenho planos pro domingo.

— Ah. Ah, c-certo.

— Você não consegue mudar os planos que fez com Noah?

— Eu...

Ele entendeu o meu silêncio como aquilo que realmente era: eu estava escolhendo não fazer isso.

— Será que não podemos ir a Berkeley em um outro fim de semana, Lee? Pra que a pressa? Temos o verão inteiro pra fazer isso.

— O plano era irmos a Berkeley amanhã — ele disse entre os dentes. — E é isso que eu vou fazer. Você pode fazer o que quiser, Elle.

— Lee...

Ele continuou arrumando a sala, sem dizer nada e nem olhar para mim. Eu sabia que era melhor não levar aquela conversa adiante nem insistir em me desculpar.

Quando foi que a minha vida se transformou nesse espetáculo circense de equilibrar pratos? E por que toda vez que conseguia equilibrar o prato de Lee, eu perdia o controle do prato de Noah? Quando foi que ficou tão difícil ser a melhor amiga de Lee e a namorada de Noah?

Quando foi que isso começou a ser algo que eu precisava lidar?

Eu poderia dizer a Noah que não iria mais sair com ele amanhã, dizer que iria a Berkeley com Lee. Era possível, mas eu também precisava desse fim de semana com Noah. Não era simplesmente por causa de Noah.

Eu poderia sugerir que Rachel e Noah viessem conosco para Berkeley, mas isso mudaria totalmente o propósito da viagem. A viagem foi uma ideia que tive para compensar o fato de ter estragado nosso plano de ir juntos para Berkeley, e agora eu tinha...

... Estragado nosso plano de viajar para Berkeley no fim de semana, também.

Parabéns, Elle.

— Podemos combinar de ir algum outro dia — eu disse, detestando aquele silêncio. — Lee?

— Claro. Talvez.

O que significava: não.

— Lee, eu lamento por isso.

— Eu sei.

O silêncio se estendeu, e dessa vez eu deixei que se estendesse. Enquanto preparava mais coisas para comer e tomava meu café, Lee limpava a bagunça. Eu o via andando de um lado a outro, mas era como se alguém tivesse colocado uma vidraça opaca entre nós. Era como se eu estivesse assistindo a um vídeo que não terminou de carregar totalmente.

Eu conseguia praticamente ver o vazio que se abria entre nós.

Mas, se eu o preenchesse, iria apenas abrir um novo vazio entre mim e Noah.

Eu detestava ter que escolher.

Foram minutos horríveis e exaustivos, enquanto Lee enchia a máquina de lavar roupa. Ele voltou para a cozinha e eu disse, com a voz baixa:

— Eu não quis dar a impressão de que estava tentando salvar a nossa amizade, nem fazer da lista uma coisa forçada. Eu só queria fazer algo pra você ficar feliz. Criar... lembranças incríveis e ajudar... a dizer adeus, eu acho. À casa da praia. À nossa infância e à nossa adolescência. Mas não a você, Lee.

Ele suspirou, abrindo um sorriso sem muito ânimo.

— Está bem. Eu sei que você está atolada de coisas pra fazer. E não fiquei bravo por causa do minigolfe. Foi um engano que qualquer pessoa poderia cometer, e tudo bem. Também não estou bravo por causa de

Harvard. Afinal... é Harvard, porra. É claro que você tem que ir pra lá. Isso tem mais a ver com a sua carreira do que com o Noah. Tenho muito orgulho de você. Mas sabe... Eu realmente pensei que você viria comigo nessa viagem.

Ele despedaçou meu coração com aquelas palavras.

Despedaçou mesmo.

— Não gosto de brigar com você, Shelly, e não vou fazer isso. Eu amo você. E sempre vou amar. Faça o que você tem que fazer. Mas eu vou pra Berkeley amanhã, com ou sem você.

Eu não disse nada. Nada que eu dissesse melhoraria a situação. Não quando nós dois já sabíamos que eu tinha tomado a minha decisão.

NAQUELA MESMA NOITE, QUANDO EU ESTAVA ME REVIRANDO NA cama, sem conseguir dormir, Noah me envolveu com os braços e me puxou para junto de si, ficando de conchinha comigo.

— O que está acontecendo com você hoje? — ele perguntou, encaixando a cabeça sobre o meu ombro.

— Desculpa. Não quis acordá-lo.

— Você... Elle, você está chorando?

— Não. — Eu funguei, virando a cara para o travesseiro e usando-o para enxugar uma lágrima que escapuliu.

— Você mente muito mal, sabia disso, Elle? Fala comigo. O que aconteceu?

— É que o Lee vai pra Berkeley amanhã. Como nós tínhamos combinado.

— O desejo número vinte e dois — Noah disse. — Eu me lembro. Vocês iam até lá pra... — Senti o corpo dele se enrijecer quando se deu conta. — ... Passar o fim de semana. Ah, que bosta. Bosta, Elle, por que você não disse nada ontem?

— Eu tinha esquecido. Só lembrei hoje cedo.

— Vou cancelar nossa reserva — ele disse. — Não tem problema.

Eu sabia que não haveria problema. Sabia que ele não ficaria irritado, não por causa disso, especialmente depois de termos conversado a respeito na noite anterior.

Mas eu fiz que não com a cabeça.

— Não tem mais importância. Eu disse pra ele que não ia. Não adianta voltar atrás agora. Ele vai pensar que só estou indo pra que ele não fique bravo comigo.

— Elle... — suspirou Noah. — Nem tudo tem que ser perfeito. Podemos reagendar. Você devia ir a Berkeley.

Nem tudo tem que ser perfeito.

— Mas isso tem que ser perfeito, Noah. — Eu choraminguei mais uma vez frustrada comigo mesma por estar chorando, e me virei para ficar de frente para Noah. — Esse era o objetivo de todo esse verão e da lista de desejos. É como... É como a viagem de carro que Lee e eu fizemos nas férias da primavera. Nós não precisávamos ter parado em Nova York a caminho de Boston, mas, se não parássemos, isso estragaria todo o plano e a viagem também. A situação é a mesma, agora. A ideia é fazermos tudo exatamente do jeito que tínhamos planejado. Se eu for agora...

— Se você for, vocês vão cumprir o desejo número vinte e dois da lista — Noah disse, esfregando carinhosamente o nariz no meu. — Você e Lee vão viajar pra Berkeley do jeito que planejaram e vão se divertir muito. Isso não é o mais importante? Se você não quer ir por minha causa...Bem, não precisa se preocupar comigo, está bem? Eu sei o quanto tudo isso é importante pra vocês. Podemos sair outro dia. Tipo... Nós temos o ano que vem inteiro, como você disse, não é?

Soltei um resmungo enfastiado e enfiei a cabeça no espaço entre a cabeça de Noah e o travesseiro.

— Para de ter razão. É melhor você não estar com aquela expressão arrogante no rosto.

— Eu não faço a menor ideia do que você está falando, Shelly.

— Até seu tom de voz está arrogante.

— Quando eu já fui arrogante?

Encostei meu punho fechado no peito dele e pressionei sem muita força, ainda com a cara do travesseiro. Noah beijou a parte do meu rosto que ainda conseguia alcançar.

— Que horas ele vai pegar a estrada?

— Ele falou algo sobre sair às sete.

Senti que Noah se esticava por cima de mim e ouvi os sons abafados dos polegares dele digitando algo no meu celular.

— Pronto. Coloquei seu alarme pra seis e meia. Agora, você acha que consegue ficar quieta e dormir um pouco? Tem gente aqui que não precisa trabalhar amanhã.

Eu disse a ele que o amava e depois adormeci tranquilamente em seus braços.

Às seis e meia da manhã seguinte, saltei da cama assim que o alarme tocou, em vez de acionar a função soneca para conseguir alguns minutos a mais embaixo das cobertas, como sempre fazia. Atravessei a casa correndo para dizer a Lee que iria com ele, mas...

A cama dele e Rachel estava vazia, arrumada, com as cobertas em ordem.

Corri para a cozinha, mas não vi nenhum sinal deles.

Abri a porta da frente com um movimento brusco e fui até o jardim.

O carro de Lee não estava ali.

26

LEE, PELO QUE DESCOBRI, TINHA IDO PASSAR O DIA EM BERKELEY COM Rachel. Ashton e sua namorada os encontraram lá. Eles tiveram um dia incrível, segundo o que o Instagram de Lee mostrava. Fizeram tudo o que havíamos combinado de fazer.

A pior parte era que eu nem cheguei a ficar com inveja. Tampouco fiquei ressentida por ele ter ido a Berkeley sem mim. E também, não tive a sensação de que estava deixando alguma coisa importante passar. Eu sabia que devia ter sentido isso. Afinal, eu não tinha passado a vida inteira planejando fazer faculdade lá?

Então por que, de repente, eu tive a sensação de que Lee era a única razão pela qual eu queria estar lá?

Noah fez tudo o que pôde para me animar. Eu estava tão furiosa comigo mesma por me sentir mal depois de ter decepcionado Lee e perdido a viagem para Berkeley que passei o dia inteiro um pouco distraída. Noah não pareceu se importar tanto com isso, e fiquei muito grata. Passamos a maior parte do dia juntos na praia, e havia também aquelas reservas que ele tinha feito para nós dois em um restaurante chique. Assim, nos arrumamos para ir até lá e comemos cinco pratos, com preços extorsivos e em porções pequenas demais para saciar nossa fome.

Jantar num restaurante chique com Noah fez com que eu me sentisse muito adulta. Consegui visualizar nós dois em Harvard, fazendo coisas parecidas. Também consegui nos imaginar juntos em algum apartamento, cozinhando. Imaginei nós dois andando de mãos dadas pela cidade como tínhamos feito na primavera, tomando café em algum lugar e estudando.

No fim do jantar, eu já não estava mais tão distraída. E ainda menos quando voltamos para a casa da praia, que estava vazia. Ter o dia inteiro só para nós dois acabou nos deixando ousados. Nós nem esperamos chegar no quarto antes de arrancarmos as roupas.

— Acho que é melhor irmos pro quarto — eu disse, deitada sobre Noah, com nossas pernas entrelaçadas, e desenhando círculos com o dedo no seu peito. — Antes que alguém chegue.

— Eles não vão voltar — Noah respondeu. — Ontem, o Lee disse que estava planejando passar a noite na casa da Rachel. E eles já tinham combinado alguma coisa para amanhã. Isso significa que... — ele emendou, mordiscando o lóbulo da minha orelha — ... Você não vai a lugar nenhum.

Dormimos no sofá velho e acabado, com uma manta puída e desbotada sobre nós.

Acordei sentindo um torcicolo no pescoço e com o cotovelo de Noah pressionando minha barriga, quando de repente a porta da frente se fechou com uma batida forte. Um suspiro ecoou pela sala, enquanto alguém começava a mexer nas panelas da cozinha.

— Eu sei, eu sei, eu disse que ia passar uns dias com meus pais, mas eles estão me deixando louca. Não estou aguentando. A cada minuto surge alguma discussão idiota como "Eu vou ficar com as porcelanas que ganhamos de presente de casamento", enquanto o outro diz "Ótimo, eu nunca gostei daquelas porcarias. Quero as milhas aéreas", seguido por "Você não teria as milhas aéreas se não fosse por mim", e "Amanda, diga pra sua mãe que eu vou ficar com as milhas aéreas" e "Amanda, diga pro seu pai que ele pode ficar com as milhas aéreas quando parar de dormir com aquela vagabunda do clube de vinhos" e "Amanda, diga pra sua mãe que não estou dormindo com ninguém e que ela não é uma vagabunda". Juro por Deus que vou matar aqueles dois. E aí eu vou ficar com as porcelanas do casamento, as milhas aéreas e todas as outras porcarias sobre as quais eles ficam batendo boca como herança. Vamos ver o que eles acham.

Fiquei paralisada, Noah estava começando a despertar com todo aquele barulho. Amanda bateu uma xícara e a caixa de chá que June deixava guardada no balcão da cozinha.

— Ah... — eu disse, pela falta de algo melhor a dizer.

— Ah, não se preocupe, meu bem. — Ela agitou a mão num aceno para mim. — Já peguei a amiga que mora comigo fazendo sexo com muita gente no meu quarto. Não com todos de uma vez, obviamente. Ela sempre esquece de colocar uma meia na porta ou coisa parecida. Além disso, eu já vi esse pateta aí atravessar pelado um campo de futebol americano depois de perder uma aposta. Isso aí não é nada.

— Ah... — eu disse outra vez.

— Que barulho é esse? — Noah murmurou, mexendo o braço. — Ei, meu braço dormiu. — Ele tentou mexer o outro, tirando o cotovelo da minha barriga para esfregar a outra mão no rosto e olhar para a cozinha. — Ah, graças a Deus. Achei que fosse a minha mãe.

— Não, sou só eu. — Amanda sorriu e acenou com os dedos antes de ficar carrancuda outra vez e voltar a bater as coisas na cozinha. — Normalmente eu não entraria assim, mas... Bem, se vocês me derem uma chave e se meus pais estiverem me deixando louca com toda essa questão do divórcio, eu vou entrar mesmo. Querem um café? Vou fazer um café pra vocês.

— Eu acho que isso foi, tipo... a última tentativa de fazer uma viagem em família — eu disse, me lembrando da conversa que tive com ela sobre seus pais.

— Deveria ser, mas parece que eles se esqueceram disso. Que dupla de babacas.

— Ei, Amanda, você acha que pode nos passar aquele cobertor?

Ela continuou esbravejando, falando sobre como sua mãe estava furiosa com o marido por causa de uma suposta traição, embora ela estivesse tendo um caso também, e como um era pior do que o outro naquele casamento. Mas ela percebeu a nossa situação e nos passou o cobertor que eu havia apontado, ficando de costas para nos dar um pouco de privacidade, enquanto Noah e eu nos enrolávamos nas colchas e recolhíamos as roupas que tínhamos largado pela sala.

Tive a impressão de que Amanda não queria que sentíssemos pena dela; estava só precisando extravasar um pouco. Eu gostava dela, mas não o bastante para ficar por perto vestindo somente um cobertor. Imaginei que Noah pudesse dar atenção a ela.

— Vou tomar um banho — eu disse. — Tenho que trabalhar daqui a umas horas.

— Quer panquecas, Elle? Vou fazer panquecas. Ohh! Vocês têm uma chapa de waffle. Vou fazer waffles.

— Fique à vontade — eu disse. — Eu como o que você preparar.

— Vou querer os dois — Noah disse.

Ela bateu levemente com a colher de madeira que acabara de pegar na mão de Noah.

— Você vai comer o que eu preparar, bonitão. Bem, e depois eles começaram a bater boca sobre quem ficaria com o título de sócio do clube de vinhos. Aquela porra de clube de vinhos! Não sobre quem ficaria comigo, a filha deles. O clube de vinhos! E minha mãe só quer esse título porque daí meu pai tem que procurar outro clube com a tal vagabunda, embora ela não seja realmente uma vagabunda; ela foi a chefe da minha tropa dos escoteiros, e é um amor de pessoa. E também...

As reclamações de Amanda foram se dissolvendo no ar, enquanto eu entrava no banheiro. Me sentia muito mal por ela. Decidi que as minhas próprias reclamações sobre Linda, que eu estava louca para dividir com Amanda, poderiam esperar. Eu já tinha contado tudo para Noah na noite passada e ele tinha sido gentil o bastante para aguentar meu falatório.

De volta à cozinha, eles já tinham deixado de falar do divórcio iminente dos pais de Amanda, agora falavam sobre a casa.

— ... E eu sei que não faz sentido consertar as coisas aqui, se vão simplesmente demolir esse lugar — Noah dizia. — Mas nem todos os interessados são empreiteiros. Alguns só querem comprar a casa da praia do jeito que ela está. Ou melhor, eles dizem que querem, mas toda vez acabam cancelando a visita...

— Como você sabe que há empreiteiros interessados? — eu perguntei, prendendo meu cabelo molhado num coque. — Sua mãe falou alguma coisa?

— O Lee me contou.

— E como ele sabe?

Noah me encarou com um olhar pouco expressivo e disse:

— Elle, você sabe que eu não pergunto nada pro Lee quando não quero ouvir a resposta.

— Assim você não precisa mentir depois, não é? Eu também.

— Ele mudou o telefone da placa — disse Amanda, que não estava prestando tanta atenção na conversa, enquanto preparava um prato de waffles para mim, cobrindo-os com frutas picadas. — Da placa que está lá fora. E colocou o telefone dele.

— Que parte de "não queremos mentir" você não entendeu? — retrucou Noah, mas havia um tom jocoso naquela resposta. Ele suspirou, esfregando o nó dos dedos entre os olhos. — Eu devia ter adivinhado que ele aprontaria alguma coisa assim.

— Vocês estão me dizendo que não sabiam? Mas ele é o seu melhor amigo, Elle! E Noah, ele é seu irmão. Como vocês não perceberam?

Noah e eu demos de ombros.

— Ah... porque o número do celular dele é o mesmo há uns sete anos? — eu disse. — Eu jamais conseguiria dizer o número do Lee de memória. Às vezes não lembro nem do meu.

Amanda balançou a cabeça, olhando para nós dois.

— Como assim? Vocês acham mesmo que o pintor cancelou a visita na semana passada sem mais nem menos, e o cara que vinha dar uma olhada no telhado "esqueceu" a escada, e que todo possível comprador muda misteriosamente de ideia? Nada disso deixou vocês desconfiados? Nem um pouco? Vocês são dois bem lerdos, mesmo.

— Não queríamos mentir pra June e pro Matthew — eu insisti.

Mas, ao ouvir Amanda descrever toda aquela armação, eu não podia dizer que estava surpresa. Lee sempre foi contra a venda da casa da praia, desde o começo. E isso era exatamente algo que ele tentaria fazer para impedir que a ideia fosse adiante.

(Além disso, eu não estava passando tanto tempo por ali para prestar muita atenção nessas coisas.)

— Você acha que seria bom conversar com ele? — Noah me perguntou.

— Eu é que não vou fazer isso — Amanda disse. Ela colocou o prato com meu café da manhã diante de mim. — Eu gosto do garoto, mas ele não é problema meu.

— Isso definitivamente vai fazer ele me ver com outros olhos — eu ironizei, me debruçando sobre o prato de waffles. — Já perdi a viagem pra Berkeley ontem, e agora você quer que eu diga pra ele parar de atrapalhar o plano dos pais de venderem a casa? Não, nada disso. Eu gosto do garoto, mas ele não é problema meu.

— Ah, que ótimo. Agora você não faz mais parte da família. O que aconteceu com aquela história de "a casa da praia é tão minha quanto sua"?

Eu agitei meu garfo na frente dele para indicar que aquilo não me afetava.

— Dessa vez, o problema é todo seu, Noah.

Ele resmungou, mas acabou dizendo algum tempo depois:

— Está bem, está bem. Droga. Tomara que minha mãe não descubra o que ele aprontou.

27

NA MANHÃ DO FERIADO DE QUATRO DE JULHO HAVIA UMA TENSÃO pairando sobre a casa da praia. Mal tinha visto Lee desde que ele tinha voltado de Berkeley no domingo, eu estava no trabalho esse dia. E, por algum motivo qualquer, não chegamos a nos esbarrar naquela noite.

Amanda estava novamente hospedada conosco.

— Minha mãe está trabalhando — ela nos disse. — E meu pai foi jogar golfe com uns caras que conheceu. O dia da independência não é algo tão importante pra nós, então não fizemos planos. Ou melhor, até fizemos, mas isso na época em que ainda estávamos tentando transformar essa viagem num feliz evento em família, mas... — Amanda soprou o ar ruidosamente com a língua entre os lábios.

— Você está convidada pra nossa festa — eu ofereci, como se ela já não estivesse contando com isso.

— Vou acabar passando todos os feriados com vocês, se não tomarem cuidado — ela brincou. — Se meus pais continuarem brigando, vou roubar um lugar na ceia de Natal de vocês também.

Ela estava fazendo panquecas na manhã do feriado quando Noah e eu levantamos.

— Olhem só! Com morangos, mirtilos e creme. Vermelho, azul e branco! Um café da manhã temático!

— Ela está mais empolgada com o feriado do que nós — sussurrei para Noah em voz alta de propósito, cobrindo a boca com uma das mãos e olhando para Amanda com uma expressão melodramática. — Você acha que a gente devia, tipo... jogar todo o chá no mar pra lembrá-la do significado do dia de hoje?

— Voto pra jogarmos Amanda no mar — respondeu Noah do mesmo jeito, cobrindo a boca com a mão.

— Ei, não se esqueçam de quem está fazendo o café da manhã de vocês.

Ela terminou colocando uma bola de chantilly no prato antes de indicar com um gesto para que sentássemos. Em seguida, colocou pratos cheios e coloridos diante de nós e foi picar mais frutas.

— Obrigado — Noah disse. — Não precisava de tudo isso.

— Ah, não diga uma coisa dessas — ela disse, gesticulando com a faca na nossa direção. — Você sabe que eu sempre acordo cedo, mocinho. E cozinhar um pouco é o mínimo que posso fazer por vocês por me deixarem ficar aqui. Vocês não fazem a menor ideia do que eu estou passando.

— Não fazemos mesmo — eu disse, sem alterar minha expressão. — Nem parece que ouvimos você reclamar durante quase três horas seguidas ontem.

Noah me olhou de lado, mas relaxou quando Amanda riu.

— Ei, o que há de tão engraçado? Oh, cara! Tem alguma coisa cheirando muito bem. — Lee chegou aos saltos na cozinha, batendo um calcanhar no outro, depois se inclinou para frente, com os olhos fechados e a cabeça na dianteira do corpo, enquanto entrava na cozinha aspirando o ar ruidosamente, como se fosse um personagem de desenho animado que tinha acabado de detectar uma torta esfriando no batente de uma janela.

— Hmmmm — ele disse, endireitando-se e dando a volta ao redor de Amanda. — Você ainda está aqui? Achei que tínhamos finalmente nos livrado de você.

— Lee... — bufou Noah.

— Você que não tentou direito — retrucou Amanda, agitando a espátula em uma das mãos antes de voltar a descolar a panqueca das bordas da frigideira.

— Panquecas?

— Feliz Quatro de Julho!

Lee se virou para olhar para nós. Ele ergueu uma sobrancelha, percebendo que eu o olhava e sussurrou alto, como eu tinha feito:

— Ela sabe o que estamos comemorando hoje, não é?

Senti uma onda de alívio quando percebi que ele estava agindo de um jeito bem normal.

— Não tenho muita certeza, então acho que vamos reencenar a história pra ela mais tarde. Eu sou o Thomas Jefferson — eu disse a Lee. — Você pode ser o John Adams.

— Ah, cara, eu não posso ser o Benjamin Franklin? Vou até pegar aquela pipa velha na garagem e tudo mais. Você pode ficar com o bolinho que achei embaixo do banco do meu carro ontem.

— Hmmmm. Posso dizer que essa proposta é realmente muito atraente, Lee Flynn.

— Sabe de uma coisa, Noah? — anunciou Amanda. — Quando você me disse que eles eram uma dupla de esquisitões, eu pensei... "ah, ele está só exagerando, não pode ser verdade". Mas, cara... Você estava falando sério. — Ela terminou de empilhar as panquecas em um prato e em seguida decorou-as delicadamente com mirtilos, morangos picados e um último floreio de chantilly antes de entregá-las para Lee. — Delicie-se.

— Ei! Vermelho, azul e branco. Que legal!

— Que bom que alguém gosta do que eu faço.

— Nós gostamos — eu disse, com a boca cheia de panqueca, indicando a mim mesma e Noah com o garfo.

— A Rachel já levantou?

— Ela está tomando banho — Lee disse a Amanda, que começou a bater os ingredientes para fazer mais massa de panqueca.

Com Lee sentado ao meu lado, eu conseguia sentir a tensão crepitar, prestes a surgir ali na mesa. A hesitação que havia entre nós alguns dias atrás, quando tinha esquecido da viagem, estava de volta. Seu cotovelo esbarrou no meu enquanto comíamos, mas ele parecia estar a um milhão de quilômetros de distância naquele momento.

Foi somente mais tarde, quando nós dois estávamos lavando os pratos, que ele disse:

— O Noah me contou, sabia? Que vocês dois vão mudar os planos.

— Eu achei que você só ia sair depois das sete — murmurei. — Mas vocês já tinham ido embora quando eu acordei.

— Nós ficamos prontos bem cedo, e... eu não sabia que você tinha mudado de ideia. — Ele me cutucou para chamar minha atenção; era apenas a segunda vez que ele me olhava diretamente naquela manhã. — Me desculpa, Shelly. Eu realmente lamento.

Eu balancei a cabeça, me concentrando no prato que estava secando. Se eu olhasse para ele agora, eu tinha quase certeza de que ia começar a chorar.

— Tudo bem. Você não sabia. Como podia saber? Eu devia ter... Sei lá. Mandado uma mensagem. Ou algo do tipo.

— Podemos ir em algum outro fim de semana. Só nós dois. Não me entenda mal, foi um dia incrível com a Rachel, e o Ashton nos levou pra conhecer a cidade. A namorada dele também é muito legal, mas não foi a mesma coisa sem você. Nós devíamos ir. Eu posso... recriar o roteiro do Ashton e tudo.

Ele fez meu coração derreter.

— É uma ideia perfeita. Obrigada, Lee — eu sussurrei, encostando a cabeça em seu ombro.

Talvez, pelo menos hoje, eu podia manter os pratos de Noah e Lee girando ao mesmo tempo.

JUNE E MATTHEW CHEGARAM NO MEIO DA MANHÃ. JUNE, RACHEL, NOAH e Amanda saíram logo em seguida para fazerem algumas compras, enquanto Lee, Matthew e eu nos ocupamos com a organização do lugar e a preparação da festa.

Os pais de Lee tinham trazido uma enorme mesa branca dobrável. Nós a colocamos no quintal, reorganizando o resto da mobília ao redor dela. Coloquei pilhas de pratos de papel, talheres plásticos e guardanapos na mesa, enquanto Lee decorava a varanda com um cordão de bandeirolas. Matthew começou a preparar um panelão de salada de batata — uma receita da sua mãe e tradição do nosso Quatro de Julho.

Quando os outros voltaram, Amanda estava usando um enorme chapéu de cowboy de lantejoulas azuis com uma fita vermelha atada ao redor da copa e estrelas brancas espetadas no alto. Uma enorme bandeira de plástico, que provavelmente devia ser uma toalha de mesa, estava amarrada no pescoço dela como se fosse uma capa.

— Essa é a primeira vez que vou celebrar o Quatro de Julho — justificou ela. — Vou entrar de cabeça. Afinal, provavelmente não vou estar aqui no verão do ano que vem.

— Oh, meu bem, você pode vir passar as férias com a gente sempre que quiser — June disse, carinhosamente. — Elle, que horas seu pai e seu irmão vão chegar? Ele combinou de trazer a costela e os fogos de artifício. E a Linda vai trazer a torta.

— Eu... eu achei que você fosse fazer a torta.

Agora que ela tinha mencionado, eu não tinha mesmo visto nenhuma torta, e achei que não íamos precisar de mais comida, já que tínhamos o bastante para celebrar...

— Bem, eu estava planejando fazer a torta, mas a Linda se ofereceu, então... achei gentil! Você não acha? — June sorriu para mim. — Ela parece ser uma pessoa incrível, Elle.

— Você... espera aí, você a conhece?

— Nós todos saímos pra jantar na semana passada. Seu pai não falou?

— Acho que ele esqueceu.

Apertei os dentes e voltei a me ocupar com a salada. Ótimo, que maravilha. Linda ia trazer a torta. Incrível. Que bom para ela. Com certeza, não seria tão boa quanto a de June, mas tudo bem.

Por mais que eu quisesse manter distância, eu sabia que esbarraria com Linda em algum momento. Pelo menos não seria tão ruim quanto da última vez, não é? Nem tão constrangedor e esquisito quanto o dia em que conheci Amanda pessoalmente.

Mas será que eu era a única pessoa que achava que tudo estava acontecendo meio rápido demais? Um mês atrás, ela nem existia. E agora estava trazendo tortas e vindo passar o feriado com a gente.

Não, Elle, para com isso. Hoje, não.

Me esforcei para afastar aquele sentimento. Hoje tinha que ser especial. Não somente porque todos nós íamos nos reunir para festejar ou porque nossos amigos viriam, mas também porque esse era o último Quatro de Julho na casa da praia. Era especial.

Assim, eu me dispus a engolir quaisquer sentimentos que tivesse em relação a Linda (e eu detestava admitir que nenhum deles era particularmente favorável) e aproveitar o dia. Diabos, ia aproveitar até mesmo a droga da torta que ela trouxesse.

Além disso, eu tinha acabado de consertar as coisas com Lee e com Noah. Não ia dar conta de enfrentar nenhuma turbulência emocional agora, com quem quer que fosse.

Fizemos uma pausa nos trabalhos para nos trocar. Enquanto Amanda estava com uma combinação agressiva de vermelho, azul e branco com suas roupas e acessórios, Rachel preferiu ficar no básico, um short jeans e uma camiseta fofa. Minha própria roupa era um meio-termo entre as duas: embora meu short fosse vermelho berrante, a camiseta folgada que joguei por cima da parte de cima do biquíni era azul clara, e completei o look com um par de brincos prateados em forma de estrelas. Enquanto Noah, a exemplo de Rachel, não tinha escolhido roupas muito características, Lee vestiu um calção estampado com a bandeira dos Estados Unidos e o combinou com uma camiseta branca estampada com estrelas cinzentas. Nós adorávamos ocasiões temáticas, afinal de contas.

Dixon, Olly e Warren apareceram no meio da tarde. Algumas amigas de Rachel chegaram poucos minutos depois, incluindo Lisa, a namorada de Cam. Olivia e Faith apareceram com Jon Fletcher e alguns dos rapazes do time de futebol americano. Ashton e sua namorada chegaram a seguir. Eu assumi o papel de anfitriã e fiquei conversando animadamente com todos que chegavam.

June mandou todos saírem, e nós rapidamente decidimos ir até a praia para curtir o dia e brincar um pouco com a bola de futebol americano — não sem antes afanar alguns petiscos da cozinha, enquanto June e Matthew não estavam olhando.

— Além disso... — Warren mostrou uma garrafa de vodca com um movimento floreado e um sorriso. — Eu trouxe isso pra gente curtir mais tarde.

— Por que não agora? — Olivia sugeriu, indo até ele e tirando a garrafa das suas mãos. Ela desenroscou a tampa, tomou um gole e em seguida engasgou, quase cuspindo tudo na areia e provocando gargalhadas em nós. Metade da turma montou uma competição para ver quem era capaz de tomar um gole de vodca pura e em temperatura ambiente sem reagir.

Jon Fletcher era bem competente, mas Amanda ganhou de longe, com três goles generosos sem nem piscar. Todos ficaram espantados e reagiram com uma salva de palmas.

Conforme a tarde passava, mais pessoas começaram a chegar, e algumas vieram até a praia para se juntar a nós. Trouxeram mais bebidas e alguns petiscos. Alguém trouxe um par de caixas de som Bluetooth e as colocou em cima de uma toalha. As pessoas tomavam banho de sol, nadavam, brincavam com a bola de futebol americano... Jon Fletcher cometeu o erro fatal de se deitar para tirar uma soneca e foi enterrado na areia até o queixo.

Na nossa primeira noite na casa da praia, a festa que Noah e Lee organizaram deu a impressão de que o lugar estava abarrotado e tumultuado. A de hoje podia ter começado pequena, mas definitivamente não ficou assim por muito tempo. Não eram somente os nossos amigos mais próximos que estavam ali; de algum modo, a notícia tinha se espalhado. Tinha bastante gente.

Quando falei isso para o Lee, ele simplesmente deu de ombros e disse:

— Ei, temos que fazer esse dia valer a pena, Shelly.

— Acho que você tem razão.

Voltei para a casa para ver como estavam as coisas. Nós cinco estávamos nos alternando em ir até lá de tempos em tempos para ver se a churrasqueira estava acesa e se a comida estava pronta, e agora era a minha vez.

Meu pai estava começando a acender a churrasqueira e Matthew estava deixando bandejas de carne perto dele. Os dois estavam numa discussão profunda sobre alguma coisa. Ouvi um grito que vinha da piscina, seguido pelo barulho de algo batendo na água; era Brad e dois amigos dele, brincando. Um deles estava com uma pistola de água e a esguichou em mim quando me aproximei.

— Oh, não! Eu... fui atacada! — eu disse, ofegante, cambaleando e segurando a perna molhada. — Diga ao meu irmão... que eu deixo pra ele... todas as minhas... argh!

E desabei no chão.

— Ela disse "todas as minhas economias" — anunciou Brad. — Certo, pai?

— Eu a ouvi dizer "todas as minhas tarefas da casa".

Voltei a me levantar, parando para bagunçar os cabelos de Brad e enfiar sua cabeça na piscina antes de dizer oi ao meu pai. Dei um abraço nele.

— Feliz Quatro de Julho, meu bem.

— Pra você também, pai.

— Você e a turma estão se divertindo lá na praia?

— Pelo barulho, imagino que sim — Matthew disse com um sorriso.

— Estamos gritando demais?

— Não, está tudo bem. Não precisamos mais nos preocupar com os vizinhos daqui, não é?

— Acho que sim. Isso é... ótimo. Estou começando a pensar que não temos comida pra todo mundo. Eu juro que não imaginava que essa festa fosse ficar tão grande.

— Nem se preocupe com isso — meu pai disse. — Seus amigos também trouxeram comida. Vamos comer cachorro-quente, salada de batata e torta por várias semanas. Ah... L-Linda está na cozinha com a June, meu bem. Seria bom se você fosse lá dizer oi a ela, talvez.

Senti vontade de dizer que eu não era mais uma criancinha, que ele não precisava me dizer para ir até lá cumprimentá-la. Mas ele parecia estar tão nervoso que não tive coragem de retrucar com uma resposta sarcástica. Eu não estava acostumada a ver meu pai nervoso. Mas, agora, suas sobrancelhas estavam franzidas por trás dos óculos escuros; a testa, marcada por rugas profundas, e ele batia o pegador de carne repetidamente, agitado.

Assim, eu respondi:

— Claro! Ah, e algumas pessoas trouxeram bebidas também. Não muito, só um pouquinho. Talvez fosse melhor não deixar o Brad e os amigos dele irem à praia por enquanto, está bem?

Ele suspirou.

— Por que isso não me surpreende?

— Desde que ninguém vomite na piscina, está tudo bem — Matthew disse. — Mas, se alguém vomitar nela, ou em qualquer lugar ao redor dela, vocês que vão limpar.

— Entendido. — Fiz uma saudação militar e os deixei entretidos com o churrasco.

Dentro da casa, June e Linda estavam conversando e rindo de alguma coisa, andando pela cozinha e organizando tigelas e travessas — muitas das quais eu não reconhecia e só podia presumir que eram...

— Oh, Elle! Agradeça de novo aos seus amigos por nós. Eles trouxeram muita comida! Mas, mesmo assim... — June ergueu um pote de salada de batata, cheirando o que havia dentro com os olhos fechados. — Se Matthew perguntar, a salada de batatas dos seus amigos não se compara à dele.

Fiz um sinal como se estivesse fechando os lábios com um zíper.

Linda usava um vestido leve de linho cinza com um cinto marrom trançado, que combinava com as sandálias rasteirinhas da mesma cor. Ela abriu um sorriso quase desconfiado e disse:

— Oi, Elle. Que bom ver você de novo.

Me lembrei do quanto meu pai tinha ficado nervoso e do quanto ele ainda parecia nervoso do lado de fora. Aparentemente, ela tinha ouvido muitas coisas a meu respeito; imaginei que ela não tinha sido muito franca sobre a primeira vez que nos vimos, já que meu pai não tinha comentado quase nada sobre aquele dia comigo, muito menos sobre o quão desastroso foi. Fiquei devendo essa a ela. Brad gostava dela. June e Matthew pareciam gostar dela. Meu pai, obviamente, gostava muito dela.

Certo, vamos tentar de novo.

Respirando fundo, eu decidi, naquele instante, dar uma segunda oportunidade para ela causar uma boa primeira impressão.

Afinal, ela realmente parecia ser uma pessoa legal.

— Você também — eu disse, com o maior e mais sincero sorriso que consegui abrir. — A June disse que você trouxe uma torta! É muita gentileza sua.

Não deixei de notar o alívio em seu rosto por não receber uma resposta ácida.

— Ah, não foi nada. É um prazer.

— Você... — eu olhei para June, que me encarou com um aceno de cabeça discreto e encorajador. — Você não... não quis passar o feriado com a sua família?

— Meus pais já têm seus próprios planos para esta noite — ela disse com uma risada, sem dar mais explicações. E eu decidi que, por mais que estivesse disposta a lhe dar uma segunda chance, eu não precisava ser tão boazinha. — Eu os vi hoje de manhã. E o meu ex e eu não nos damos tão bem a ponto de passarmos o feriado juntos.

— Ah. Certo.

June me deu outra olhada, e eu não precisava ser nenhum gênio para entender o que ela queria dizer.

— Bem, estamos felizes por você estar aqui, Linda — eu tentei novamente.

Ouvimos uma batida na porta e uma voz familiar gritou:

— Ei, tem alguém em casa? Desculpem pelo atraso!

Grata pela distração, pedi licença e corri para receber Cam.

— Desculpa — ele disse, suspirando. — Tivemos um probleminha com o carro. — Ele sorriu para mim e me deu um rápido abraço antes de se afastar para revelar Levi, que trazia um monte de potes de comida.

— Na verdade, ele se perdeu — Levi disse.

Cam revirou os olhos.

— Cara, não precisava dizer isso.

Levi riu, estendendo os potes para mim.

— Eu trouxe algumas coisinhas pra festa. Brownies, bolachas e docinhos.

— Nós trouxemos — corrigiu Cam. — Nós trouxemos coisinhas pra festa. Eu ajudei a preparar tudo.

— Você ajudou a colocar os doces nos potes.

— Pra mim, isso é ajudar — eu decidi, e disse a Cam com a voz séria: — Obrigada pelos docinhos, Cameron. Somos extremamente gratos. Bem, todo mundo está na praia. Não vai demorar muito até servirem a comida. Diga pro pessoal que eu os chamo quando tudo estiver pronto, está bem?

— Deixa comigo. — Cam saiu saltitando pela casa, dizendo "Oi, sra. Flynn!", enquanto ia para os fundos.

Fechei a porta atrás de Levi e depois o levei para a cozinha, sabendo que ele não havia estado aqui antes como Cam. Anunciei sua chegada e também a dos doces, e peguei rápido um docinho antes que June me proibisse.

— Achei que você tinha vindo até aqui pra ver se a comida já estava pronta.

Dei meia volta e vi que Noah estava sob o vão da porta que levava para fora. Mas ele não estava olhando para mim.

— E vim, mesmo. Mandei Cam ir na frente. Vou chamar todo mundo quando a comida estiver na mesa. Ei, quer um docinho?

Noah estava olhando para Levi, que estava atrás de mim, e não havia nenhum docinho cheio de granulados coloridos que o fizesse parar. Percebi que eu estava prendendo a respiração.

— Levi — disse ele.

— Oi, cara.

Noah o cumprimentou com um aceno de cabeça. Levi fez o mesmo ao meu lado. Noah limpou a garganta e saiu novamente, parando para ajudar um pouco na churrasqueira, onde nossos pais estavam discutindo algo que tinha a ver com a costela. (Pelo amor de Deus, eles estavam só assando carne. Será que isso era realmente alguma forma de arte?)

Levi soltou um longo suspiro. Senti que ele se aproximava para sussurrar na minha orelha.

— Você acha que ele ainda está irritado comigo?

— Acho que o pior já passou — eu disse. Enfiei o docinho que tinha oferecido a Noah na minha boca antes de pegar na mão de Levi e dizer: — Venha, vou te mostrar o lugar.

28

ATÉ POUCO TEMPO, LEE E EU ÉRAMOS PRATICAMENTE GÊMEOS SIAMESES. Mas, agora, eu estava comendo meu segundo cachorro-quente perto dos rapazes, enquanto eles brincavam e comentavam sobre os planos para o ano seguinte na faculdade, no mesmo tempo em que Lee estava conversando sem parar com Ashton há quase uma hora.

Eles eram praticamente gêmeos siameses.

Dixon disse:

— Não é mesmo, Elle?

Eu não fazia ideia do que ele tinha acabado de dizer.

— É, sim — respondi.

Queria saber o que Ashton estava dizendo que fez o rosto de Lee se iluminar por inteiro como... bem, como os fogos de artifício de Quatro de Julho. Sobre que raio de assunto os dois estavam conversando? O que era tão engraçado que Ashton quase caiu no chão de tanto rir, engasgando com o hambúrguer?

Devorei meu cachorro-quente enraivecida, tentando não olhar feio na direção dos dois.

Não era bom o fato de Lee já ter um grande amigo em Berkeley?

Não era bom o fato de ele estar me substituindo assim... Com tanta facilidade?

Agitei a cabeça. Eu sabia que estava sendo ridícula, Lee não estava realmente me trocando por outra pessoa, mas a situação era esquisita.

Vê-lo junto com outra pessoa, conversando e rindo como ele fazia quando estava comigo.

Continuei observando, resmungando "ah, é claro" e "nossa, que legal" sempre que alguém me puxava de volta para a conversa. Lee e Ashton gesticulavam animadamente enquanto falavam e, em seguida ,Lee pegou o celular e os dois passaram algum tempo com os olhos fixos na tela.

— Ei.

Levei um susto quando senti a mão no meu ombro e sorri quando vi que era Noah.

— Você vai abrir um buraco na cabeça daquele coitado se continuar olhando pra ele desse jeito. — Noah indicou Ashton com um movimento de cabeça e um sorriso curioso no rosto. — Você fica uma fofura quando está assim, com ciúme, sabia? Desde que não seja por minha causa, obviamente.

— Aham — eu murmurei, piscando os olhos algumas vezes e virando o rosto para o outro lado. — Aff. É tão óbvio assim?

— Escandalosamente óbvio — disse Cam subitamente, logo atrás de mim. — O Warren disse que você estava com o cabelo sujo de mostarda e você respondeu "que legal".

Eu baixei a cabeça, tentando não agir de um jeito tão óbvio, enquanto procurava a mostarda que aparentemente estava grudada no meu cabelo. A mão de Noah ainda estava no meu braço e ele me puxou para o lado.

— Eu prometi pro Lee que o ajudaria a montar a rede de vôlei, mas só queria saber se você está bem. Está?

— Estou ótima.

— E não está com ciúme porque o Lee tem um novo amigo?

Eu suspirei, revirando os olhos.

— Estou bem. Mas... sei lá, é esquisito. Vou precisar me acostumar, eu acho. Ashton parece ser um cara legal — eu disse, sem saber se estava tentando convencer Noah ou a mim mesma. — Fico feliz por eles estarem se dando tão bem.

— Tomara que eles não formem um time tão bom, hein?

— O quê?

— Eles montaram os times de vôlei — Noah disse, cruzando os braços e agitando a cabeça na direção dos dois. — Os dois ficaram no mesmo time, então temos que esperar que eles não joguem tão bem quando estiverem juntos.

— Eles... — Eu engoli em seco, sentindo um nó na garganta de repente. — O Ashton e o Lee montaram os times?

— Sim. E além disso... — Ele baixou os braços enquanto entrelaçava os dedos nos meus — ... eu soube que você está no meu. Por isso, não se preocupe. Nós vamos ganhar. Vamos mostrar pra eles quem manda aqui.

Minha boca ainda estava seca e ainda sentia o nó na garganta. Era para Lee e eu montarmos os times. E nós sempre ficávamos no mesmo. Eu era péssima em vôlei (assim como na maioria dos esportes), mas Lee e eu sempre ficávamos no mesmo time por razões óbvias. Nós sempre colocávamos os melhores jogadores no nosso time e deixávamos Noah no time mais fraco. Sempre foi assim.

Então... Por que o plano havia mudado?

Noah não pareceu perceber o quanto eu tinha ficado incomodada por causa disso e saiu para montar a rede — Lee e Ashton foram junto.

Fiquei parada por alguns minutos, olhando para todo mundo. O sol ainda estava alto e brilhando com força; o céu, de um azul brilhante pontilhado por algumas nuvens esparsas e brancas como algodão, estava limpo. Havia música tocando no aparelho de som que Noah tinha trazido, mas abafada pelas conversas frequentes e entusiasmadas que transbordavam da casa e por todo o quintal. Havia faces sorridentes e risos por todos os lados, e as pessoas brincavam na piscina ou ficavam sentadas na beirada, com os pés na água, enquanto comiam ou bebiam.

Parecia que todo mundo estava se divertindo bastante.

Meu olhar cruzou com o de Amanda. Ela estava conversando com June e Rachel e eu abri um sorriso rapidamente. Não é que eu não estava achando a ocasião divertida. Só que a questão dos times de vôlei tinha realmente mexido comigo. Só isso.

Não demorou muito até que Lee voltasse à casa da praia, com as mãos em concha ao redor da boca para gritar:

— Senhoras e senhores, meninos e meninas! Temos o orgulho de anunciar o primeiro e último jogo de vôlei da família Flynn. Jogadores, em seus lugares!

A maioria das pessoas foi até a praia. Levi me alcançou e descemos lado a lado até a praia.

— Jogo anual de vôlei, hein?

— O primeiro e último — eu disse. Nós geralmente jogávamos duas partidas sérias e depois os garotos ficavam brincando de jogar a bola de um lado para outro, fosse uma bola de futebol americano, de beisebol, de vôlei ou de qualquer outro esporte. Eu normalmente ficava de fora. Mas não esse ano. Não quando Lee queria transformar aquilo num grande evento.

(Especialmente quando "organizar um jogo de vôlei incrível" estava na lista dos desejos.)

— Bem... Noah e eu batemos um papo bem interessante mais cedo — Levi disse.

Soltei uma risada estridente.

— Desde quando você e o Noah batem papo?

Não cheguei a ouvir a resposta, porque Rachel o puxou para longe e todos já estavam ocupando seus lugares para começar a partida.

Dixon e Olly estavam no meu time, assim como Lisa, Amanda e Noah. Do outro lado da rede, jogando com Lee e Ashton, estavam Rachel, Tyrone, Levi e Jon Fletcher.

— Espero que estejam preparados — anunciou Lee, jogando a bola tranquilamente de uma mão para outra e agitando os dedos do pé na areia. — Vocês vão perder feio.

— Ah, cala boca — Noah disse. — Vocês já eram.

Olhei para o nosso time. Lisa e Dixon eram bem animados, mas... bem, eu não os colocaria na categoria dos "talentosos" quando o assunto era esporte. Mesmo assim, eles jogavam melhor do que eu. No caso de Amanda, eu não tinha muita certeza. E embora Olly não fosse tão ruim, as nossas chances de ganhar eram muito pequenas.

Tentei atrair a atenção de Lee antes do jogo começar, mas ele estava ocupado demais combinando alguma estratégia com Levi e Ashton e olhando feio para Noah por cima do ombro. Ele nem parecia notar que eu estava ali.

Uma das ideias por trás de colocarmos o jogo de vôlei na lista dos desejos era justamente ganharmos do time de Noah. (Afinal, de que outra maneira o jogo poderia ser inesquecível?) Mas talvez a "nossa" lista estivesse se transformando apenas na lista de Lee. Especialmente depois da viagem a Berkeley e da noite do minigolfe...

Se o objetivo era colocar Noah no time perdedor, já no primeiro minuto do jogo ficou claro que ele ia ser atingido, pois logo Levi deu uma cortada forte e a bola bateu no chão perto dos pés de Dixon e Noah, levantando uma nuvem de areia e provocando gritos e aplausos da plateia. Lee comemorou com um grito, erguendo os braços no ar, enquanto corria pelo seu lado da rede, distribuindo high-fives para os outros membros do seu time.

Ouvi Noah resmungar alguma coisa entre os dentes. Ele balançou a cabeça, passando a mão pelos cabelos, enquanto se posicionava para esperar o próximo saque.

Dessa vez o jogo se estendeu por mais algum tempo antes que alguém marcasse um ponto. Lisa conseguiu atacar uma ou duas vezes; a bola foi salva por Amanda, e Noah a mandou bem alto por cima da rede; Dixon e eu erramos muito, jogando a bola de um para o outro, para a diversão de todos que assistiam, antes que ele conseguisse mandá-la para Amanda e ela se mostrasse uma jogadora bem melhor do que a maioria de nós.

Olly quase chegou a marcar um ponto, mas a bola foi rebatida no último instante por Levi, que mergulhou no chão para colocá-la em jogo outra vez, e Jon Fletcher a mandou para o nosso lado.

Vendo que a bola vinha na minha direção, eu saltei no ar, movendo o braço para acertá-la — mas mal cheguei a tocar nela. Por sorte, Amanda estava logo atrás de mim e soltou um gemido quando a mandou num arco alto e elegante por cima da rede.

Estava começando a parecer que poderíamos marcar algum ponto, até que Lee subiu nas costas de Ashton para acertar a bola bem no canto onde Lisa estava — que, apesar de todo o esforço que fez, não conseguiu rebatê-la. Lee deu um grito de alegria e saltou de volta para o chão, dando um high-five em Ashton com as duas mãos.

Era comigo que ele devia estar fazendo isso.

Não que eu tivesse a menor habilidade para fazer aquilo, mas...

Noah conseguiu marcar um ponto. Na jogada seguinte, mandei a bola bem no meio da rede. Tyrone quase conseguiu marcar um ponto com uma jogada ensaiada, mas a bola acertou a cabeça de Dixon e voou de volta para o outro lado da rede de uma maneira tão inesperada que ninguém percebeu até ser tarde demais.

Eu estava começando a me divertir, para a minha completa surpresa. Mesmo que Lee e Ashton estivessem agindo como melhores amigos do outro lado. No momento em que o jogo foi reiniciado, eu ainda estava me recuperando de todas as gargalhadas que tinha soltado quando Dixon levou aquela bolada na cabeça. Meu olhar cruzou com o de Amanda rapidamente e ela imitou a expressão de susto no rosto dele, fazendo com que eu me acabasse de rir outra vez.

Eu mal tinha conseguido parar de rir quando ouvi Lee gritar:

— É isso aí, Levi! Bela jogada!

Eles tinham marcado de novo. Levi deu outra volta do seu lado da quadra, saltando e dando socos no ar.

Noah bufou, recolhendo a bola do chão. Ele resmungou alguma coisa e a única palavra que consegui entender foi "arrogante".

Eu o segurei pelo braço.

— Ele é sempre desse jeito? — Noah perguntou.

— Ele está só se divertindo.

— Ah, sim. E ele também estava só se divertindo na pista de kart? — Noah balançou a cabeça. — Isso não é só um jogo, Elle.

— O que você está...

— Ei, casalzinho! — chamou Ashton, do outro lado da rede.

— É, joguem logo a bola pra cá pra gente sacar de novo! — gritou Jon.

Eu dei um passo para trás, me perguntando que diabos Noah quis dizer ao falar que aquilo não era só um jogo. E me perguntando por que diabos ele estava olhando para Levi com cara feia, e...

E...

Por que diabos Levi estava olhando para Noah com a mesma expressão de raiva? Fiquei olhando de um para o outro, totalmente confusa. O que foi que eu perdi? O que tinha acontecido?

Era o fim da corrida de kart acontecendo de novo.

Levi tinha dito algo sobre um bate-papo com Noah... Será que Noah disse algo a ele? Alguma coisa... alguma coisa que...

Eu ainda estava tentando entender o motivo daquela tensão estranha entre eles, quando percebi que Tyrone tinha sacado a bola e Noah marcou o ponto, o que nos fez ganhar o primeiro set.

Conforme o tempo passou, o jogo foi dominado por Noah e Levi. Os dois corriam de um lado para outro e tentavam conseguir mais um passe certeiro, mais um ponto para o time. Amanda chegou até mesmo a subir nas costas de Noah para interceptar uma disputa incrivelmente agressiva entre ele e Levi, redirecionando a bola para Rachel. Tive certeza de que não fui a única a respirar aliviada — e definitivamente não era só eu que estava confusa com a atitude deles, a julgar pelo jeito que todo mundo olhava para os dois.

O time de Lee ganhou o segundo set, mas quando o terceiro e último se aproximava do fim, a pontuação estava pau a pau. Amanda foi para a linha de fundo para sacar a última bola do jogo. Jon bateu na bola, mandando-a por cima da rede e na minha direção. Olly interveio, mandando-a para Noah que saltou para cortar com força, e Levi correu para fazer o bloqueio...

A bola fez um *splaft* dolorido quando colidiu com o rosto de Levi.

Eu soltei um grito e cobri o rosto com as mãos, não fui a única a fazer isso.

Mas Levi ainda estava em pé e o meu time estava comemorando. Lee se jogou de costas na areia, com um grito melancólico de tristeza por ter perdido o jogo. Algumas pessoas que nos assistiam pareciam estar preocupadas, mas a maioria estava apenas celebrando o fim do jogo e a nossa vitória.

A bolada que acertou Levi na cara pareceu ter sido um acidente, mas Noah não parecia estar muito arrependido dela.

Olhei para Noah com cara feia, enquanto ele estava celebrando a vitória com o nosso time, e em seguida passei por baixo da rede para ver como Levi estava. Seu nariz estava sujo de sangue, mas parecia que o sangramento já tinha sido estancado. Ele esfregou as costas da mão no rosto, enquanto fuzilava Noah com o olhar, aparentemente sem perceber que eu estava perto.

— Bela jogada, seu cuzão — disse ele.

Noah se virou, com um sorriso torto e arrogante, chegando mais perto.

— Quem é o mau perdedor agora?

— Eu só vim aqui pra me divertir.

A risada que Noah soltou em resposta foi ácida e sem qualquer humor. Ele estava com a boca retorcida e passou a língua sobre os dentes antes de fazer um gesto negativo com a cabeça.

— Pra se divertir? Você está achando que isso aqui foi divertido?

— Não sou eu que estou tentando machucar alguém. Assim como aconteceu no dia da corrida. Sabe, todo mundo me falou sobre o tipo de pessoa que você é, mas acho que eu tinha que ver com meus próprios olhos.

Todas as pessoas haviam se calado para escutar a discussão. E nem era algo tão difícil assim, já que os dois estavam erguendo a voz. Levi avançou, passando por baixo da rede para encarar Noah. Ele era mais baixo e mais magro, mas isso não parecia incomodá-lo agora.

Tentei segurar o braço de Levi para evitar que se aproximasse, mas ele foi mais rápido do que eu.

Não imaginei que algum dia veria Levi tão alterado quanto agora, eu nunca o tinha visto assim; aquilo me deixou num silêncio atordoado. Senti que Lee se aproximava devagar, encostando o braço no meu.

— Ah, que merda — sussurrou ele.

— O quê?

Mas ele fez somente um gesto negativo com a cabeça, como quem dizia "eu sabia que isso ia acontecer, mais cedo ou mais tarde".

Amanda estava por perto com os braços cruzados, olhando perplexa para os dois. Ela percebeu meu olhar e deu de ombros com um movimento curto. A expressão em seu rosto era bem parecida com a de Lee.

Que diabos eu tinha perdido?

— Olha lá como fala, moleque. — Noah estava rosnando.

— Ahá, aí está. O famoso Flynn, o bad boy da escola.

— E você, hein? Você acha que engana alguém com essa pose? Toda essa coisa de "amiguinho inocente" que você armou. Isso não engana ninguém. Todo mundo sabe por que você está aqui, por que ainda está por perto.

Porque ele foi convidado, eu quase disse.

E por que Levi não deveria estar aqui? Ele era nosso amigo, é claro que devia estar aqui.

Do que Noah estava falando? O que era essa "coisa" de "amiguinho inocente"?

— E eu tenho certeza de que você vai me contar o motivo — rebateu Levi.

— Porque você ainda está tentando ficar com a Elle!

Aquelas palavras me acertaram como um soco na barriga. Fiquei de boca aberta, olhando para os dois.

E parece que também acertaram Lee com a mesma força, vi que ele tinha recuado um passo.

— Cala essa boca.

— É tão óbvio! — Noah continuou, impiedoso. Ele se aproximou mais de Levi, fechando os punhos. — Todo mundo já percebeu. Você passa todo esse tempo fingindo que é amigo dela, fingindo que isso basta pra você. Mas todo mundo sabe o que está acontecendo.

— Cala a boca!

— Ela não quer você — Noah disse em um tom bem agressivo; o rosto deles estava a poucos centímetros de distância. Os dois se encaravam com raiva e aversão. Levi estava tremendo. — Ela não quis você no ano passado e não quer você agora. E quanto mais rápido conseguir enfiar isso nessa sua cabeça, melhor pra todo mundo.

Noah terminou aquela última frase com um sorriso irônico.

Só vi o punho de Levi.

Soltei um gemido assustado quando ele acertou o soco no queixo de Noah — com bastante força, inclusive. Com muito mais força do que eu imaginava que Levi fosse capaz de desferir.

(Embora, considerando que era Levi, qualquer tipo de soco era algo inesperado.)

Meus olhos voaram na direção de Noah e eu me preparei, esperando pela imagem familiar dos ombros dele se reerguendo, seus pés se plantando com firmeza no chão e os punhos se fechando ao lado do corpo.

Sua mandíbula se contraiu, o músculo que havia ali estava pulsando.

Amanda hesitou, sem saber se deveria intervir ou não. Rachel estava puxando o braço de Lee, dizendo:

— Faça alguma coisa!

Noah olhou para mim.

Eu já o tinha visto brigar outras vezes. A qualquer momento ele avançaria sobre Levi, derrubando-o no chão e montando em cima dele...

Mas...

Quando ele voltou a olhar para Levi, suas mãos se afrouxaram ao lado do corpo e a musculatura da mandíbula já não estava mais tão contraída.

— Não vale a pena.

Ele deu meia-volta bruscamente, marchando através da multidão de pessoas que haviam se aglomerado ao redor e voltando para a casa da praia com passos largos.

Acompanhei Noah com o olhar. Levi soltou um ruído assustado e meio estrangulado ao meu lado. Nossos amigos sussurravam, olhando para as costas de Noah, que se afastava, e Levi, tremendo e ofegante, com os punhos ainda fechados.

Levi se virou, olhando para mim.

— Elle...

Mas eu já estava correndo atrás de Noah. Amanda começou a nos seguir, mas eu a encarei com uma olhada rápida e ela desistiu. Mesmo com todo o tempo que passei na equipe de atletismo da escola, ainda tive dificuldade para alcançar Noah e suas pernas longas. Atravessei a areia macia até chegar na casa da praia. Não havia nenhum sinal dele, mas ouvi o barulho da porta da frente e fui até lá.

Noah pegou a camiseta da cadeira no pátio onde a havia deixado mais cedo e, naquele momento, estava montando na moto. Parecia determinado a me ignorar.

— Noah!

Ele apertou os dentes, mas continuou não me olhando. Eu o peguei pelo braço e me coloquei de frente para ele.

— Noah, o que...

Eu deixei a frase morrer no ar, sem saber o que devia dizer. O que ele estava fazendo, sobre o que estava falando quando disse todas aquelas coisas para Levi?

Por que tinha se afastado da briga, talvez pela primeira vez em toda sua vida?

— Eu... eu achei que tivéssemos conversado sobre isso. Achei que... seja lá o que você pense sobre o Levi, isso... essa coisa sobre ele ainda gostar de mim... Noah...

— Não era isso que você queria que eu fizesse? Que agisse como adulto?

Ele tinha razão.

Então, por que tudo aquilo parecia tão errado?

29

EU QUERIA QUE NOAH AGISSE COMO ADULTO. NO DIA DA CORRIDA isso era a única coisa que eu queria que ele fizesse. Fiquei tão brava, tão irritada por ele não conseguir enxergar a realidade, por ele ainda estar tão abalado pelo que tinha acontecido entre mim e Levi, por ele ainda acreditar na ideia ridícula de que Levi ainda gostava de mim...

Eles conversaram antes do jogo de vôlei.

Será que eu fui o assunto da conversa?

Isso não é só um jogo, Elle.

E Amanda... Lee... Nenhum deles pareceu ficar tão surpreso quando os ânimos começaram a se exaltar.

Eu vacilei e recuei um pouco, afrouxando a mão que segurava o braço de Noah.

Eu realmente queria que ele agisse como adulto.

Mas não desse jeito.

Noah deu a partida no motor e recuei mais ainda. Eu nem sabia o que devia dizer a ele agora e ainda estava tentando processar tudo o que havia acontecido. Noah, obviamente, precisava de um pouco de espaço. Portanto, era exatamente isso que eu ia dar.

Ele me encarou com um sorriso breve antes de avançar com a moto, manobrando-a entre os carros que entupiam a viela de acesso da casa.

E eu o deixei ir.

Além disso, havia outra pessoa com quem eu precisava conversar no momento.

Encontrei Levi quando estava prestes a voltar para a praia. Ele parou do outro lado do quintal quando saí pela porta que dava na piscina.

Por um segundo, nós dois simplesmente ficamos onde estávamos.

O rosto de Levi se retorceu. O cabelo, a perna e a camiseta estavam sujos de areia. Havia um pouco de sangue ressecado sob o nariz. Ele passou a mão pelo cabelo desgrenhado e veio na minha direção.

— Elle, me desculpa.

Fui na direção dele, pisando duro e batendo em seu peito com o dedo em riste quando cheguei perto o bastante.

— Eu não acredito que você fez aquilo.

— Ele estava me provocando.

— Você que deu um soco nele! Você... você começou a briga!

— Ele acertou a bola de vôlei na minha cara! Você viu! Ele... ele estava jogando de um jeito violento. Do mesmo jeito que fez no dia da corrida.

— Eu vi. E foi um acidente — eu disse. — Você tentou bloquear a bola. Todo mundo viu. Eu sei que ele estava... As coisas que ele disse... mas você não precisava ter batido nele. — Eu suspirei, pressionando as mãos no rosto. — O que... Levi, o que Noah disse pra você mais cedo? Quando vocês bateram papo, como você disse.

Levi fez um gesto negativo com a cabeça.

— Nada. Não foi nada.

— Fala sério, Levi. Sou eu que estou pedindo. — Suavizando o tom de voz, observei a reação dele. — Fala comigo, Levi. O que está acontecendo? Por que você fez aquilo?

— Não é fingimento — ele me disse, tão aflito que eu consegui ver seus olhos brilhando com as lágrimas. — Não estou só fingindo que sou seu amigo, Elle. E isso é o bastante pra mim. Não foi... digo, não é... Olha, eu não converso com você só porque gosto de você. Digo... eu gosto de você, obviamente, mas... não sou seu amigo só porque ainda gosto de você. Mas porque você é uma das minhas melhores amigas.

Ele engoliu em seco, respirando com dificuldade e com o peito ofegante. Percebi que os olhos de Levi percorriam todo o meu rosto, com uma expressão desesperada.

E foi então que entendi.

Apesar de tudo o que eu tinha dito a Noah, de tudo o que eu acreditava sobre a minha relação com Levi, ele ainda se sentia atraído por mim.

Eu realmente pensei que ele tinha me superado. Que era uma coisa boba e passageira, exacerbada por aquela vez em que nos beijamos.

Aquele beijo foi um erro enorme desde que aconteceu.

Ele me fez perceber que qualquer sentimento que nutria por Levi no ano passado não se comparava ao que eu tinha por Noah. Naquele momento, eu percebi que não gostava de Levi da mesma maneira que ele gostava de mim.

Eu sempre... eu simplesmente assumi que Levi também havia se dado conta daquilo.

Eu era uma idiota mesmo.

Talvez aquele beijo só serviu para dar mais força ao que Levi sentia por mim.

— Não estou fingindo que sou seu amigo — ele disse outra vez. — Não sou um cara falso, não importa o que o Noah pensa.

— Levi...

Mas ele continuava falando aos atropelos.

— Desculpa. Eu não tive a intenção de ficar entre vocês. Sei que não devia ter dado um soco no Noah. Talvez... talvez eu devesse ter dito alguma coisa pra você antes ou...

Deus do céu. Eu era realmente uma amiga terrível. Durante todo esse tempo, não fazia a menor ideia. Eu deveria saber, deveria ter notado... não sei o que eu poderia ter feito de diferente, mas eu deveria ter feito alguma coisa. Apesar de tudo isso, Levi era meu amigo.

— Eu... eu não posso mais ficar aqui, Elle. Eu... Obrigado pelo convite. Desculpa ter estragado a festa. Fala pro Noah que eu pedi desculpas. Acho que é melhor eu ir embora agora.

— Levi... — eu disse outra vez.

Ele continuou me olhando com aquele mesmo desespero, o olhar suave e suplicante, e logo depois ele colocou as mãos no meu braço. Ele me puxou para si, pressionando os lábios nos meus uma vez e apenas por um segundo, um instante.

Eu soltei um gritinho de surpresa, mas ele já havia recuado e me soltado.

— Você tem razão — eu balbuciei. — É melhor você ir embora.

— Desculpa — ele disse e, em seguida, já estava entrando com passos vacilantes, fugindo dali.

Encostei um dedo nos lábios quando ouvi a porta da frente bater.

E deixei que ele fosse embora também.

EU TIVE A SENSAÇÃO DE QUE TINHA PASSADO HORAS PARADA ALI, até ouvir passos que se aproximavam pelo pátio.

Os olhos de Lee foram de um lado para outro antes de pararem em mim.

— O que aconteceu? Esse barulhão... Foi o Levi? Onde está o Noah?

Eu gaguejei alguma coisa.

— Aquilo foi a porta batendo? — Rachel disse, indo olhar. — Achei que tinha ouvido a moto do Noah... Onde está o Levi?

— Eles foram embora — eu consegui dizer. — Os dois foram embora.

Lee suspirou.

— Talvez tenha sido melhor assim. É a primeira vez que vejo o Noah dar as costas pra uma briga. Por que diabos aquilo tudo aconteceu?

Eu estava balançando a cabeça, mas, naquele momento, Amanda entrou na conversa, me poupando de ter que dar qualquer resposta. (Afinal de contas, como eu iria explicar o que havia acabado de acontecer? Nem eu mesma sabia ao certo.)

— Bem, não posso dizer que estou surpresa — disse ela a todos nós. — Especialmente depois daquela conversa que os dois tiveram.

Eu respirei fundo e exclamei:

— Oh, meu Deus, que conversa foi essa? Sobre o que eles conversaram? O que havia de tão especial nesse diabo de bate-papo?

Amanda piscou os olhos antes de responder.

— Bem, o Noah confrontou o Levi. Mandou ele parar de babar por sua causa. É até meio triste, sabia? O jeito que ele olha pra você. Dá até pena.

De repente, eu me lembrei da primavera do ano passado, quando Noah e eu ainda não tínhamos começado a namorar e descobri que ele estava "avisando" os outros garotos para ficarem longe de mim numa tentativa idiota e irracional de tentar me proteger.

Encarando Amanda, cruzei os braços e exigi saber:

— Ele mandou o Levi ficar longe de mim? Proibiu que ele se aproximasse de mim ou algo do tipo?

Ela balançou a cabeça negativamente, parecendo estar um pouco assustada.

— Não! Ele só disse que já era hora do Levi superar o que sentia por você e que não era justo pra nenhum de vocês que ele continuasse agindo daquele jeito. Depois, é claro, eles tiveram aquela discussão horrível na praia... Eu disse a ele: se você vai tentar conversar com o rapaz, pelo menos tente agir como adulto. — Ela suspirou e revirou os olhos; mas havia uma expressão quase indulgente naquele olhar. — Nossa, que bobalhão. É impossível conversar com ele, às vezes. Teimoso como uma mula.

— É uma descrição quase perfeita — murmurou Lee.

Todos estavam olhando para mim.

Esperando que eu protestasse. Como aconteceu na última vez em que alguém tocou nesse assunto.

Eles continuavam olhando para mim e esperando.

Senti que estava empalidecendo.

— Está bem. Olha... Acho que vocês tinham razão. Sobre o Levi ainda... ainda estar apaixonado por mim.

— Oh! — suspirou Rachel, jogando as mãos para cima. — Agora que ela percebeu! Será que o Noah precisava ter levado um soco na cara pra você finalmente se dar conta disso?

Talvez eu só tenha me dado conta disso porque Levi me beijou de novo, mas...

— Não fiquem me olhando desse jeito — eu resmunguei. — Ele ainda é meu amigo. Não tenho culpa por nunca ter notado.

Lee colocou o braço ao redor dos meus ombros, me puxando para junto de si com força e bagunçando meu cabelo.

— Você é meio idiota às vezes, Shelly. — Ele me soltou. — Bem, o que ele disse, então? O Levi? E o Noah também, já que estamos falando dos dois.

— O Noah não disse muita coisa — eu expliquei. — E o Levi...

Ah, droga. Aquilo era um problema totalmente diferente. E eu não estava nem um pouco preparada para enfrentá-lo agora.

30

NOAH NÃO HAVIA VOLTADO, MAS NENHUM DE NÓS ESTAVA MUITO preocupado com ele. Levou algum tempo até que a festa ficasse animada outra vez depois da intensidade do jogo de vôlei, mas logo pareceu que todos estavam se divertindo de novo.

— Está tudo bem? — Lee perguntou, enquanto nossos amigos abriam algumas cervejas e Amanda explicava as regras de alguma competição de bebida para todo mundo.

— Claro — eu disse, e coloquei um sorriso na cara para provar. Não havia a menor possibilidade de que eu fosse deixar Noah, ou Levi, estragar o resto do último Quatro de Julho na casa da praia.

Conforme a noite se aproximava, Matthew e meu pai prepararam os fogos de artifício. June trouxe as sobremesas com a ajuda de Amanda, Rachel e Linda. Decidi não atrapalhar. Já havia mãos demais por ali e coisa e tal.

— Não é melhor esperarmos o Noah? — Brad perguntou a mim e a Lee. — Ele não pode perder os fogos de artifício.

— E se mandarmos um vídeo pra ele? — Lee sugeriu, enquanto eu só gaguejava. Eu tinha tentado ligar para Noah, mas ele não atendeu; deixei uma mensagem dizendo para ele voltar.

Mais tarde, ele mandou uma mensagem para a mãe. Estava só arejando a cabeça. Eu sabia mais ou menos onde ele estava, mas decidi deixá-lo quieto. Ele voltaria quando estivesse pronto. E o dia de hoje era para todos nós; nosso último Quatro de Julho na casa da praia, eu não ia sair atrás de Noah.

Naquela noite, depois que todos os nossos amigos foram embora e que os amigos de Brad foram levados pelos pais, nós arrumamos um pouco a bagunça e nos amontoamos na sala de jogos com as bebidas e a comida que tinha sobrado.

Meu pai estava preparando a partida de Banco Imobiliário. O tabuleiro estava velho; já tinha sido usado tantas vezes que as bordas estavam puídas, e não parecia mais tão firme. Várias cartas e notas de dinheiro estavam desbotados, amassados e dobrados; alguns estavam manchados e sujos desde a época em que éramos crianças descuidadas.

Não havia peças suficientes para todos jogarem individualmente, já que tínhamos perdido dois peões. Rachel e Lee formaram uma equipe; meu pai ia jogar junto com Brad. June e Matthew também formaram um time. Amanda, Linda e eu jogamos sozinhas.

— O carro de corrida é nosso! — Brad gritou, pegando o peão.

— Não tão rápido, mocinho — Linda disse com uma risada. — Temos que rolar o dado pra ver quem escolhe cada peão.

Olhei para Lee com uma expressão emburrada. Nós nunca tínhamos jogado o dado para escolher o peão. Cada um tinha um que sempre escolhia. Só rolávamos os dados para ver quem jogava primeiro.

Mas que saber?

Vamos fazer isso. Não tem problema.

Rolei o dado e o meu resultado foi um. Não me importei muito, até Linda rolar e tirar seis — o maior número de todas as pessoas que já tinham jogado — e dizer, com um enorme sorriso:

— Parece que a honra é toda minha. E eu acho... eu acho que vou escolher...

Os dedos dela dançaram sobre as peças.

— ... O cachorro!

Minha mão avançou antes que eu pudesse me conter e pegou o cachorro antes dela.

— Desculpa — eu disse, um pouco atabalhoada, vendo o que eu tinha acabado de fazer. — É que eu sempre jogo com o cachorro.

— Oh, nada disso, Elle. — Linda riu, estendendo pacientemente a palma para mim — Regras são regras e eu sou a primeira a escolher.

June abriu um sorriso solidário ao lado de Linda, mas a única coisa que eu consegui fazer foi encará-la com um olhar irritado. Eu até estava disposta a dar outra chance a ela hoje, mas ela tinha passado dos limites.

Minha voz estava ácida quando eu retruquei:

— Não quero saber. Eu jogo com o cachorro.

Eu sabia que estava agindo como uma criança birrenta. Eu sabia, mas não consegui me conter. Assim como não consegui tirar a expressão de ranço do meu rosto, me recompor ou afastar a fúria que fervia nas minhas veias quanto mais eu olhava para ela.

E sabia que alguém ia tentar me convencer a parar com isso. Mas eu realmente não esperava que essa pessoa fosse meu pai.

— Elle, deixa disso — meu pai falou com uma seriedade incomum na voz. — Por que você não dá o peão pra Linda?

Eu soltei o ar, exasperada, olhando para ele agora, irritada e sem conseguir acreditar no que estava acontecendo.

Meu pai ia realmente ficar do lado dela? Por causa disso?

Vi June gemer, mas ela também não interveio para me defender. Inclusive, quando percebeu que eu olhava para ela, June fez um meneio discreto com a cabeça, meio que dizendo Elle, escute o seu pai.

Tudo bem, então.

Se era assim que as coisas tinham que ser.

— É uma espécie de tradição — Lee tentou dizer em minha defesa. — Elle sempre joga com o cachorro.

— Não — eu o interrompi, me levantando do chão e jogando o cachorro na mesa com força. Ele acertou as cartas de sorte-e-revés, espalhando-as por toda parte. Rachel recolheu tudo rapidamente.

— Está tudo bem. Pode ficar com o cachorro. Eu nem queria jogar, mesmo.

— Oh, não, não, se esse é o caso... Espera, Elle — Linda disse, pegando o cachorro e estendendo-o para mim, mesmo que eu já estivesse passando pela porta. — Se jogar com o cachorro é uma tradição, então você realmente tem que ficar com ele. Pode pegar.

— Não preciso da sua caridade — eu vociferei, dando meia-volta. — Sabe, você não pode simplesmente invadir as nossas vidas desse jeito, passar o feriado com a gente, disputar jogos de tabuleiro com todo mundo e agir como se tivesse passado a vida inteira aqui. Porque você não faz parte disso. E todo o esforço que você faz pra se enturmar é patético!

— Elle! — gritaram meu pai e June ao mesmo tempo. Ouvi um deles se levantar.

Matthew disse:

— Não ligue pra ela, Linda. Você sabe como são os adolescentes.

Fiz questão de bater a porta quando saí da casa. Ouvi passos pesados vindo atrás de mim, mas não virei para trás. Não até meu pai gritar:

— Rochelle! Acho bom você parar aí mesmo, mocinha!

Eu parei, cruzando os braços e virando para trás logo antes de chegar na trilha que levava para a praia. Já estava escuro do lado de fora e o reflexo das luzes externas no azul-turquesa da piscina formava desenhos estranhos no pátio, nas paredes da casa e até mesmo no rosto do meu pai.

E aquele rosto estava bem furioso.

Não me deixei abalar, continuei de braços cruzados e testa franzida.

— Qual foi o motivo daquele escândalo? — ele exigiu saber.

— Como assim? Você sabe exatamente qual foi o motivo! — eu retruquei, apontando para a casa. — Você sabe que eu sempre jogo com o cachorro, pai. Era a peça da minha mãe. Toda vez que jogávamos. Toda vez. E você ia simplesmente deixar a Linda jogar com ele? E depois? Será que eu tenho que dar o relógio que minha mãe me deu quando fiz dezessete anos pra Linda também? Buscar todas as roupas da minha mãe que estão guardadas no sótão e entregar pra Linda? Deixar ela usar a caneca favorita da minha mãe com as estrelas cor-de-rosa também?

Ele suspirou e tirou os óculos para limpá-los na camisa, parando para esfregar os olhos antes de recolocá-los no rosto.

— Elle, era só uma peça de Banco Imobiliário.

— Era a peça de Banco Imobiliário da minha mãe. Esse é o nosso último verão aqui. Os Flynn vão vender a casa e... e nós vamos pra faculdade. Quando é que vamos ter outra noite como essa? Ela nem deveria estar aqui. Essa é uma noite para a família. Todos os convidados já foram pra casa horas atrás.

— Para com isso. Você sabe que está sendo injusta.

— Injusta? — eu bufei, arregalando os olhos. — Você quer falar sobre injustiça? Injusto é o jeito que ela está... que ela simplesmente está por perto o tempo todo, tentando entrar à força nas nossas vidas!

Você mandou ela buscar Brad na colônia de férias, ela já fez o jantar pra vocês lá em casa, ela já saiu com o Matthew e a June. Ela estava na nossa casa, agindo como se tivesse o direito de estar ali, como se tivesse intimidade comigo, e eu não suporto isso. Eu sei que você gosta dela. Me desculpa, mas eu não gosto. E acho que é muito egoísmo da sua parte nos forçar a aceitá-la em nossas vidas desse jeito.

Eu vi o rosto dele empalidecer e também o jeito que ele piscou os olhos, enquanto digeria tudo aquilo. Continuei com os braços cruzados e os dentes apertados, eu não me arrependia de nenhuma palavra.

Ele estava mesmo forçando Linda em nossas vidas. Não que eu não quisesse ver meu pai feliz, mas aquilo era demais; estava acontecendo rápido demais. Linda não era parte da nossa família e eu detestava o fato de ela agir como se fosse.

Odiei vê-la se dando tão bem com June e Matthew o dia inteiro. Odiei vê-la conversando com Rachel e Amanda na cozinha mais cedo, e elas respondendo e conversando com ela tão alegremente, cheias de sorrisos amigáveis no rosto. Odiei quando ela deu escondido um brownie extra para Brad, como se aquele fosse um segredinho entre os dois, como se ele tivesse cinco anos de idade e ela pudesse conquistar seu coração em troca de alguns doces. E odiei perceber que Brad já estava tão encantado por ela, chamando-a para entrar nas brincadeiras, perguntando se já tinha experimentado a nossa salada de batatas favorita, se já tinha visto as fotos na parede do corredor, e se ela ainda iria buscá-lo na colônia de férias dali a alguns dias e levá-lo para jantar na pizzaria. Eu odiava o fato de que todo mundo a havia recebido tão facilmente, quando ela não tinha o direito de ser parte daquele grupo.

Àquela altura, meu pai já tinha se recuperado o bastante para endireitar o corpo. Suas bochechas estavam ficando avermelhadas.

— Egoísmo? Está falando sério, Elle? Você e o Brad sempre foram minha prioridade, especialmente depois que sua mãe morreu. Mas vocês já são crescidos agora e, depois que conheci a Linda, percebi que talvez tivesse chegado a hora de dar mais atenção pra essa parte da minha vida. Elle, eu sei que nem sempre estive muito presente, mas isso aconteceu porque eu aceitei um emprego que não queria, só pra poder ganhar mais dinheiro. E esse dinheiro ia ajudar você a ir a uma escola melhor, a dar uma vida melhor pra você e pro seu irmão.

A respiração dele estava entrecortada. Tão ofegante que eu conseguia ouvi-la a alguns metros de distância. As linhas de expressão no seu rosto pareceram ficar ainda mais marcadas, enquanto eu ficava ali parada e boquiaberta.

— E não venha me falar sobre egoísmo — ele continuou. — Eu pedi pra ela me ajudar com o Brad pra você ter mais tempo livre nesse verão! Pra você poder passar esses meses zanzando por aí com o Lee, realizando todos aqueles desejos da sua lista e aproveitando seu tempo com o Noah e os seus amigos. Você faz ideia do quanto isso foi difícil pra Linda? Pedir pra ela, de repente, fazer parte da vida dos meus filhos? Cuidar do Brad, cuidar de você?

— Eu...

Eu não fazia ideia. Sempre pensei que ele não namorava porque nunca tinha encontrado alguém que gostasse ou porque tinha dificuldade de superar a morte da minha mãe; não pensei, nem por um segundo, que ele tivesse decidido não se envolver com ninguém por nossa causa.

Mas eu sabia que ele achava o emprego exaustivo. Sabia que ele trabalhava várias horas além do expediente às vezes e que, ocasionalmente, precisava passar uma noite fora de casa ou trabalhar no fim de semana, mas ele nunca disse nada disso. Sempre que perguntávamos sobre o trabalho, ele apenas sorria e dizia: "Ah, você sabe como é, meu bem. A mesma coisa de sempre".

Não que eu não soubesse que ele era, digamos, um humano, com suas próprias ideias e sentimentos, mas ele nunca falava a respeito. Sobre nada daquilo.

— Não estou tentando colocar a Linda à força na sua vida, Elle — ele disse, com a voz séria e cansada. — Eu estava esperando que as coisas acontecessem mais devagar. Dar a vocês... uma chance de se acostumarem com isso também, eu acho. Foi por isso que demorei tanto pra contar. Mas, como você estava tão ocupada, as coisas simplesmente... aconteceram. E acho que o Brad gosta dela. E a Linda também gosta dele. Ela o trata muito bem. E está ansiosa pra conhecer você melhor. Eu não... Por Deus, Elle, não estou tentando substituir sua mãe. Ninguém poderia fazer isso. Mas não fique aí me chamando de egoísta e não desconte sua raiva nela. Se você quiser agir como criança, Elle, então eu vou te tratar como criança. Mas eu gostaria de pensar que você já é suficientemente crescida e que podemos conversar como adultos.

— Você nunca disse... — foi a única coisa que consegui dizer. — Seu... seu emprego e... namorar...

— É claro que não disse! Você era só uma menina, Elle! Você é a minha menina. Esse fardo não era seu. Foi muito ruim pra mim ter que depender de você pra ajudar a cuidar do Brad e fazer as tarefas da casa.

— Mas... — eu engoli em seco, sem saber de onde tinha vindo o nó que havia na minha garganta ou quando as lágrimas tinham começado a brotar dos meus olhos.

Meu pai se aproximou e ergueu meu queixo, suspirando e abrindo um sorriso entristecido.

— Você teve que crescer muito rápido depois que sua mãe morreu. Eu só pensei que... por que não deixar você ser criança por mais algum tempo, pelo menos nesse verão? Eu não imaginava que o fato de a Linda estar por perto deixaria você tão incomodada. E lamento por isso. Eu devia ter imaginado, meu bem.

Pelo menos ele havia voltado a me chamar de "meu bem", pensei. Talvez ele não estivesse mais tão bravo comigo por eu ter gritado com sua namorada.

Eu choraminguei, sentindo algumas lágrimas rolarem pelo meu rosto. Baixei a cabeça, tentando enxugá-las rapidamente.

— Acho que eu devia ter dito. E... e eu acho que agi um pouco como uma criança birrenta.

— Só um pouco — ele concordou com uma careta, me fazendo dar uma risada engasgada e vacilante antes de me puxar para um abraço apertado, minhas lágrimas manchando sua camisa.

E, pelo menos por alguns momentos, tudo pareceu estar bem.

31

NOAH NÃO VOLTOU PARA A CASA DA PRAIA NAQUELA NOITE. EU SAÍ para trabalhar no turno da manhã, então não fiquei por ali para ver se ele apareceria.

Mas esperava que, quando eu voltasse, as coisas estivessem normais novamente.

Quando voltei, havia um homem ali, pintando as portas. Eu o cumprimentei com um sorriso educado, passei por ele e encontrei Amanda na cozinha, guardando algumas coisas em uma caixa. O lugar estava silencioso, o que não era comum — especialmente depois do caos de ontem.

— Deixa eu ver se adivinho — ela disse, apertando os olhos com uma expressão pensativa, a cabeça inclinada para um dos lados. — Você está procurando o... Lee?

— Qualquer pessoa, na verdade.

— O mais jovem dos Flynn teve um chilique e saiu pra arejar a cabeça — disse ela, dando de ombros. — A June mandou um cara vir aqui pra pintar...

— Eu percebi. Ela falou alguma coisa a respeito.

— ... E o Lee deu um piti quando o moço começou a pintar o batente em que vocês tinham marcado a altura no decorrer dos anos. Era um detalhe muito fofo, pra ser honesta, então eu até entendo por que ele ficou tão irritado. A Rachel foi com ele, mas ela vai pra casa dos pais à tarde. E... ah, o Lee disse uma coisa. Espera aí, eu anotei.

Ela colocou o rolo de papel pardo que tinha nas mãos sobre o balcão para revirar as gavetas, até encontrar um post-it cor-de-rosa.

— Ele disse pra lembrar você de ir ao fliperama mais tarde. Seu celular estava desligado.

— A bateria acabou no meio do trabalho. — Lembrei daquilo e comecei a procurar por algum carregador na sala. Com cinco de nós na casa, seria fácil, teoricamente, encontrar um carregador de iPhone em qualquer cômodo, mas eles desapareciam com uma frequência impressionante.

Mesmo assim, eu não precisava daquele lembrete. Eu me lembrava dos planos que tínhamos feito para ir ao fliperama hoje. Como eu poderia esquecer? Nossa amada máquina Dance Dance Mania seria aposentada amanhã, então hoje era a última chance.

— Por falar nisso, o que você está fazendo? — eu perguntei a ela.

— Oh! Há uma tonelada de pratos aqui. Deve ter uns cinquenta e poucos. Tive receio de contar, pra ser honesta. Ontem, a June falou que precisava esvaziar o lugar rápido e eu imaginei que não precisaríamos de tantos pratos depois daquela festa enorme. Achei que poderia ajudar um pouco. Contribuir, você sabe.

Imaginei o que Lee diria quando visse que a cozinha estava sendo esvaziada, mas decidi ficar na minha. Amanda tinha razão, e recusar sua ajuda quando sentíamos tanta dificuldade em nos desapegar desse lugar parecia bobeira.

Antes ela do que nós, pensei.

Coloquei a almofada do sofá de volta no lugar, desistindo da minha caçada por um carregador para olhar Amanda por um instante. Fiquei mexendo na bainha da minha camiseta.

— Ah... você viu se o Noah...

Ela fez que não com a cabeça.

— Ah. Certo.

— Ele provavelmente dormiu na casa da família ontem à noite — ela disse. — Ele está só... Bem, há muita coisa na cabeça dele agora, Elle. Só isso.

Eu senti aquela velha e familiar onda de ciúme devido à intimidade que Amanda tinha com Noah. Mas, dessa vez, foi com uma intensidade que eu não sentia desde o dia de Ação de Graças. Muita coisa na cabeça?

Se ele estava com muita coisa na cabeça, por que eu não sabia de nada a respeito? Será que ela estava falando só de Levi? E por que ela sabia disso, mas eu não?

Engoli aquele sentimento com muito mais facilidade dessa vez.

Além disso, algo que me ajudou foi ela ter dito o seguinte:

— Ele não está me atendendo, nem respondendo minhas mensagens. Estou até um pouco preocupada.

— Ele já fez isso antes — eu argumentei. — Geralmente quando está bravo, quando acha que pisou na bola ou algo do tipo.

— Os irmãos Flynn e sua necessidade de esfriar a cabeça — ela disse, revirando os olhos. — Mas ele provavelmente vai voltar mais tarde. Sei que você disse que ele foi embora bem rápido ontem, mas ele quer muito conversar com você. Não sei exatamente sobre o quê; por isso, tira essa expressão da cara agora mesmo, senhorita. Ele não me disse nada. — Amanda fez um movimento como se estivesse fechando os lábios com um zíper.

Independentemente de ele estar apenas "arejando a cabeça", se só queria um pouco de espaço ou seja lá o que fosse, senti meu estômago se retorcer: alguma coisa estava acontecendo. Eu precisava conversar com ele. Deixei Amanda arrumando a cozinha e peguei as chaves que havia largado sobre a mesa.

— Acho que sei onde ele está.

SOLTEI UM BREVE SUSPIRO DE ALÍVIO QUANDO ENCONTREI A MOTO dele no estacionamento. Mas essa sensação não durou muito tempo. Saí do carro e subi a colina, seguindo a trilha que Noah tinha me mostrado até chegar ao lugar que eu sabia que ele gostava, onde ele tinha me trazido no verão do ano passado. Onde nós conversamos sobre coisas importantes e nos beijamos sob um show de fogos de artifício.

Onde ele vinha para pensar sobre coisas que o incomodavam e arejar aquela cabeça dura depois da corrida de kart.

Onde ele só podia estar agora.

A sensação de que meu estômago se retorcia foi ficando mais forte. Fazia as minhas mãos formigarem e suarem, e deixava minha respiração mais curta.

Avistei Noah no alto da colina. Sua jaqueta de couro estava jogada atrás dele, junto com as chaves e o celular. Ele tinha trocado as roupas que estava usando ontem; provavelmente tinha voltado para a casa dos pais, como Amanda disse. Estava sentado, com os joelhos erguidos e os braços ao redor das canelas, o queixo apoiado nos joelhos enquanto olhava a vista da cidade.

Daquele jeito, ele parecia muito pequeno e vulnerável, muito diferente do Noah de sempre.

Sua cabeça se agitou quando me ouviu chegando.

— Oi — eu disse, com a voz baixa.

Passou um instante até que ele respondesse:

— Oi.

Ele esticou as pernas diante de si, plantando as mãos ao lado do quadril. Me sentei ao lado dele, na mesma posição, virando meu rosto na direção do dele.

Ele precisava fazer a barba.

Bem, talvez não. Aquela barba por fazer dava a ele um visual atraente. Uma aparência madura, acentuando o contorno quadrado do queixo. Eu resisti ao desejo de esticar o braço e deslizar meus dedos por ela.

Talvez eu devesse tê-lo deixado falar primeiro, mas, com o silêncio se estendendo, não consegui aguentar. Além disso, eu tinha coisas a dizer também.

— Eu queria dizer que... que você tinha razão sobre o Levi. Vocês todos tinham. Todo mundo tentou me dizer e eu não quis ouvir. Mesmo assim, isso não justifica o jeito que você agiu na corrida de kart ou a conversa que você teve com ele escondido, mas...

— Sim, eu sei — Noah suspirou. — Acho que eu podia ter feito algumas coisas de um jeito diferente.

Eu dei de ombros. Talvez nós dois pudéssemos ter feito isso.

— O que fez você mudar de ideia?

— Ele disse que gostava de mim. E também... ele... meio que... me beijou. Um pouco. Tipo, só um selinho. Meio que... mais como um adeus do que qualquer outra coisa — tentei explicar. E só ao dizer isso em voz alta me dei conta de que aquela foi exatamente a sensação que eu tive.

Ao contrário do que eu esperava, Noah não ficou irritado. Ele simplesmente fez que sim com a cabeça.

Eu o observei por alguns segundos. Não havia tensão nenhuma em seus músculos. Nenhuma rigidez na expressão, nada além de uma sensação de calma nele, à qual eu realmente não estava nem um pouco acostumada — em especial, depois dizer que um cara tinha me beijado.

Aquela tranquilidade só serviu para me enervar. Meu estômago ficou pior; meu coração batia com força no peito.

— Você não vai dizer nada? Nem mesmo um "eu avisei"?

Noah soltou um suspiro suave, ainda sem olhar para mim.

— Ontem, seria muito fácil arrebentar a cara daquele magricela de merda. É isso que eu teria feito, antigamente. Mas não fiz. Porque estou me esforçando muito pra não ser mais aquele cara. Porque, mesmo que ele merecesse um pouco, mesmo que ele tenha começado a briga, ele é seu amigo. Mas a questão é a seguinte, Elle: você é um dos maiores motivos pelo qual eu estou tentando não ser mais aquele cara.

— Certo — eu disse gentilmente, sem saber que rumo a conversa estava tomando.

— E eu simplesmente não tenho certeza se... — Ele parou de falar com outro suspiro, virando-se para me olhar com uma expressão séria, que repuxava suas sobrancelhas. — Eu deveria depender de você pra ser o cara que quero ser pra você.

Levei um segundo para tentar decifrar aquilo na minha cabeça.

Noah continuou.

— Eu devia simplesmente ser esse cara. Não porque acho que você merece algo melhor. Não porque o Levi é seu amigo, ou porque não quero te decepcionar, ou qualquer outra coisa. Eu deveria querer isso pra mim. E... eu quero, mas você não deveria ser o único motivo.

Eu continuei olhando fixamente para ele. Dessa vez ele me deu alguns segundos a mais para pensar na questão.

— Certo — eu repeti, ainda sem muita certeza. — Então... O que... o que tudo isso significa?

Ele continuou olhando nos meus olhos por um segundo, e havia algo tão triste naqueles lindos e brilhantes olhos azuis que chegava a doer em mim só de olhar para eles. Noah virou o rosto novamente para a vista da cidade, com a mão distraidamente puxando tufos de grama.

— Você sempre quis ir pra Berkeley. Você e o Lee. Sempre. Assim que vocês tinham idade suficiente pra saber o que era faculdade, foi pra lá que vocês disseram que iriam algum dia. Já estavam com a ideia fixa na cabeça.

Noah parou por um segundo e eu o vi morder o lábio, franzindo ainda mais a testa antes de falar outra vez.

— Então, por que você escolheu Harvard, Elle?

Pega de surpresa pela pergunta, tudo que eu consegui foi dar uma resposta direta.

— Nós já conversamos sobre isso, lembra? Eu... eu acho que me candidatei sem pensar muito. Você disse alguma coisa sobre como seria bom estarmos juntos em Boston e...

— Você vai passar quatro anos numa faculdade pra qual se candidatou sem pensar muito, por minha causa. Eu não quero... não posso ser responsável por uma escolha da qual você pode se arrepender depois. As coisas já não deram certo entre nós uma vez, e esse verão... Eu sei que está sendo difícil. Não ruim — ele acrescentou rapidamente, voltando a olhar para mim. — Estou achando ótimo, mas você mesma disse que, às vezes, é difícil me amar. E se as coisas não derem certo, Elle? Vamos só imaginar. Você se mudou pro outro lado do país, desistiu do seu sonho de estudar em Berkeley, e pra quê?

Agora era minha vez de desviar os olhos e ficar em silêncio.

— Nós nos sentamos aqui quando você decidiu aceitar a vaga em Harvard. Lembra? Você disse que não podia abrir mão dela. Porque era Harvard. Você não acha que a situação é a mesma pra mim?

— Então, eu quero que você tenha certeza de que está escolhendo isso porque é Harvard e não por minha causa. Você só se candidatou por causa de mim. Além disso, eu vi quanto atrito isso criou entre você e o Lee, e o quanto vocês estão se esforçando nesse verão pra manter a amizade. Vocês dois sempre vão colocar um ao outro antes de qualquer coisa, e eu não os culpo por isso. Inclusive, acho incrível. Não quero que você arrisque sua amizade por...

— Por nossa causa?

Noah voltou a se recostar.

— Isso mesmo.

Eu sentia um gosto amargo na língua, e a minha garganta parecia estar congestionada. Franzi a testa, enquanto olhava para a paisagem, tentando respirar fundo para encher os pulmões.

— Então, você acha que eu devia ter recusado Harvard pra ir estudar com o Lee?

Noah suspirou, tão sutilmente que quase não ouvi.

— Lembra do que eu disse há umas duas semanas atrás? Que às vezes você dá mais importância pra felicidade dos outros do que pra sua? Você se candidatou à vaga em Berkeley por causa do Lee, porque nossas mães estudaram lá, porque não é tão longe e você podia ajudar seu pai a cuidar do Brad. Durante todo o verão, você se concentrou em dividir seu tempo comigo, com o Lee, com o Brad e trabalhando pra ganhar dinheiro e realizar os desejos da lista. Às vezes, parece que você prioriza a felicidade de todas as pessoas ao seu redor em vez da sua, Elle. E você não devia fazer isso. E eu não...

Ele deixou a voz morrer, arrancou um tufo de grama antes de continuar.

— Eu não quero ser essa pessoa que você coloca antes de si mesma.

De repente, eu finalmente ouvi tudo que ele não estava dizendo.

— Então... é isso? O fato de nós nos amarmos... Isso não tem importância? Não significa nada?

— Não foi isso que eu quis dizer, Elle. Significa muito. Mas talvez... talvez não seja o bastante.

Esqueça a apreensão que vinha fazendo meu estômago se retorcer; as palavras de Noah eram como uma faca se enfiando bem no meu peito. Senti meu corpo inteiro gelar.

— Não, você... você não pode simplesmente decidir por mim. Eu fiz a minha escolha e vou pra Harvard. Já recusei a vaga em Berkeley e aceitei a de Boston. Você não pode chegar e dizer que eu não vou. Não depende de você.

— Tem razão. Mas, se você for pra Harvard, não vai ser comigo.

Um gemido mudo e surpreso saiu pelos meus lábios, uma lufada de ar vacilante.

Ele estava terminando comigo.

— Há quanto tempo você está pensando nisso?

Noah balançou a cabeça, fechando os olhos com força.

— Por favor, não é nada disso, Elle. Não é como se eu tivesse passado o verão inteiro planejando, analisando os prós e os contras ou nada do tipo. Mas às vezes eu sinto o quanto nós estamos distantes, mesmo quando você está bem do meu lado. E isso não tem nada a ver com o Levi, a Amanda, o Lee e nem ninguém. É só...

— ... Difícil me amar, às vezes?

Ele soltou uma risada contida e voltou a se apoiar sobre os cotovelos, quase encostando as costas no chão para me olhar com aquele sorriso torto que eu tanto amava.

— É impossível não amar você, Elle. Mas, como eu disse, talvez isso não seja o bastante.

— Então... Terminou — eu sussurrei.

— Eu... eu acho que sim.

Nós ficamos ali por mais alguns momentos, com a cidade se estendendo à nossa frente. Além do ruído distante do trânsito e das vozes abafadas de outras pessoas que estavam por perto, eu conseguia ouvir a respiração de Noah. Profunda, lenta e regular.

E calma. Muito calma.

Enquanto isso, eu estava prendendo a minha, como se só assim eu pudesse me manter serena. Pois, no segundo que eu soltasse o ar, eu iria me despedaçar. Minhas mãos tremiam, então as fechei. Tive a sensação de que precisava desviar o olhar, de que seria mais fácil digerir aquilo se eu não estivesse olhando diretamente para ele.

Eu tinha a sensação de que essa era a última vez que o veria, que eu realmente o veria como meu namorado. O cabelo escuro brilhando com a luz do sol, que refletia nos olhos azuis, claros e brilhantes como o céu, o queixo quadrado e o nariz torto, aqueles lábios que eu beijei tantas vezes.

Nosso namoro estava terminando. Boston, Harvard, Berkeley... Nada daquilo significava mais nada. Noah e eu lutamos muito para fazer as coisas darem certo depois do desastre que foi o dia de Ação de Graças. Estávamos nos esforçando bastante. Muito mesmo.

Era isso que estávamos fazendo o verão inteiro, não era? Mesmo sem a corrida de kart ou o princípio de briga ontem.

Perguntei a mim mesma quando minha relação com Lee e Noah tinha se transformado nesse trabalho, nessa obrigação de equilibrar pratos.

Em relação a Lee, eu sabia: tudo começou quando escolhi Harvard.

Mas a Noah...

O prato dele sempre esteve girando.

Talvez ele tivesse razão. Talvez nosso amor um pelo outro não fosse o bastante.

Acho que tinha chegado a hora de deixar o prato dele cair.

Estendi o braço e coloquei a mão por cima da dele, apertando-a uma última vez antes de me levantar. Bati a poeira da minha calça, respirei fundo e percebi que não tinha mais nada a dizer.

Afinal, o que eu iria dizer? Obrigada pelas memórias? Foi um período legal, nos vemos mais tarde no jantar? Eu poderia lutar por ele, por nós; claro que poderia, mas eu sabia que seria impossível fazê-lo mudar de ideia. Era óbvio que Noah já tinha se decidido e nada que eu dissesse mudaria aquilo.

Soltei o ar em um suspiro quase silencioso e comecei a descer a colina.

Eu já tinha me afastado alguns passos antes de ouvi-lo se levantar e chamar meu nome.

— Elle!

Me virei bem a tempo de ver Noah correr até mim. Meu coração saltou quando ele me puxou para um abraço, me envolvendo com os braços, enquanto minhas mãos acariciavam o rosto dele. Trocamos um último beijo. Sua boca se moveu sobre a minha, desesperada; a língua se arrastou por cima do meu lábio e eu apertei mais o abraço. Ainda estava ali, aquele fogo, como quando nos beijamos pela primeira vez, como em todas as vezes em que nos beijamos desde então. Uma das minhas mãos deslizou até sua nuca, meus dedos brincaram com a ponta do seu cabelo, e uma das mãos dele foi até a base da minha coluna para me puxar ainda mais perto. Não havia fogos de artifício dessa vez; apenas o silêncio do mundo, que parecia ter parado só para nós, antes que tudo terminasse de vez.

Nós nos afastamos abruptamente. Recuamos um passo, aumentando a distância entre nós.

Ele olhou nos meus olhos por um segundo, prestes a dizer alguma coisa. Mas eu sabia exatamente o que ele queria dizer, e apenas confirmei com um aceno de cabeça. Ele abriu um sorriso sutil e carinhoso em resposta, mas a covinha na bochecha quase não apareceu.

Um último beijo.

Uma última vez.

32

DURANTE UM BOM TEMPO EU SIMPLESMENTE FIQUEI DIRIGINDO SEM destino, repassando a conversa com Noah na cabeça. As lágrimas rolavam pelas minhas bochechas num fluxo contínuo e silencioso, em contraste com os soluços ruidosos e desesperados do término anterior. Minha mente começou a viajar no que poderia ter sido. Será que tudo realmente seria mais fácil se estivéssemos juntos em Boston? Iríamos brigar menos? Ou mais, já que estaríamos o tempo todo às voltas um com o outro? Noah, obviamente, duvidou disso algumas vezes durante o verão; o bastante, eu acho, para terminarmos aqui.

Eu ainda não conseguia acreditar no quanto... no quanto nossa conversa tinha sido madura. Foi chocante ver o equilíbrio que Noah demonstrou em relação a tudo, o quanto ele havia pensado no assunto e o quanto ele tinha razão. Eu não estava acostumada com isso.

Eu não fazia a menor ideia que isso ia acontecer um dia. Nem em um milhão de anos.

E em relação a Harvard, eu detestava admitir que Noah estava certo. Eu só tinha me candidatado por causa dele, e só aceitei porque... bem, porque era Harvard, e quem seria louco de recusar uma oportunidade dessas? Meu pai tinha ficado tão orgulhoso. Mas também significava que eu poderia passar mais tempo com Noah.

Eu nunca parei para perguntar a mim mesma se queria estudar lá. Quando retomei o caminho de volta para a casa da praia, comecei a pensar em Lee. Agora que meu namoro tinha acabado, eu poderia dedicar mais tempo à nossa amizade, garantir que ela não se abalasse, mesmo com a gente morando em lados opostos do país. E como o meu término e de Noah tinha sido pacífico, tudo seria mais fácil que da última vez, e Lee não sentiria que estávamos disputando a lealdade dele...

Oh, meu Deus.

Lee.

O fliperama!

Soltei uma exclamação alta, largando o volante por um segundo para levar as duas mãos ao rosto num terror súbito e absoluto antes de agarrá-lo novamente e dar um tranco para a esquerda, dando seta imediatamente antes fazer o retorno.

Eu era a pior pessoa do mundo. Comprovada e certificada.

Mesmo dirigindo bem no limite de velocidade, eu tive a sensação de que levou uma eternidade para conseguir chegar até a plataforma de madeira na orla da praia. Correndo na direção do fliperama, parecia que minhas pernas estavam afundadas em melaço, como se estivesse tentando correr no meio de um sonho.

Eu não conseguia acreditar que tinha esquecido.

Eu não conseguia acreditar que tinha ignorado a lista de desejos por causa do meu relacionamento mais uma vez.

Eu era a pior pessoa do mundo.

Quando cheguei ao fliperama, eu já sabia que era tarde demais. O sol já estava baixo no céu, algumas luzes ao longo da calçada e da plataforma já estavam acesas e as famílias estavam indo embora. E Lee...

Lee estava apoiado no corrimão, olhando para o mar. As portas do fliperama atrás dele estavam fechadas e as luzes internas, todas apagadas.

Ofegando, eu quase derrapei sobre as tábuas da plataforma quando parei a poucos metros de distância de Lee para recuperar o fôlego e lembrar a mim mesma de que, sim, cem por cento, eu era a pior pessoa do mundo. E me aproximei dele.

Meu coração estava na garganta e havia um zunido estridente nas minhas orelhas.

— Lee, eu... — Minha voz saiu arranhada e embargada. Limpei a garganta e tentei outra vez. — Lee, me desculpa. Desculpa mesmo. Eu prometo que vou... que vou dar um jeito de compensar. Eu pisei na bola mesmo.

Ele não olhou para mim, mas ergueu a cabeça em uma espécie de meneio sem muito ânimo. E eu ouvi a risada seca e curta que ele deixou escapar.

— Claro. Afinal, esse era o propósito do verão inteiro, não é? A lista dos desejos... Tudo isso só pra eu não me sentir tão mal. Bem, esquece. Não se preocupe comigo, Elle. Não preciso disso.

— Ah, para com isso, Lee. Você sabe que não é...

— Não tenho nada pra conversar com você agora, Elle. Passei duas horas esperando. Mas sabe de uma coisa? Está tudo bem. Não preciso nem fazer força pra adivinhar onde você estava.

Minha mão se ergueu para tocar o braço dele.

— Desculpa. A bateria do meu celular acabou quando eu estava no trabalho, e... e depois fui procurar o Noah, e... bem, ele... nós... aconteceram algumas coisas — eu disse. Eu sabia que, se contasse a ele agora, Lee iria pensar que eu só estava querendo compaixão e, definitivamente, não era esse o caso. — Ah, por favor. Não fica bravo. Nós conseguimos jogar há uns dias, não foi? E deve haver outras máquinas DDM em algum lugar, se você realmente quiser jogar.

A cabeça dele se virou para mim, e ele estava tão furioso que dei um passo para trás, afastando a mão do braço dele como se Lee tivesse me dado um choque elétrico.

— Você acha que é por causa disso? Da DDM? Por acaso você acha que eu tenho cinco anos de idade?

Não sei. Às vezes, é assim que você age.

Mordi a língua. Esse definitivamente não era o momento para responder com ironia.

— Não é por causa da porra do jogo! — ele gritou. — É por nossa causa! Pela nossa amizade! Todo esse verão, todas os desejos da lista, eu sei que você só quer que eu não me sinta rejeitado depois que decidiu ir pra faculdade com o Noah em vez de ir comigo. Eu sabia que as coisas iam acabar assim. Desde o começo do namoro você vive dizendo que eu ainda tenho importância na sua vida, que não está colocando o Noah em primeiro lugar, mas a verdade é que isso nunca iria durar. Em algum momento, você o escolheria. Eu só não imaginei que fosse acontecer tão rápido. E vamos ser francos, Elle. Se não fosse o Noah, seria a faculdade, ou o seu trabalho, ou o Brad, ou o Levi, ou qualquer outra coisa! Eu devia ter percebido isso antes. Já faz um bom tempo que as coisas estavam tomando esse rumo, eu acho.

Fiquei olhando fixamente para ele, enquanto ele esbravejava comigo, e percebi que a ansiedade que eu sentia em relação a irritá-lo tinha desaparecido completamente. A essa altura, meu sangue estava fervendo. Como ele se atrevia a dizer uma coisa dessas?

Será que ele estava falando sério?

Ele só podia estar me zoando.

Nesse momento, eu não consegui evitar de compará-lo a Noah. Noah, que não queria ser um obstáculo na minha vida, que não queria que eu o colocasse em primeiro lugar. E, agora, Lee reclamava que eu não o priorizava o suficiente.

— Em segundo lugar? Deus do céu, Lee! Olha, às vezes você realmente parece ter cinco anos de idade. Você acha que eu não sei que a questão aqui não era o jogo? Você acha que, só porque eu tenho outras prioridades nesse verão, eu gosto menos de você? Escola, faculdade, trabalho, o Brad... Você acha que eu escolho cuidar de tudo isso e não me importar com você? Lee, você nunca precisou se incomodar com nada disso. Você nunca teve que se preocupar com dinheiro, ou tirar notas boas, ou cuidar de outra pessoa. Você sempre recebeu tudo de bandeja, em toda a sua vida. Por isso, não espera que eu vou ficar aqui pedindo desculpas porque tive que arrumar um emprego só pra poder realizar os desejos da lista e conseguir algum dinheiro pra faculdade, ou porque eu tive que cuidar do meu irmão mais novo.

Lee abriu a boca para responder, mas as palavras pareciam ter escapado. O que não achei ruim, já que eu ainda não tinha acabado de descarregar a minha raiva.

Como ele se atrevia a ficar tão ofendidinho por não ser a única prioridade da minha vida? Especialmente quando eu tinha passado o verão inteiro trabalhando tanto para lembrá-lo do quanto ele era importante para mim.

E eu não podia esperar que ele entendesse. Não podia. Eu sabia que Brad era uma parte da família de Lee tanto quanto da minha, mas ele não era responsável pelo meu irmão. E Lee também nunca precisou ir atrás de um emprego. Talvez eu devesse ter extravasado um pouco dessa raiva antes, ou tentado explicar essas coisas para ele, mas agora a represa havia se rompido e eu estava botando tudo para fora.

— Você tem razão — eu continuei, irritada. — Eu realmente queria que nesse verão você não se sentisse tão mal, já que vou passar os próximos quatro anos do outro lado do país. Só que é muito mais do que isso. Devia ser o melhor verão de todos os tempos, mas sabe por que deu errado? Porque isso é impossível. Nós escrevemos aquela lista de desejos quando éramos crianças, não podemos ficar tão apegados a ela. O fliperama, a casa da praia... Todas aquelas coisas que tornaram nossos verões tão felizes estão indo embora, e nós nunca vamos conseguir recuperá-las. Mas a vida é assim mesmo. É assim que as coisas acontecem! As coisas vão embora e alguns de nós têm que crescer! Nesse verão, eu só estava tentando ter certeza de que nós não iríamos nos distanciar!

Parei de gritar com ele apenas o bastante para tomar ar novamente e continuar falando.

— E pra sua informação, Lee, você não precisa mais se preocupar com o fato de eu preferir ficar com o Noah em vez de você, porque nós terminamos. E dessa vez foi definitivo. E uma parte disso foi porque o Noah conseguiu enxergar o quanto ele e Harvard estavam me afastando de você. Ele não fica irritado comigo por eu querer passar algumas horas com você de vez em quando, ou por ter uma vida que inclua outras coisas além dele. Eu lamento que esse verão não tenha atendido suas expectativas e peço desculpas por ter dado essa mancada com você hoje. De verdade, estou muito arrependida. Mas não aja como se eu estivesse sabotando a nossa amizade só porque há outras coisas acontecendo na minha vida. Você é o meu melhor amigo e tem uma importância enorme pra mim, mas... porra, Lee, o meu mundo não gira ao redor de você. Talvez isso fosse verdade algum tempo atrás, mas nós não somos mais crianças. E você precisa crescer, cacete. E se dar conta disso.

Ele ficou olhando para mim, enquanto eu recuperava o fôlego. Meu corpo todo tremia e estava com uma vontade terrível de colocar os braços ao redor dele, abraçá-lo com força e chorar até aquele mal-estar passar, mas eu sabia que precisava dar um pouco de espaço agora para ele conseguir assimilar tudo que eu tinha acabado de dizer. Eu quase conseguia ouvir as engrenagens girando no cérebro dele enquanto seus olhos encaravam os meus. Lee engoliu em seco e soltou um suspiro entrecortado. Ele até tentou dizer alguma coisa, mas se conteve.

Depois de um tempo, ele simplesmente suspirou e se apoiou no corrimão outra vez.

Eu fiz o mesmo.

Nossos braços se encostaram. Senti a cabeça dele se apoiar no meu ombro.

— Que verão de merda, hein?

— É, um pouco — murmurei em resposta, encostando a minha cabeça na dele. — Desculpa ter perdido a nossa última dança no fliperama. Eu errei com você. De novo.

— Vocês terminaram mesmo?

— Sim.

— Por causa do Levi?

— Por mais esquisito que pareça, não. Pelo menos dessa vez, não teve nada a ver com ele. Na verdade, foi uma conversa... estranhamente... calma. Não como da última vez. Eu acho... eu acho que realmente acabou.

— E você aceitou numa boa?

— Eu... — Esfreguei ligeiramente minha cabeça na dele. — Não muito. Mas acho que vou ter que descobrir um jeito de aceitar.

— Desculpa ter gritado com você — ele disse. — Não estou dizendo isso só porque meu irmão terminou o namoro e estou com pena de você. Você tem razão, eu... eu tenho que crescer um pouco. Sei que tenho. Mas está sendo meio difícil.

— Está perdoado.

— Ei, como assim? Você não vai pedir desculpas também?

— Não.

Ele pensou naquilo por um momento.

— Acho que isso é justo. Mas, por favor, não grita mais comigo desse jeito, Shelly. A sensação é horrível. Mesmo que eu provavelmente tenha merecido.

— Eu acho que você definitivamente mereceu — eu disse, carregando a frase com sarcasmo. — De verdade... Dizer que eu não estava dando importância à nossa amizade e que sempre arrumava algo pra atrapalhar nossos planos. Você literalmente age como se tivesse feito cinco anos há dois dias atrás, sabia?

— "Há dois dias atrás" — ele respondeu, sem se abalar, tirando sarro do meu erro. — Você tem certeza de que foi aceita em Harvard?

33

AS DUAS SEMANAS SEGUINTES PASSARAM NUM PISCAR DE OLHOS. Noah passava a maioria das noites na casa dos pais, ou dormia no sofá quando estava na casa da praia. Talvez ele pudesse ter ficado com a antiga cama de Lee, no quarto de Amanda, mas Lee e eu havíamos meio que destruído o colchão em uma pegadinha da lista de desejos que incluía levá-lo até a praia e colocá-lo para boiar no mar, com Rachel ainda dormindo nele, sem suspeitar de nada.

Lee também parou de se preocupar tanto com a lista. Por isso, consegui assumir turnos extras no trabalho. Levi se manteve distante e ignorou minhas mensagens quando tentei falar com ele.

Fiquei feliz por todo mundo ter me dado espaço, especialmente no caso de Noah. Foi difícil estar tão perto dele, e não com ele. Chorei sozinha algumas vezes antes de dormir na nossa cama, mas ter um pouco mais de tempo para mim (mesmo que eu estivesse trabalhando muito) me ajudou a aceitar o término mais fácil.

Eu até fui para casa certa noite para jantar com meu pai, Brad e Linda. E também ajudei Linda a lavar os pratos, para depois jogar Uno com todo mundo. E também ri das piadas ruins dela. E também pedi desculpas por ter gritado com ela na partida de Banco Imobiliário.

Como uma pessoa adulta e madura.

Amanda e Noah passavam bastante tempo juntos, ele ajudou muito com o trabalho que vínhamos adiando fazer na casa da praia — ou com o trabalho que os prestadores de serviço deveriam ter feito, se Lee não tivesse ligado para cancelar todos eles. Ashton e a namorada tinham vindo uns dois ou três dias, e o resto da turma também, para algumas noites de filmes e jogos, embora Levi não tenha se juntado a nós em nenhuma delas.

Era estranha a sensação de que tudo parecia estar quase normal.

Uma normalidade que poderia se estilhaçar a qualquer minuto, mas mesmo assim.

E eu finalmente conseguia respirar de novo.

Além disso, faltavam só três coisas para eu e Lee completarmos a lista de desejos, e nenhum deles era tão grandioso ou maluco quanto a corrida de kart. Assim, não tivemos dificuldade nenhuma em completá-los. (Falando sério: era tão difícil assim montar uma fileira de dominós por todos os cômodos da casa da praia para derrubá-los em seguida? Nós já tínhamos encomendado um kit gigante de dominós pela Amazon.) Sem todo aquele estresse, Lee e eu havíamos realmente resolvido nossos problemas e agora eu conseguia me animar com os desejos que ainda faltava realizar.

Foi então que June deu a notícia, certa manhã, umas duas semanas depois do Quatro de Julho.

Amanda tinha ido passar o dia com os pais; Rachel estava na praia com algumas das garotas. Noah devia estar consertando o filtro da piscina (de novo), mas June disse que aquilo podia esperar e o chamou para dentro, e disse a Lee e a mim para pararmos de montar a fileira de dominós por alguns minutos. Ela nos levou até a sala de estar e disse para nos sentarmos. Foi quando percebi que o assunto era sério.

Eu cheguei a pensar que ela iria comentar alguma coisa sobre o fim do namoro, até que...

— Recebemos uma oferta — ela disse. — E estamos planejando aceitá-la.

Nós três ficamos em silêncio por um bom tempo.

Foi Noah quem o quebrou o silêncio.

— Então, por que eu estou perdendo meu tempo tentando consertar o filtro da piscina?

— Porque faz parte das coisas que dissemos que iríamos consertar — June explicou. — É óbvio.

— É óbvio — Lee resmungou, com uma expressão irritada.

Percebendo que a tropa estava à beira de um motim, June assumiu completamente a função de general. Ela endireitou os ombros, plantou os pés com firmeza no chão e espaçados entre si, retesou a mandíbula (e eu subitamente percebi de quem Noah tinha herdado aquela característica) e colocou as mãos no quadril. Uma pose perfeita de Mulher Maravilha, com um olhar duro como pedra que apontava para cada um de nós.

— Estamos planejando aceitar a oferta e esperamos que a venda seja concluída no decorrer das próximas duas semanas.

— Duas semanas? — Lee e eu exclamamos.

— Por isso, espero que esse lugar esteja limpo e em ordem. Vou precisar que vocês tirem tudo daqui e terminem de consertar as coisas. Está bem?

Pelo jeito que Lee agitava o corpo inteiro no assento, resmungando em voz baixa, e pela bufada que Noah soltou... Não, não estava nada bem.

Senti um peso no estômago com aquela notícia também. Nós vínhamos levando toda aquela tarefa na brincadeira, deixando que profissionais contratados viessem consertar as telhas, dando alguns retoques de paisagismo no quintal, mas nenhum de nós estava realmente esperando ouvir aquilo.

June olhou para nós com aquela expressão brava mais uma vez e disse:

— Estamos entendidos?

— Vou terminar de arrumar o filtro da piscina — Noah resmungou. Ele se levantou do sofá e foi até o quintal pisando duro, fechando as portas com força atrás de si e apertando o play na caixa de som Bluetooth que havia levado para lá naquela manhã.

— Acho que é melhor eu pegar algumas caixas pra guardar as nossas lembranças da infância — Lee murmurou, contrariado, e levantando-se do sofá. Agarrou suas chaves, chutou alguns dominós e bateu a porta da frente com força ao sair.

June suspirou e olhou para mim.

— Acho que vou arrumar a sala de jogos — eu disse, deslizando uma mão pelo braço do sofá antes de me levantar. — Não chegamos a fazer muita coisa por lá.

Eu não tinha me afastado muito quando June me chamou.

— Elle, venha se sentar comigo um pouco.

Voltei e me sentei diante do balcão da cozinha, enquanto ela nos preparava um café.

Que ótimo. Seja lá o que fosse, era uma conversa que exigia café.

— Eu sinto muito pelo que aconteceu entre você e o Noah — ela disse, depois de encher duas xícaras e sentar ao meu lado. June colocou a mão sobre a minha, abrindo um sorriso gentil. Sua expressão severa já tinha desaparecido completamente. — Ele me contou há duas semanas. Eu estava meio que esperando que você viesse conversar comigo a respeito.

— Oh. Eu... eu não...

Eu imaginei que Noah tivesse contado a ela, mas não dei muita importância para isso.

E, quer saber? Essa era uma conversa que eu não queria ter.

— Como você está, meu bem?

— Ah, claro. Eu estou bem. — Retribuí o sorriso dela para provar o que dizia. "Bem" era um certo exagero, mas eu estava conseguindo assimilar aquilo um pouco melhor do que quando terminei com Noah no ano passado. — Acho que eu devia ter imaginado que isso fosse acontecer. Mesmo sem a distância, como nesse verão, nem tudo foram flores. Mas... olha, eu estou bem. E o Noah... ele... ele está bem?

June virou o rosto, olhando para Noah pela porta da cozinha.

— Ele está sofrendo, mas... se você não se importar com o que vou dizer, acho que vai ser melhor assim. Pra vocês dois. A faculdade é uma mudança enorme. E vocês... — ela estalou a língua. — Acho que é suficiente dizer que as coisas ficavam meio intensas de tempos em tempos. Não creio que seja ruim vocês dois terem um pouco mais de espaço pra compreenderem algumas coisas por conta própria.

"Intensa" era uma forma gentil de descrever a situação.

Mas June parecia saber do que estava falando, e eu não tinha muitos motivos para discutir — especialmente por não ter feito nada para evitar o término. Assim, simplesmente fiz que sim com a cabeça.

— E, obviamente, você sabe que, aconteça o que acontecer, você sempre será parte da família, Elle.

— Sim, eu sei. Obrigada, June.

Ela apertou minha mão outra vez, e eu toquei meu braço no dela gentilmente.

— Ah, e há outra coisa também, Elle.

Oh, não. Ela estava de novo com aquela expressão séria no rosto. O que foi agora?

— Você se importa se eu perguntar uma coisa?

Era melhor que aquela pergunta não fosse sobre Noah, mas tive a impressão de que ela me perguntaria de qualquer maneira, então concordei com um aceno de cabeça e disse:

— Claro, pode perguntar.

— Você realmente quer estudar em Harvard?

Eu soltei o ar que estava prendendo, e me surpreendi quando aquilo se transformou numa risada.

— Quer uma resposta honesta? Eu realmente não sei. O Noah me deu um argumento ótimo sobre ter me candidatado sem pensar muito na questão, e agora eu me sinto mal por ter recusado a vaga em Berkeley e não ir mais estudar com o Lee...

— A questão é a seguinte — June disse cautelosamente. — Durante todo esse tempo em que você falava sobre a faculdade, nunca ouvi você falar sobre o que realmente queria estudar ou o que havia em uma determinada faculdade que fazia você querer estudar lá. Sei que Berkeley tem laços comigo e com a sua mãe, e obviamente Noah foi o motivo pelo qual você escolheu Harvard, mas fico pensando se você não escolheu essas faculdades só porque era isso que as outras pessoas queriam que você fizesse. Não tem problema se candidatar a escolas por causa das pessoas que você ama, querida, mas amar o Lee e o Noah não tem nada a ver com aquilo que você quer pra sua própria vida.

Berkeley sempre foi a escola dos meus sonhos. Não ficava muito longe de casa e foi onde nossas mães estudaram e, como o próprio Noah disse, foi onde Lee e eu dissemos que queríamos estudar assim que tínhamos idade suficiente para saber o que era uma faculdade.

Harvard, por outro lado, era a faculdade dos sonhos de qualquer pessoa. Isso não devia ser o bastante?

— O Noah me disse algo parecido — eu confessei.

Ela sorriu, como se não estivesse tão surpresa em ouvir aquilo. E eu me perguntei se eles não tinham conversado sobre... sobre mim... juntos.

— Talvez seja hora de começar a pensar no que você quer, Elle. No que você precisa. Descubra aquilo que desperta sua paixão e escolha uma faculdade que seja adequada a você. Quanto ao restante... Bem, você pode pensar nisso depois. Se for importante, vai acabar dando certo.

— Você acha?

June abriu um sorriso grande e carinhoso.

— Eu sei que vai.

Tive que desviar o olhar e me debrucei sobre o meu café. Como ela podia falar aquilo com tanta confiança? Eu tinha passado semanas, meses, agoniada por causa dos processos seletivos das faculdades. Havia entrado numa crise tão forte que Levi teve que vir e me convencer a parar de me preocupar tanto. Eu queria ir para a faculdade; disso eu tinha certeza.

Mas June tinha razão, assim como Noah. Eu não havia me candidatado a nenhum lugar pensando apenas em mim.

Lee já tinha se conformado em não ir à faculdade comigo. Noah e eu tínhamos terminado o namoro. Talvez essa fosse a hora em que eu, pensando somente em mim mesma, escolheria algo que combinasse comigo e com o futuro que queria, sem levar nenhum dos irmãos Flynn em consideração.

Só que...

— Nossa, é um conselho excelente — eu disse a June. — Mas há um pequeno problema.

— E qual é, meu bem?

— Eu não faço a menor ideia do que desperta a minha paixão.

June riu, tomando o café devagar.

— Oh, você vai descobrir, querida. Não estou dizendo que você precisa decidir agora o que quer fazer pelo resto da vida. Deus sabe bem que sua mãe e eu não fazíamos a mínima ideia, e ela se candidatou a trinta empregos diferentes antes de encontrar um que gostava da descrição. Mas vale a pena pensar sobre o que você gostaria de fazer. Trabalhar com crianças, administrar uma empresa, jornalismo... — June se inclinou para trás e me observou cuidadosamente, apertando os olhos. — Eu a imagino fazendo algo criativo. Algo maluco. Veja só o que vocês fizeram com a barraca do beijo. E toda a lista de desejos nesse verão. Pense no que vocês conseguiram fazer naquela corrida de kart!

Agora era a minha vez de rir.

— Como assim? Você acha que minha carreira tem alguma coisa a ver com Mario Kart?

— Ei, nunca se sabe. Coisas mais estranhas já aconteceram.

34

NOSSOS ÚLTIMOS DIAS NA CASA DA PRAIA PODEM SER CLASSIFICADOS em dois tipos: dias incrivelmente sombrios e dias em que agíamos quase como loucos em nossa missão de aproveitar ao máximo o tempo que ainda restava. Desde dias passados quase em silêncio, em que andávamos de um lado para outro, guardando coisas em caixas, até nosso último dia na praia, em que organizamos um banquete à meia-noite na areia, que terminou com Amanda pulando no mar pelada e arrependendo-se imediatamente. Ela berrou, dizendo que a água estava "congelando até a bunda" e correu de volta para casa, totalmente sem roupa.

Nossa última manhã na casa da praia foi um dos dias sombrios.

Nessa manhã, eu saí da cama em silêncio, antes que alguém acordasse, e fui preparar alguma coisa para comer, cuidadosamente para não incomodar Noah, que estava dormindo no sofá. Fiquei parada na cozinha, sem sentir o gosto do cereal de frutas que estava comendo, observando ao redor. Tudo parecia estar muito errado.

Os armários da cozinha estavam quase vazios. Havia caixas empilhadas, preenchidas até a metade e esperando para serem fechadas. Os sofás pareciam estar vazios, sem as velhas mantas e almofadas coloridas. Noah tinha levado a TV de volta para sua casa alguns dias antes, deixando um espaço vazio na parede. Esfregamos os pisos com bastante força, mas eles nunca pareceram tão velhos e desgastados quanto hoje. E, apesar do cuidado que tivemos, já estava todo coberto com grãos de areia outra vez. Todas as paredes tinham recebido uma nova camada de tinta. Pareciam limpas demais, brilhantes demais.

A casa praticamente reluzia em comparação com o início do verão.

Nunca a tinha visto com uma aparência tão boa. Tão decente. Mesmo com toda a mobília velha e encarquilhada.

E eu detestava aquilo. Estava errado, estava tudo errado.

Era como se a vida e a alma tivessem sido arrancadas delas.

A venda ia ser concluída em três dias. No dia seguinte nós sairíamos da casa e alguém viria para tirar os móveis dali. Em seguida, June e Matthew entregariam as chaves.

O som suave e abafado de passos que vinham pelo corredor me tirou daquela contemplação. Ergui os olhos e vi Rachel, já vestida, com os cabelos se encaracolando sutilmente ao redor dos ombros. Ela fez um aceno curto e balbuciou:

— Oi.

— Oi.

Eu me afastei para que ela pudesse passar e pegar algo para beber.

— Não vai tomar café da manhã?

Ela fez um gesto negativo com a cabeça.

— Não. Acho que só vou voltar pra minha casa. Sinceramente, não estou com muito apetite. Já guardei minhas coisas ontem e vou levar algumas dessas caixas comigo. Tem um monte delas aqui.

Olhei para ela, surpresa.

— Você não vai ficar pra ajudar a encaixotar as últimas coisas? Não... não que você tenha obrigação de fazer, ou que a gente espera que você faça. Digo... Eu sei que esse lugar não é sua responsabilidade, e você também já ajudou bastante, e...

Ela soltou uma risada baixinha, sorrindo para mim, e deu de ombros apontando para todas as caixas.

— Praticamente tudo já está encaixotado. Além disso, você tem razão. Esse lugar não tem muita relação comigo. Vocês têm que se despedir do melhor jeito. Não quero atrapalhar.

Houve momentos, no passado, em que "atrapalhar" era exatamente o que Rachel fazia. Eu queria passar meu tempo com Lee, mas não podia, porque ele estava com ela. Se eu achava que íamos curtir algum programa juntos, eu e a turma, não, ali estava Rachel e algumas das garotas junto.

Mas, nesse último ano, desde que começou a namorar com Lee, ela havia realmente se tornado parte da minha vida também.

— Você não atrapalha.

Ela sorriu com tanta emoção nos olhos que me perguntei se ela sabia que eu não estava falando apenas sobre hoje.

— Obrigada, Elle. Mas eu acho que isso é uma coisa que vocês devem fazer sozinhos.

— Atenção, atenção!

Nós duas saltamos, assustadas, e percebemos que Amanda sorria para nós. Seu cabelo estava armado e com frizz de um lado, mas alisado do lado sobre o qual tinha dormido depois de nadar pelada. Seus olhos estavam um pouco vermelhos. Era o mais próximo de menos do que perfeita que eu já a havia visto.

Mesmo assim, ela ainda conseguia parecer fofa naquele pijama velho do Harry Potter, com o logo quase completamente desbotado. Eu não conseguia entender como isso era possível.

— Estou com a Rachel — ela disse. Amanda começou a revirar a cozinha, examinando as sobras do banquete do dia anterior e depois procurando talheres. Olhei para Noah, mas ele não se percebeu o barulho, e permaneceu dormindo profundamente.— Estávamos conversando sobre isso ontem. Ah, que saco... Onde está o açúcar de glacear?

— O quê?

— O... o açúcar de confeiteiro!

— Acho que guardamos naquela sacola.

— O açúcar de confeiteiro é indispensável pra fazer rabanada. — Amanda foi até a sacola que eu tinha indicado e começou a revirá-la. — Bem, mas voltando ao assunto... Rachel e eu conversamos sobre isso ontem. Achamos que é melhor irmos embora e deixar vocês três aqui, pra que tenham tempo de se despedir. Não fomos nós que passamos todos os verões da nossa vida aqui. Além disso, meu pai vai embarcar de volta pra Inglaterra hoje. Eu disse que iria vê-lo antes que ele fosse pro aeroporto. Oh, e onde está meu celular?

Largando o açúcar de confeiteiro, Amanda foi buscar seu celular e Rachel olhou para mim de novo.

— Sei que não tivemos muito tempo pra conversar sobre todo aquele... o que houve com você e o Noah, mas... você está bem?

Eu estaria mentindo se dissesse que não era esquisito estar perto dele e não poder dar uns amassos aqui e ali ou beijá-lo. Nada de toques casuais, nada de sorrisos trocados. Nós dois estávamos nos esforçando muito para não voltar à velha rotina de discutir por qualquer coisa e flertar. Eu o peguei olhando para mim algumas vezes, quando ele pensava que eu não estava percebendo. E tenho certeza de que ele me pegou fazendo a mesma coisa.

Ao pensar naquilo, entretanto, eu disse a Rachel com toda sinceridade:

— Já estive pior.

— É uma pena que não tenha dado certo, Elle.

Eu dei de ombros sem muito ânimo. Também achava uma pena não ter dado certo.

Rachel me deu um abraço apertado, tão repentino e com tanta força que eu cambaleei um pouco para trás. Rindo, retribuí o abraço.

— Ei, pra que isso? O verão ainda não terminou. Você ainda vai me ver.

— Eu sei — Rachel disse, e eu fiquei chocada ao ver lágrimas nos seus olhos quando ela se afastou. — É que... eu sei que só fiquei aqui nesse verão, mas ir embora desse lugar dá a sensação de que tudo está acabando. Você não acha?

Senti minha garganta se fechar.

— Sim. Sim, é o que parece.

— A gente se vê, Elle.

Eu a ouvi passando por Amanda no corredor e se despedindo rapidamente.

— Vou voltar pra casa depois de amanhã — Amanda falou. — Vou viajar com minha mãe. Meu pai decidiu que não consegue suportar passar algumas horas no mesmo aeroporto que ela, então... — Ela suspirou, com os olhos se enchendo de lágrimas, piscando-os rapidamente para afastá-las. — Está tudo bem. Sério, de verdade. Eles vão conseguir se entender depois que tudo isso estiver resolvido. O divórcio, eu digo. Por acaso é ruim eu me sentir feliz por voltar pra Harvard ano que vem e me ver longe de tudo isso?

— Parece ser exatamente o que você precisa — eu disse. — Eu... olha, eu lamento que você esteja passando por isso.

— As coisas são assim mesmo. Eu vou ficar bem. Algum dia.

Ela começou a preparar uma tigela de cereal, aparentemente tinha se esquecido da rabanada. Ou talvez tivesse perdido o apetite.

— Está tudo tão esquisito, você não acha? Sem todas as suas coisas aqui.

Eu fiz que sim com a cabeça.

— Quase não estou reconhecendo esse lugar.

Ficamos ali em silêncio. Lavei minha tigela vazia e guardei de novo as panelas e o batedor de ovos que Amanda tinha pegado para fazer sua rabanada. Ela também deixou o cereal pela metade.

— Eu... eu ouvi a Rachel falar sobre o Noah pra você. Elle, eu sei que não tenho nada a ver com isso, e não sei se vai ajudar, mas... eu sei o quanto ele amava você. Sei o quanto foi difícil pra ele se afastar.

Se afastar. Como se ele tivesse feito um gesto grandioso e nobre. Como se eu precisasse que ele fizesse alguma coisa por mim.

Foi quando eu percebi: talvez ele não tivesse feito aquilo por mim. Ou, pelo menos, não somente por mim.

Ele fez aquilo por ele mesmo.

Qualquer resposta incisiva que eu estivesse prestes a cuspir sobre Amanda acabou morrendo na minha língua e engoli aquelas palavras.

— Sim, sim, eu sei. Foi difícil pra mim também. Mas é como ele disse; acho que o amor nem sempre é o bastante.

— Acho que não.

Ela apertou meu ombro com carinho.

— Eu sei que você vai trabalhar amanhã e que já fez planos com sua família, então acho que não vamos nos ver antes de eu ir pro aeroporto. Sei que nós tivemos... bem, acho que dá pra dizer que não começamos nossa amizade da melhor maneira, mas eu adorei te conhecer melhor, especialmente nesse verão. E eu acho que você é uma pessoa incrível, Elle Evans. Então, mesmo que as coisas entre você e o Noah estejam meio estranhas agora, não esquece que estou aqui. E nós vamos sair pra curtir alguma coisa no ano que vem, não é? Quando você estiver em Harvard.

Respondi com um sorriso desajeitado e decidi que aquela era uma conversa para outra hora. Fiquei sinceramente emocionada pelo que ela falou, e Amanda era, mesmo depois de tudo o que aconteceu no dia de Ação de Graças do ano passado, uma excelente amiga.

— Da próxima vez que eu for a Boston, ligo pra você — eu disse.

COM A CASA DA PRAIA PRATICAMENTE VAZIA, RACHEL TINHA RAZÃO: A sensação era de que tudo realmente estava acabando. A porta da frente estava aberta e Lee e Noah estavam entrando e saindo, carregando os carros com as caixas — ou com sacos de lixo que usamos para guardar todas as roupas de cama quando as caixas acabaram.

Saí da sala de jogos depois de dar uma última olhada para ter certeza de que não tínhamos esquecido nada, nem mesmo uma tampa de caneta, e parei no meio do corredor com uma caixa vazia, observando a parede dos retratos.

Minha respiração estremeceu, enquanto meus olhos passavam pelas fotografias, sorvendo cada uma delas. Eu sabia que não iríamos simplesmente jogá-las no lixo, mas também sabia que June não tinha planos de recolocá-las em alguma parede da sua casa.

Nossas vidas inteiras, bem aqui nessa parede.

Olhei para cada uma das fotos, vendo nós crescermos. Brad bebê, Brad aprendendo a andar... Todas as etapas até ele completar dez anos, segurando uma água-viva na praia com um sorriso enorme para a câmera, com Noah ao seu lado e June sorrindo forçado, olhando com desconfiança para a criatura. Meu pai com o braço ao redor da minha mãe, e depois sem ela, seu rosto mais marcado pelas linhas de expressão, e mais à frente a tristeza desaparecendo lentamente dos ombros dele conforme os anos passavam. Matthew e June, naquele verão em que os dois não estavam se falando direito...

E a cada ano uma fotografia em que Lee, Noah e eu aparecíamos. Nós três na praia. O começo do verão, o Quatro de Julho, o fim do verão, algum dia aleatório que não significava nada, mas ao mesmo tempo significava tudo. Todos os verões da nossa vida imortalizados nessa parede.

Pisquei os olhos para afastar as lágrimas, ainda choramingando.

Eu tinha dito a mim mesma que não ia chorar.

(Lee tinha chorado bastante, e toda vez eu oferecia um lenço de papel para ele — ou um pedaço de papel higiênico, quando todas as caixinhas de lenço já tinham sido encaixotadas.)

Ao ouvir o barulho da porta de entrada, tirei os olhos das fotografias e vi que Noah estava subindo até a varanda. Ele estendeu os braços acima da cabeça e estalou o pescoço. Braços longos e fortes e um breve vislumbre da pele dos seu abdômen de tanquinho quando a camiseta se ergueu. Seus cabelos brilhavam com a luz do sol.

Lee estava carregando uma última caixa e parou para lhe dizer alguma coisa. Lee, com seu ar malandro, sorriso fácil e olhos dançantes, muito parecido com Noah, mas ao mesmo tempo totalmente diferente, estava com os cabelos bagunçados e o nariz vermelho, queimado de sol.

E foi exatamente assim. Um piscar de olhos e os dois viraram adultos. Nós todos viramos. Com o outono chegando, a faculdade, os novos começos e novas aventuras no horizonte, esse verão glorioso e dourado estava terminando.

— Ei — eu gritei, e os irmãos Flynn, que eu amava tanto, de maneiras tão diferentes, mas ainda assim profundamente, olharam para mim.
— Que tal uma última foto?

35

AINDA TÍNHAMOS UM TEMPO ANTES QUE O VERÃO TERMINASSE, MAS não muito. Depois que deixamos a casa da praia para trás, hoje parecia ser O Grande Dia para amarrarmos as pontas soltas. Ainda era bem cedo quando voltei para casa. Havia dois carros estacionados junto à calçada: o do meu pai e um azul-escuro e brilhante, que imaginei ser de Linda.

Lá dentro, encontrei os três conversando na sala de estar. Brad estava pulando de um lado para outro, enquanto contava uma história com um prato de salgadinhos comidos pela metade e copos vazios sobre a mesa de centro, perto do maço de cartas de algum jogo que eles tinham abandonado.

— E aí, ptshiwwww — Brad retorceu a boca, balançando os braços. — Ele acertou a bola e mandou pra fora do campo!

Linda exclamou:

— Uau! Não acredito!

Meu pai estava rindo e percebeu que eu estava na porta.

— Elle! Achamos que você só fosse chegar mais tarde. Vocês terminaram cedo?

Eu confirmei com um aceno de cabeça.

A expressão dele ficou mais séria.

— Está tudo bem, querida?

— Claro. Claro que está. Oi, Linda. Oi, Brad. Será que... Pai, será que podemos conversar um minuto? Na cozinha?

Ele tinha uma expressão no rosto como se estivesse se preparando para receber uma má notícia. Meu estômago fervilhava, como se houvesse alguma coisa ali se revirando sem parar. Eu não conseguia parar de mexer as mãos. Ouvi meu pai puxar ruidosamente o ar pelo nariz, enquanto me seguia até a cozinha e fechava a porta.

— O que aconteceu? — ele perguntou, sério.

— É sobre a faculdade.

Respirei fundo. Hoje era o dia de acertar tudo. Ou, pelo menos, acertar o máximo possível. Fechei os olhos por um segundo para me recompor e, em seguida, encarei a expressão séria e preocupada dele antes de desfraldar o discurso que havia ensaiado no meu carro.

— Eu... Resolvi que não vou mais pra Harvard. Sei que você vai ficar decepcionado, mas já tomei minha decisão. Eu não escolhi Harvard pelas razões certas e acho que, na verdade nem queria estudar lá. Foi a mesma coisa com Berkeley; me deixei levar pelas razões erradas. Mas fiz uma pesquisa e consegui me matricular na USC. Posso começar a estudar lá no outono. Design de jogos eletrônicos. Eu sei que Berkeley e Harvard são escolas ótimas, mas... Acho que é realmente isso que eu quero estudar, e a USC é a melhor escola do país na área de desenvolvimento de games. Além disso, já conversei com a May e ela disse que posso continuar trabalhando no Dunes enquanto estudo, isso quer dizer que vou poder ajudar vocês aqui quando precisarem, desde que não bata com as minhas aulas. Já tenho tudo esquematizado dentro da minha cabeça.

Houve um longo e desagradável silêncio quando eu finalmente parei de falar para tomar fôlego. Meu pai piscou aqueles olhos grandes como os de uma coruja algumas vezes por trás dos óculos, com o queixo caído.

Mordi o lábio, apoiando nervosamente o peso do corpo em um pé e depois no outro.

— Pai? Pai, não fica assim. Fala alguma coisa, por favor. Eu sei que não era o que você estava esperando...

— Vou dizer! — ele interrompeu, com uma gargalhada que me pegou completamente desprevenida. Suspirou, balançando a cabeça. — Elle, pela sua cara, agindo desse jeito tão sério... eu achei que você fosse dizer que estava grávida! Deus do céu!

— Meu Deus, não! — As minhas bochechas estavam ardendo.

Colocando a mão no meu ombro, ele disse:

— Presta atenção. Estou muito orgulhoso de você por ter entrado em Harvard. Mas você vai estudar no lugar que achar melhor pra você. Olha, mesmo que não quisesse fazer faculdade, claro que eu não ficaria muito feliz, mas não há muito que eu possa fazer, não é? A USC é uma ótima universidade. E o curso de design de jogos parece combinar bastante com você.

— Então... Quer dizer que você não está bravo? Não está bravo por eu ter desistido de Harvard?

— De jeito nenhum. Mas vai ser muito divertido explicar isso no escritório. Acho que eu me vangloriei um pouco demais por lá. Vai ser engraçado.

Eu ri, mas senti meu corpo murchar de alívio. Desde aquela conversa que tive com June eu vinha pensando — e, depois que ela colocou na minha cabeça a ideia ridícula de que minha carreira podia ter alguma coisa a ver com Mario Kart, eu não consegui parar de pensar naquilo. Fiquei empolgada para cursar a faculdade de um jeito que nunca tinha ficado antes.

Lee ia amar essa notícia. Principalmente porque agora nós dois estaríamos na Califórnia e seria muito mais fácil nos encontrarmos.

— E isso não é só porque Noah e eu terminamos o namoro — eu disse. — Eu... eu acho que nunca quis deixar vocês sozinhos. Eu sei que você tem a Linda agora, mas...

— Oh, meu bem. Venha aqui. — Ele me puxou para um abraço de urso e riu outra vez. — Nós somos perfeitamente capazes de nos cuidarmos sozinhos, mas vai ser legal ter você por perto de tempos em tempos. Eu tenho muito orgulho de você, sabia?

— Mesmo que eu tenha desistido de estudar em Harvard?

— Especialmente porque você desistiu de estudar em Harvard.

LEVI AINDA NÃO ESTAVA ATENDENDO AS MINHAS LIGAÇÕES, POR ISSO eu decidi partir para o ataque com todas as forças e liguei para o número do telefone fixo da casa dele. O pai dele atendeu com uma voz alegre:

— Elle! Já faz algum tempo que não recebemos notícias suas. Como estão as coisas?

Ele me disse que Levi estava trabalhando. Assim, depois de jantar com a minha família e Linda, entrei no carro e fui até a loja de conveniência.

Ali estava ele, atrás do balcão, debruçado sobre o celular. Ele nem ergueu os olhos quando ouviu o som de alguém entrando.

Peguei a embalagem de doces mais próxima e fui até a caixa registradora. Coloquei os doces no balcão e limpei a garganta. Levi ergueu o rosto e me olhou de cima a baixo, esbugalhando os olhos, e começou a gaguejar.

— Vim em missão de paz — eu disse.

— Elle. Eu... Eu não... O que você está fazendo aqui?

— Vim visitar um dos meus melhores amigos, porque ele está me evitando há mais ou menos... um mês?

Ele enrubesceu, até suas orelhas ficaram vermelhas, e desviou o olhar.

— Desculpa. Eu pensei que...

— Ah, você pisou na bola. Com força — eu disse, com um sorriso e um aceno de cabeça. — Mas você ainda é meu amigo e eu ainda me importo com você. Mesmo que seja um idiota.

— Ouvi dizer que você e o Noah terminaram — ele balbuciou.

— Não é por causa disso que eu vim aqui. — Eu escutei o quanto aquelas palavras saíram agressivas e gemi. — Desculpa. Eu não quis... ofender, nem nada.

— Não! Não, eu só quis dizer que... Espero que não tenha sido por minha causa. É mais ou menos por isso que estou evitando você. Achei que você ia me odiar, porque se eu estraguei as coisas e causei problemas entre vocês...

— Não, nada disso — eu disse. — Acho que ia acabar assim de qualquer jeito, você sabe. Noah e eu. Está tudo bem.

(Na verdade, não estava, mas logo ficaria.)

Levi assentiu devagar, sem muita convicção.

Fazia semanas que não conversávamos, então decidi não desperdiçar tempo sendo diplomática e nem fazer rodeios.

— Você ainda sente atração por mim?

Levi abriu um sorriso. Uma expressão pequena, cansada e meio torta.

— Acho que sempre vou me sentir meio atraído por você, Elle.

— Bem, se você conseguir manter isso sob controle, e não me beijar de novo, eu gostaria muito, muito, que pudéssemos voltar a ser amigos. Tenho saudade de você. Mas... mas eu entendo. Se for difícil pra você...

— Difícil ficar perto de você? — Levi sorriu, inclinando a cabeça para trás com os risos. — Eu disse que me sinto atraído por você. Não que seus encantos femininos são tão irresistíveis que eu me derreto como geleia nas suas mãos ou que beijo o chão por onde você passa. Fui seu amigo o ano passado todo. Estou com saudade também.

— Meus encantos femininos? — eu repeti, me esforçando muito para não rir.

Levi fez uma careta, balançando a cabeça de um lado para outro, enquanto fingia considerar a questão.

— Eles não são tão encantadores assim. Desculpa a franqueza.

Levei a mão ao coração.

— Oh! Como vou conseguir me recuperar de tal insulto?

— Ah, eu tenho certeza de que você vai conseguir encontrar várias distrações em Boston pra não ter que pensar nisso.

— Bem, por falar nisso... Eu não vou mais me mudar pra lá.

Expliquei tudo a Levi, parando algumas vezes quando algum cliente de verdade chegava e precisava passar as compras. Inclusive, o próprio gerente chegou em um determinado momento e disse a Levi para conversar com seus amigos fora do horário de trabalho. Eu saí da loja logo a seguir, mas só depois que combinamos de nos encontrar dali a alguns dias, quando nós dois estaríamos de folga.

Eu realmente senti a falta dele nessas últimas semanas e fiquei contente por ter resolvido as coisas entre nós. Seria péssimo perder a amizade dele, ainda mais porque eu ia continuar na Califórnia para fazer a faculdade.

Eu ia dar a notícia para Lee só dali a algum tempo. Ele ia precisar de algo que o alegrasse depois que a venda da casa da praia fosse concluída, e eu tinha certeza de que ele voltaria a ficar feliz ao saber disso. Já no caso de Noah, ele acabaria entendendo, e eu não imaginava que ele fosse se culpar. Era inteligente demais para fazer isso.

No ano passado, tinha sido horrível ficar longe um do outro, mas dessa vez era disso que nós dois precisávamos.

Eu sabia que devia estar me sentindo pior. Devia estar decepcionada, triste e ter aquela sensação de vazio no peito porque tudo estava acabando. Mas, em algum momento do dia de hoje, essa sensação simplesmente sumiu. Na verdade, eu finalmente sentia que tudo estava começando a se encaixar.

36

— VOCÊ VEIO! — LEE EXCLAMOU.

Ele largou a bolsa de viagem, atravessou a rua correndo e se jogou sobre mim, me envolvendo num abraço que me fez levantar do chão. Eu ri quando ele me colocou de volta. E afastei um pouco do cabelo que cobria seu rosto.

— Você não achou que eu ia deixar você ir embora sem me despedir, não é?

Ele abriu um enorme sorriso, seus olhos azuis faiscavam.

— Achei que você estivesse trabalhando!

— Bem, eu estava, mas a May me deixou sair mais cedo pra que eu pudesse falar tchau. E além disso, ela pediu pra te dar uma coisa...

Eu abri a bolsa e tirei uma folha de papel grosso. Um certificado impresso com o logo do Dunes, assinado por May, declarando que Lee Flynn era...

— O funcionário do mês! — ele leu em voz alta, soltando uma gargalhada. — Que legal! Dá um abraço nela por mim, está bem? E diz que isso aqui vai ter um espaço de destaque na minha parede na faculdade. Quero que todo mundo saiba.

— Ela ficou muito feliz por você ter finalmente se desgrudado do restaurante. O funcionário que ela nunca contratou.

— O melhor não funcionário que ela já teve — Lee concordou. Ultimamente, ele queria passar o máximo de tempo possível comigo, então acabava ficando bastante no restaurante. E, embora o gerente de Levi nunca ficasse feliz em me ver, May simplesmente revirava os olhos e jogava as mãos para cima sempre que Lee aparecia, e ele inevitavelmente acabava nos ajudando com alguma tarefa.

Começamos a voltar para o carro dos pais dele, que já estava abarrotado com caixas e malas, pronto para Lee se instalar no seu novo quarto, no alojamento da faculdade. Noah tinha voado para Boston dois dias antes.

— E, então, está tudo pronto?

— Tudo pronto — ele confirmou. — Bem, estou planejando voltar no próximo fim de semana, pra pegar o meu carro e alguma coisa ou outra que eu tenha esquecido. Ei! Você pode ir até Berkeley pra me pegar e me trazer de volta, o que acha? Posso te mostrar tudo e te apresentar pra... alguém que eu for conhecer essa semana.

Sorri para ele.

— Vou adorar.

Por um segundo, nós simplesmente ficamos ali parados, sorrindo um para o outro, antes que Lee soltasse um suspiro e sua expressão de alegria se desfizesse. Ele pegou as minhas mãos.

— É muito estranho partir sem você.

Era estranho para mim também. Eu sabia que aquilo era uma idiotice, já que ele não estaria tão longe, e que nos veríamos com frequência, mas mesmo assim... Nós quase nunca passamos mais de dois dias longe um do outro antes.

Lee já tinha chorado por nós três quando estávamos desentulhando a casa da praia. Naquele dia, eu estava determinada a não chorar, assim como estava determinada a não chorar hoje. Mas não aguentei. Meus olhos se encheram de lágrimas e minha voz ficou embargada.

— Vou sentir saudade de você, Lee Flynn. Você tem que prometer que vai me ligar todos os dias.

— Juro por Deus.

— E que vai me chamar no FaceTime depois que desfizer as malas pra mostrar o seu quarto.

— Com toda certeza.

Eu respirei fundo, tentando recuperar o fôlego. Uma lágrima rolou pela bochecha de Lee também, e eu o agarrei para um último abraço.

— Amo você.

— Também amo você, Shelly.

Nós nos afastamos e Lee pigarreou com força, estufando o peito e balançando a cabeça.

June gritou, ao lado do porta-malas do carro.

— Lee! Você pegou a caixa com os produtos de limpeza? Ela não está aqui.

— Droga, eu estava esperando que ela não percebesse... — Ele piscou para mim e disse: — Tenho que correr lá pra dentro pra pegar. Promete que não vai embora até eu ir também?

— Você não conseguiria se livrar de mim nem morto.

Chegamos a pensar na hipótese de eu viajar com Lee, ir com eles para deixá-lo na faculdade. Eu seria bem-vinda no carro, e iríamos nos despedir, com toda a emoção e lágrimas, no quarto do alojamento dele; mas acabamos decidindo que era melhor não. Lee e eu já tínhamos ido a Berkeley na semana passada e visitado alguns lugares que Ashton tinha sugerido, e isso foi o bastante.

Ir a Berkeley não era mais uma coisa que dizia respeito a nós dois. Apenas a Lee. Hoje, o dia era só dele.

Lee desapareceu pela porta da casa e June veio até mim depois de instruir Matthew sobre como reorganizar algumas coisas no carro.

— Oi, querida. Como você está?

Ela me envolveu num abraço breve, mas carinhoso, e depois se afastou um pouco para me observar.

— Vou ficar bem — eu disse. E eu ia mesmo.

Ela assentiu, sorrindo e relaxando os braços.

— Todos vocês, já crescidos. Ele me fez prometer que eu não ia chorar, você sabe, mas acho que todos nós sabemos que isso vai acabar acontecendo. E você sabe que se quiser uma ajuda pra comprar suas coisas pra faculdade ou pra se mudar... é só gritar. Estamos por perto. Matthew e eu vamos ficar muito felizes em ajudar.

— Obrigada. Eu sei. Mas está tudo bem. Meu pai e eu já cuidamos de tudo. A Linda vai sair com a gente pra fazer compras amanhã.

A ideia de chamar Linda para vir com a gente foi minha, inclusive. Ela não era uma pessoa ruim, eu acho. E tinha muito bom gosto (e um talento para encontrar cupons de desconto). Além disso, eu via todo o esforço que ela estava fazendo por mim, e achei que já era hora de retribuir o favor.

— Oh! E tem algo que eu preciso dizer; nós finalmente conseguimos acertar tudo. Toda a documentação e o resto da burocracia. Tivemos que reembolsar todas as taxas que os compradores pagaram, mas agora tudo está terminado. A casa da praia vai continuar no nome dos Flynn.

Eu soltei um gemido mudo, sorrindo para ela.

— Que notícia maravilhosa. Obrigada, June.

— E tudo por sua causa. Não me agradeça. Eu estava triste por termos que nos desfazer dela também, mas, na verdade, tudo que a casa precisava era de um empurrãozinho na direção certa. Como uma certa pessoa, não é?

Naquele dia, fomos até a praia e tiramos uma foto: uma última foto de nós três no último verão na casa da praia. Depois, mandei revelar e emoldurar, antes de levá-la no mesmo dia para June e Matthew.

Matthew começou a chorar e saiu da sala.

June olhou para mim e para a caixa cheia de fotos da casa da praia, e depois para o novo quadro que eu havia emoldurado para eles. Ela pegou o celular e ligou para a empresa de mudanças, dizendo-lhes para cancelar o trabalho.

Não foi fácil, mas eles conseguiram cancelar a venda e ficar com a casa da praia.

Eu sabia que todos nós tínhamos que nos desapegar, crescer e seguir em frente com nossas próprias vidas. Mas fiquei muito, muito feliz por não termos que deixar a casa da praia pelo caminho.

Lee abriu a janela; o banco de trás estava cheio de travesseiros, e o edredom e sua mochila estavam ao seu lado.

— Ainda bem que você não vai com a gente. Não tem espaço.

— Ainda bem mesmo — eu repeti. — Me liga mais tarde, ok?

— Sim, eu sei que tenho que ligar. Eu prometi, não foi? — ele disse, sorrindo. — Ah! Quando chegar em casa, dá uma olhada na sua garagem. Eu deixei um presente de despedida.

— Na garagem?

Ele sorriu e estendeu a mão para beliscar meu nariz. Eu me afastei e mandei um beijo. Em seguida, fiquei observando o carro ir embora, levando Lee para Berkeley.

Embora estivéssemos crescendo, isso não significava que tínhamos que nos separar. Meu relacionamento com Noah podia ter terminado, mas a minha amizade com Lee iria durar para sempre, independentemente do que acontecesse e aonde quer que a vida nos levasse.

Se havia uma coisa na vida com a qual eu podia contar, era isso. Com ele.

Quando o carro sumiu de vista, voltei caminhando para casa.

Quantas mil vezes eu tinha caminhado até a casa de Lee no decorrer dos anos? Eu era capaz de fazer aquele percurso de olhos vendados, se precisasse.

Fiquei me perguntado quando seria a próxima vez que eu o faria.

Quando voltei, vi que minha casa estava vazia. Entrei para pegar a chave da garagem e abri a porta.

E logo ali, no meio do piso da garagem, ocupando um espaço enorme e erguendo-se orgulhosa, em sua glória azul e rosa, salpicada com ferrugem e começando a se desmantelar, estava a nossa máquina Dance Dance Mania.

— Ele não fez isso — eu sussurrei, entrando lenta e respeitosamente na garagem. — Oh, Lee, você não fez isso.

Tinha um bilhete preso à tela com fita adesiva, e eu o puxei para ler.

Shelly, até a nossa próxima dança. Seu melhor amigo, pra sempre, Lee.

Eu o apertei contra o peito, sentindo meus olhos se encherem de lágrimas e deslizando a mão pela velha DDM.

Era a cara do Lee fazer isso.

EPÍLOGO

RISOS ENCHIAM O AR E CONVERSAS BORBULHAVAM AO NOSSO REDOR. Dings e schwups eletrônicos ressoavam de tempo em tempo. Uma bola colidiu com força com um alvo pintado numa prancha de madeira, seguido por um barulho de água e um coro de aplausos e assobios, enquanto um professor caía no tanque. A grama era pisoteada na lama por centenas de pés e o sol forte nos castigava. Alto-falantes próximos tocavam música, mas quase não dava para ouvir direito em meio ao som de todo o resto.

Uma mão segurou meu braço e me virou, um rosto que eu conhecia melhor que o meu próprio sorriu para mim.

— Aí está você!

— Oi, galera! — Dei abraços alternados em Lee e Rachel, como se já não os tivesse visto há dois dias, ou falado com eles por chamada de vídeo para ter certeza de que nosso passeio ainda estava combinado.

Rachel olhou ao redor, embasbacada.

— Não acredito como... Eu achei que estaria mais diferente.

— Até que está — eu disse. — Compraram um castelo inflável novinho esse ano.

Mas eu sabia exatamente ao que ela estava se referindo. Eu também tinha sentido. Vir aqui hoje era como entrar num sonho.

O Festival Anual da Primavera. Nossa escola ainda realizava aquele evento, mesmo depois de todos esses anos. Esse ano, a escola estava angariando dinheiro para uma organização focada na mudança climática. Muitas das barracas e atrações eram as mesmas que já conhecíamos; as crianças ainda tentavam pegar os mesmos patos de borracha da piscina inflável que nós tentamos.

Já fazia seis anos desde que tínhamos nos formado no ensino médio. Seis anos desde a última vez em que estivemos todos juntos aqui.

Eu havia voltado uma ou duas vezes. Tinha substituído meu pai e Linda nas reuniões de pais e professores do Brad às quais eles não puderam comparecer. Essas reuniões foram bem esquisitas para falar a verdade, mas estar no festival da primavera hoje era algo completamente diferente.

Seis anos e o relacionamento de Lee e Rachel continuava firme e forte. Rachel voltou para a Califórnia depois de se formar na Brown. Ela e Lee alugaram um apartamento juntos. Ele a pediu em casamento no ano-novo.

Eu não tinha um anel de noivado (na verdade, não tinha nem mesmo um namorado), mas tinha meu próprio apartamento, que não ficava muito longe de onde eles moravam. Perto da minha família, não muito longe de Lee e ainda dava para ir andando até o trabalho.

— E, então, onde está o Brad?

— Provavelmente se empanturrando de algodão-doce. — Eu revirei os olhos. — Aquele garoto é o sonho de qualquer dentista. Ou pesadelo, dependendo de como você analisa. Ele vai precisar de mais uma obturação, você sabe.

— Isso aí, Brad — Lee declarou.

Rachel deu um tabefe no peito de Lee antes que eu pudesse fazer o mesmo.

— Não o encoraje.

— Boa sorte pra vocês, quando tiverem um filho. Ele vai dar um trabalho enorme — eu disse a ela, apontando para Lee. — Especialmente no Halloween, já pensou? Embora, pensando bem, ele provavelmente acabe com todos os doces antes que as crianças consigam olhar o que ganharam. Meu Deus, isso é esquisito, não é? Filhos. Crianças. Vocês talvez tenham filhos algum dia. Nós éramos crianças esses dias.

— Éramos mesmo — Lee disse, sem alterar muito a voz. — Então, não toque nesse assunto, porque eu vim aqui pra me divertir e reviver minha infância, não pra ter uma crise existencial.

— Você está com vinte e quatro anos — Rachel disse.

— Exatamente. Sou um adulto, agora. E posso ter uma crise existencial quando eu quiser, obrigado.

— Lee, você comeu bolo no café da manhã.

— Bem, você não devia ter comprado um bolo inteiro, não é? Assim, não teria sobrado pra eu comer no café da manhã.

Eu ri, enlaçando meu braço no de Lee. Algumas coisas nunca mudam.

Nós três partimos para explorar o resto do festival. E, por falar em coisas que nunca mudam...

— Oh, meu Deus — eu disse, parando, assustada.

Lee também parou.

— Eu não acredito.

Não podia ser verdade.

Quando contornamos uma das atrações, vimos uma multidão aglomerada em frente a uma das barracas. Uma que reconhecemos muito bem. A tinta já estava um pouco desbotada. Olhando para ela, eu consegui sentir o toque da tinta molhada na minha pele, que Lee respingou em mim enquanto estávamos trabalhando na construção dela. Consegui até ouvir a risada dele naquela tarde ecoar na minha orelha.

— Uau — ele suspirou e segurou meu braço. Eu segurei no braço dele também.

Porque, bem diante de nós, sete anos depois, estava a barraca do beijo.

Enquanto observávamos, um rapaz se aproximou dela. Ele disse alguma coisa para a garota que estava ali e ela corou instantaneamente, parecendo um pouco nervosa antes de se inclinar para beijá-lo.

Meu estômago virou uma pirueta e, por um segundo, era eu quem estava sentada naquela cabine, vendo Noah entregar duas notas de um dólar e sentindo meu coração martelar no peito quando ele me disse:

— Não paguei pra conversar, você sabe. Paguei pra receber um beijo.

Senti meus lábios formigarem.

O casal que estava na barraca se afastou. O rapaz disse alguma coisa e a garota riu, colocando uma mecha atrás da orelha e fazendo um movimento afirmativo com a cabeça. Eles se beijaram de novo e a multidão ao redor vibrou.

Nunca esqueci o meu primeiro beijo. E como poderia? Ainda me lembrava da sensação dos lábios de Noah, do gosto que eles tinham.

Mesmo depois de seis anos era impossível esquecer Noah Flynn.

Ele não tinha voltado para a casa dos pais no primeiro dia de Ação de Graças depois que terminamos o namoro; acabou ficando em Boston, com Amanda. Mas Noah a trouxe para a Califórnia para passar o Natal, porque ela ainda achava difícil ficar às voltas com seus pais, enquanto eles brigavam por causa de um divórcio nada amigável. Foi esquisito, mas não chegou a ser horrível.

Continuamos amigos. Talvez não bons amigos, mas jamais conseguiríamos cortar definitivamente todos os nossos laços. Tínhamos uma relação amigável, pelo menos.

E eu me relacionei com outros rapazes desde então. Tive outros namorados. Assim como Noah teve outras namoradas.

Mas, mesmo assim...

Noah era... Noah era diferente.

Eu desviei o olhar do casalzinho que estava na barraca — e meus olhos pousaram numa figura alta que vinha em nossa direção, atravessando a multidão. Olhos azuis penetrantes, cabelos escuros que agora estavam curtos, uma camisa cinza simples e calça jeans que não tinha um único fiapo solto, para variar.

— Você veio! — Rachel comemorou, cumprimentando Noah com um abraço enquanto Lee e eu trocávamos um olhar embasbacado.

— Eu vim — ele confirmou, abrindo um sorriso e apontando para si mesmo. Ele sorria com muito mais facilidade agora. Era bonito de ver. Ele olhou nos meus olhos, só por um segundo, e em seguida abraçou Lee. — Tudo bem com você, rapaz? Faz tempo que não nos vemos. Ah, e agora eu posso dizer cara a cara: parabéns pelo noivado.

— Ah... s-sim, obrigado...

— Vamos lá — Rachel disse, puxando Lee pelo braço. — Você pode me comprar um algodão-doce.

— Mas...

Rachel disse algo entre os dentes para Lee e ele ficou quieto. Dei uma olhada rápida e meio desesperada para eles antes que os dois desaparecessem no meio da multidão.

Me deixando sozinha com Noah pela primeira vez em anos.

— Já faz muito tempo, Shelly.

Eu ri.

— Ah, por favor. Achei que eu tivesse me livrado desse apelido há séculos. Eu... eu não sabia que você estava na cidade.

— Decidi fazer uma surpresa pra vocês.

— Você voltou só pra ver seus pais?

A cabeça de Noah balançou um pouco.

— Na verdade, foi por causa do trabalho, de certa forma. A minha empresa vai abrir uma nova filial aqui na cidade e estão querendo um novo gerente. Eu estava esperando conseguir uma promoção, então... — Ele deu de ombros, erguendo as mãos com as palmas viradas para fora. — Parece que vou voltar pra cá definitivamente.

— Uau. Uau. U-uma promoção. Gerente! Isso é...

Ele ia voltar a morar aqui.

E ele estava me olhando como...

Como naquele dia, na barraca do beijo.

— Que ótimo, Noah. Fico muito feliz por você. Parabéns.

— Pra você também — ele disse. — O Lee me contou que você começou a trabalhar em outra empresa há umas semanas. Mais dinheiro, emprego melhor... Ele disse que você está realmente criando jogos agora.

— Pois é! É incrível. É uma empresa pequena, mas está recebendo investimentos enormes, e eu tenho muito mais liberdade criativa nesse cargo e... Bom, eu vou começar a tagarelar sobre o quanto amo a cafeteira do escritório se você não me mandar parar — eu disse, rindo. Eu adorava o lugar onde estava trabalhando agora e, como tudo ainda era mais ou menos novidade para mim, eu sempre caía na armadilha de falar demais sobre o quanto a empresa era legal para qualquer pessoa disposta a ouvir.

Noah sorriu para mim. Suave e devagar, com um leve vislumbre da covinha em sua bochecha e o canto dos olhos se enrugando.

Aquele sorriso fez meu coração disparar.

Como ele ainda conseguia causar esse efeito em mim? Depois de todo esse tempo?

Eu estava sendo ridícula. Era somente a barraca do beijo fazendo todas essas memórias voltarem com toda a força. Eu estava nostálgica e, pelos olhos de Noah, eu era só uma garota com quem ele namorou certa vez e que tinha voltado a ser a melhor amiga do seu irmão.

Mas o jeito que ele me olhava...

Antigamente, eu conhecia Noah muito bem. Mas ele não havia mudado tanto esses últimos anos a ponto de eu não reconhecer mais aquele olhar.

— Talvez a gente possa sair pra jantar depois do festival, se você estiver livre. E aí você pode me falar tudo sobre a tal cafeteira.

Depois de sete anos, depois de terminarmos o namoro duas vezes, depois de seguirmos com nossas próprias vidas e trilharmos nossos próprios caminhos... Aqui estávamos. De volta ao Festival Anual da Primavera, à barraca do beijo.

Meu coração estremeceu e eu retribuí o sorriso.

— Eu adoraria.

Um leve rubor tingiu as bochechas de Noah e eu percebi que ele estava se esforçando para não abrir um sorriso grande demais. Ele simplesmente me encarou com um sorriso torto.

— Bem, nosso encontro está marcado, então.

AGRADECIMENTOS

UAU. BEM, ACHO QUE... AQUI ESTAMOS. CINCO LIVROS E TRÊS FILMES, dez anos desde o começo de tudo. Pensar em quando eu tinha quinze anos, no meio dos exames do fim do ensino médio, trabalhando na história de Elle à noite e fazendo os uploads escondida para o Wattpad para que tudo isso acontecesse. Uma viagem maluca.

Então, em primeiro lugar: obrigada a você por fazer parte disso.

Há muitas pessoas a agradecer por este livro e por toda a série de *A Barraca do beijo*. Vou tentar fazer o melhor que puder.

Um grande "obrigada" a todos da Agência Darley Anderson. Clare, por ser uma agente tão sensacional; Sheila, por todo o trabalho com as adaptações cinematográficas nos bastidores; e Kristina, Georgia e Mary na equipe jurídica. Duvido que haja uma equipe melhor para promover os meus livros.

E, por falar em todos que atuaram nos bastidores, obrigada Naomi, Sara e Shreeta por toda a ajuda na elaboração desta edição, assim como toda a equipe da PRH. E obrigada a todos no Wattpad por me darem uma plataforma para contar a história de Elle em 2011.

A seguir: a turma por trás do filme. Eu sempre soube como a história de Elle e Noah terminaria. Lembro-me de discutir esse assunto com Vince Marcello, nosso maravilhoso roteirista e diretor, quando estávamos conversando sobre sua visão para o primeiro filme. Foi um desafio único escrever a novelização do filme baseado em meus livros, mas a tarefa ficou ainda mais emocionante (e fácil!) porque Vince compreendeu muito bem os meus personagens. Então, obrigada a Vince por cuidar tão bem de Elle, Lee e Noah. Também agradeço à equipe da Komixx e Netflix por criar filmes tão incríveis a partir dos meus livros — e ao elenco por dar vida a todos de uma forma tão bonita.

Obviamente que a minha família está na lista de agradecimentos. Obrigada pai e mãe, que não faziam ideia do tamanho do resultado quando eu mencionei, casualmente, que estava escrevendo um livro on-line durante meus exames GCSE e por atenderem as minhas ligações pelo FaceTime para compartilhar quaisquer notícias, por mais estranhas e maravilhosas que fossem, sobre o livro... Ou por virem comigo para a Cidade do Cabo para vê-lo ganhar vida (obrigada, pai!). Obrigada, Kat, por me manter com os pés no chão e ser uma irmã tão brilhante. Obrigada, tia Sally e tio Jason, pelas risadas. E, Ruby, pelos abraços. Agradeço sempre à Gransha por ser minha fã número 1.

Meus amigos, com certeza, também precisam de grandes agradecimentos. Escrevi este livro em menos de cinco semanas, no final de 2019, e vocês me deram muito mais apoio do que eu imaginava. Agradeço a Amy e Katie por sairem comigo para noitadas divertidas em Londres naquela época, me ajudando a manter a cabeça no lugar. Obrigada, Haz, por sempre ficar feliz com os sucessos da sua colega de laboratório. E a Emily e Jack também. A Lauren e Jen, a Hannah e Ellie, por me fazerem sorrir e me ajudarem a manter a sanidade; e, como sempre, a Aimee, que me conhece desde que eu era aquela adolescente estranha e introvertida que escrevia escondida e que sempre tinha histórias incríveis para contar.

Além disso, obrigada a mim mesma. Afinal, sabe de uma coisa? Esses são os meus agradecimentos e gostaria de reconhecer que meu passado merece um "tapinha nas costas". Agradeço a mim mesma por ter sido uma garota esquisita de quinze anos que escolheu ficar tanto tempo no próprio quarto em vez de sair, passando horas perdida em um documento do Word, sendo corajosa o suficiente para compartilhar algumas dessas histórias on-line e encontrando uma comunidade no Wattpad que ajudou tudo isso a acontecer agora.

Acho que tudo isso acaba me levando de volta para vocês. Meus adoráveis leitores.

Para vocês que acompanham *A Barraca do beijo* desde o seu início no Wattpad ou se só começaram a descobrir os livros agora, por causa dos filmes, eu agradeço por isso. Espero que os livros os tenham levado de volta às alegrias e aos dramas do primeiro amor ou oferecido uma fagulha de romantismo incurável. Ou que vocês se lembrassem daquele seu melhor amigo ou amiga com quem ficava zoando no fundo da sala de aula. E se você é um adolescente com uma história para contar... Olhe, vá em frente. Quem sabe o que pode acontecer?

Tudo isso aconteceu por causa de *A Barraca do beijo*.

SOBRE A AUTORA

BETH REEKLES ESCREVEU SEU ROMANCE A BARRACA DO BEIJO QUANDO tinha quinze anos e começou a fazer o upload dos capítulos para a plataforma de compartilhamento de histórias Wattpad, na qual a obra foi lida mais de 19 milhões de vezes. Ela assinou contrato com a editora Random House UK aos dezessete anos e recebeu uma oferta para três livros, enquanto estudava para os exames de conclusão do ensino médio. Beth agora trabalha na área de TI depois de se formar em física pela Exeter University. Seus livros foram publicados pela Penguin Random House Children's: *A Barraca do beijo*, *Um Jogo de Amor e Sorte*, *Out of Tune*, *A Casa da Praia*, *A Barraca do Beijo 2: Amor a Distância*, *Pé na Estrada* e *A Barraca do Beijo 3: Uma última vez.*

Além de produzir novos romances de ficção, Beth escreve regularmente em seu blog sobre como contar histórias e ter vinte e poucos anos. Ela foi indicada para o Prêmio Women of the Future Young Star de 2013, o Prêmio de História Romântica do Ano de 2014 e o Prêmio Queen of Teen de 2014. Foi nomeada uma das dezesseis adolescentes mais influentes de 2013 pela revista *Time* e, em agosto de 2014, foi classificada pelo jornal *The Times* em 6º lugar em sua lista de "Os 20 melhores com menos de 25 anos".

Primeira edição (agosto/2021)
Papel de Capa Cartão 250g
Papel de Miolo Offwhite Ivory Slim 65g
Tipografias Arnhem e Futura Std
Gráfica LIS